Der sechzehnjährige Vittorio di Raniari wächst als Sohn einer Adelsfamilie in der Nähe von Florenz auf und genießt das höfische Leben in vollen Zügen – bis eines Nachts ein schrecklicher Albtraum über ihn hereinbricht. Eine Heerschar von Dämonen überfällt die Burg und löscht in einem barbarischen Blutbad die gesamte Familie aus. Einzig Vittorio, der das Interesse der Vampirin Ursula geweckt hat, wird verschont. Zum Äußersten entschlossen, zieht er aus, den Tod seiner Familie zu sühnen. Aber schon bald gerät er ins Wanken. Verzaubert von Ursulas übernatürlicher Schönheit und ihrer erotischen Ausstrahlung, entflammt er in leidenschaftlicher Liebe zu ihr, die ihn seinen Wunsch nach Rache vergessen lässt. Doch die Liebe zu Ursula führt Vittorio unweigerlich ins Schattenreich der Vampire …

Anne Rice ist mit ihren Vampir-Romanen eine der erfolgreichsten Autorinnen der Welt. Sie hat mehr als zwanzig Bücher geschrieben, darunter die Vorlage für den Film ›Interview mit einem Vampir‹. Sie lebt in Kalifornien.

Unsere Adresse im Internet: www.fischerverlage.de

ANNE RICE

Der Kuss der Dämonin

Vittorio

Roman

Aus dem Amerikanischen
von Barbara Kesper

Fischer Taschenbuch Verlag

Veröffentlicht im Fischer Taschenbuch Verlag,
einem Unternehmen der S. Fischer Verlag GmbH,
Frankfurt am Main, November 2008

Die deutsche Erstausgabe erschien unter dem Titel ›Vittorio‹.

Die amerikanische Originalausgabe erschien 1999
unter dem Titel ›Vittorio the Vampire‹
im Verlag Alfred A. Knopf, New York

Druck und Bindung: CPI – Clausen & Bosse, Leck
Printed in Germany
ISBN 978-3-596-18419-4

Anne Rice
widmet
dieses Buch
Stan, Christopher, Michele und Howard
und Rosario und Patrice,
Pamela und Elaine
und Niccolo

Vittorio
widmet dieses Buch
den Einwohnern
der Stadt Florenz

1

Wer ich bin, warum ich schreibe, was geschehen wird

Als ich ein kleiner Junge war, hatte ich einen schrecklichen Traum. Ich träumte, dass ich die abgetrennten Köpfe meiner jüngeren Geschwister in den Armen hielt. Sie rührten sich noch, waren jedoch stumm; ihre Augenlider flatterten, und ihre Wangen waren gerötet; und ich war so von Grauen erfüllt, dass ich genauso stumm war wie sie.

Dieser Traum wurde Wirklichkeit.

Doch um mich oder um sie wird keiner weinen. Sie sind seit fünfhundert Jahren begraben, namenlos, in der Zeit verloren.

Ich bin ein Vampir.

Mein Name ist Vittorio, und ich schreibe dies nun im höchsten Turm der zerfallenen Burg, in der ich einst geboren wurde, auf dem Gipfel eines Berges im nördlichsten Teil der Toskana, diesem wunderschönen Landstrich in der Mitte Italiens.

Ich bin unbestreitbar ein bemerkenswerter Vampir, sehr mächtig, denn ich existiere schon seit fünfhundert Jahren, seit den glorreichen Zeiten des Cosimo de' Medici, und selbst die Engel würden Ihnen bestätigen, welche Kräfte ich habe, wenn Sie sie zum Sprechen bringen könnten. Aber was das betrifft, wäre ich an Ihrer Stelle vorsichtig.

Ich habe allerdings nicht das Geringste mit diesem Klub merkwürdiger romantischer Vampire zu tun, der in den Südstaaten der Neuen Welt in und um New Orleans beheimatet ist, diesem »Orden der Redseligen«, der Sie schon mit so vielen Chroniken und Geschichten ergötzt hat.

Ich weiß nichts über diese Helden, die makabre Fakten als literarische Erfindungen tarnen. Ich weiß nichts über ihr verlockendes Paradies in dem Sumpfland Louisianas. Über jene werden Sie auf den folgenden Seiten nichts erfahren, ich werde sie nicht einmal mehr erwähnen.

Durch sie wurde ich allerdings veranlasst, meine eigene Geschichte niederzuschreiben – die Geschichte, wie ich zum Vampir wurde – und diesen Teil meines Lebens in Buchform sozusagen der ganzen weiten Welt zu präsentieren, wo es, durch Zufall oder durch Vorsehung möglicherweise mit ihren erfolgreich veröffentlichten Büchern in Berührung kommen würde.

In den Jahrhunderten, die ich als Vampir verbracht habe, beschränkte ich mich während meines Umherstreifens auf kluges Beobachten und Studien, um nicht die geringste Gefahr einzugehen, Wesen meiner eigenen Art herauszufordern oder ihnen bekannt oder gar verdächtig zu werden.

Aber hier will ich nicht von meinen Abenteuern sprechen. Wie ich schon sagte, geht es mir darum, zu schildern, wie ich zum Vampir wurde. Denn ich glaube fest, dass in mir Enthüllungen schlummern, die für Sie Neuland sind. Wenn mein Buch fertig ist und ich es aus den Händen gegeben habe, werde ich vielleicht Schritte einleiten, die mich irgendwie zu einem Charakter in dem gewaltigen Fortsetzungsroman machen, den die anderen Vampire in San Francisco oder New Orleans begonnen haben. Im Augenblick weiß ich es noch nicht, und es kümmert mich auch noch nicht.

Während ich hier zwischen den überwucherten Steinen der Stätte, an der ich einst als Kind so glücklich war, meine friedlichen Nächte verbringe, dort, wo die dornigen Brombeerranken und die duftenden Eichen- und Kastanienwälder die nun eingestürzten, gestaltlosen Mauern fast erdrücken, da fühle ich in mir den Drang, festzuhalten, was mir geschah, denn mir scheint, dass ich ein Schicksal erlitt, das sich wesentlich von dem aller anderen Vampire unterscheidet.

Ich lebe übrigens nicht immer hier.

Im Gegenteil, die meiste Zeit verbringe ich in der Stadt, die für mich die Königin aller Städte ist: in Florenz, das ich liebe, seit ich es zum ersten Mal – mit Kinderaugen damals noch – sah; das war in jenen Jahren, als Cosimo der Ältere die mächtige Bank der Medici mit eigener Hand leitete, obwohl er der reichste Mann Europas war. Im Hause Cosimos lebte der große Bildhauer Donatello, der Marmor- und Bronzearbeiten machte, und viele andere Maler und Dichter, auch Männer, die von Wundern schrieben oder Musikstücke verfassten. Der berühmte Brunelleschi, von dem die Kuppel der größten florentinischen Kirche stammt, errichtete damals eine weitere Kirche für Cosimo, und Michelozzo baute nicht nur das

Kloster San Marco wieder auf, sondern arbeitete – ebenfalls für Cosimo – auch an dem Entwurf des Palastes, den heute alle Welt als Palazzo Vecchio kennt. Für Cosimo zogen Männer durch ganz Europa und stöberten in verstaubten Bibliotheken nach längst vergessenen griechischen und römischen Klassikern, die dann von seinen Gelehrten in unsere Sprache übersetzt wurden, die Sprache, die Dante viele Jahre zuvor so kühn für seine *Göttliche Komödie* gewählt hatte.
Und unter Cosimos Dach sah ich, ein sterblicher Knabe mit viel versprechender Zukunft, mit eigenen Augen die berühmtesten Gäste des Konzils von Trient, die aus dem fernen Byzanz gekommen waren, um den Bruch zwischen der östlichen und westlichen Kirche zu kitten: zwischen dem römischen Papst Eugen IV, dem Patriarchen von Konstantinopel und dem Kaiser des Ostens höchstpersönlich, Johannes VIII, der dem letzten byzantinischen Herrschergeschlecht angehörte. Ich sah, wie diese hohen Herren trotz heftigster Regengüsse in unbeschreiblichem Prunk in die Stadt einritten, und ich sah sie an Cosimos Tafel speisen.
Das genügt, mögen Sie sagen. Ich stimme Ihnen zu. Hier geht es nicht um die Geschichte des Hauses Medici. Nur eines lassen Sie mich noch sagen: Jeder, der Ihnen erzählt, dass sie Schurken waren, diese berühmten Männer, ist ein absoluter Schwachkopf. Waren es doch die Nachkommen Cosimos, die sich großer Künstler wie Leonardo da Vinci, Michelangelo und zahlloser anderer annahmen. Und das alles ergab sich so, weil ein Bankier, ein Geldverleiher, wenn Sie so wollen, es großartig und

richtig fand, der Stadt Florenz Schönheit und Glanz zu schenken.

Ich komme an passender Stelle noch einmal auf Cosimo zurück, nur für einige kurze Worte, obwohl ich zugeben muss, dass es mir in jeder Hinsicht schwer fällt, mich hier kurz zu fassen; im Moment will ich nur eines sagen – Cosimo gehört zu den Lebenden. Ich teile seit 1450 mein Bett mit den Toten.

Nun also dazu, wie alles begann; doch erlauben Sie mir noch eine weitere Vorbemerkung.

Suchen Sie bitte nicht nach antiquierter Sprache. Sie werden kein steifes, konstruiertes Englisch finden, das durch gestelzten Satzbau und einengende Wortwahl alte Burgmauern heraufzubeschwören versucht. Ich werde meine Geschichte ganz natürlich erzählen und mich, um Eindrücke bemüht, in Worten suhlen, denn Wörter sind meine Leidenschaft. Und da ich ein Unsterblicher bin, habe ich das Englisch der letzten vier Jahrhunderte in mich aufgesogen, von den Stücken Christopher Marlowes und Ben Johnsons bis zu den abgehackten, plumpanspielungsreichen Ausdrücken eines Sylvester-Stallone-Films.

Sie werden sehen, dass ich anpassungsfähig, gewagt und hier und da schockierend sein kann. Aber es bleibt mir nichts übrig, als all meine erzählerischen Fähigkeiten voll auszuschöpfen. Und beachten Sie, dass Englisch inzwischen nicht mehr allein die Sprache eines einzelnen Landes – oder zweier, dreier oder vierer – ist, sondern zur Sprache der modernen Welt wurde, von den hintersten Wäldern Tennessees bis zu den abgelegensten keltischen

Inseln und den quirligen Städten Australiens und Neuseelands.
Ich bin ein Renaissance-Mensch, deshalb durchstöbere ich alles und vermische es vorurteilslos, und dass mein Tun einem höheren Zweck dient, daran habe ich keinen Zweifel.
Und was meine Muttersprache, Italienisch, angeht: Sie hören ihren weichen Klang in den Silben meines Namens – Vittorio; und hauchzart-duftig weht sie Ihnen mit den anderen in den Text eingestreuten italienischen Wörtern entgegen. Sie ist eine so liebliche Sprache, dass sie dem Wort ›Stein‹ drei Silben verleiht: *pi-e-tra*. Keine andere Sprache der Welt ist sanfter, weicher. Wenn ich andere Sprachen spreche, klingt in ihnen immer der italienische Akzent mit, wie man ihn auch heute noch in den Straßen von Florenz hört.
Und dass meine englischsprachigen Opfer meine mit diesem Akzent gesprochenen Schmeicheleien so entzückend finden und meinem weichen, heiteren italienischen Ton verfallen, empfinde ich als einen unerschöpflichen Segen.
Aber glücklich bin ich nicht. Glauben Sie das nur nicht. Ich würde kein Buch schreiben, um Ihnen zu erzählen, dass ein Vampir glücklich sei.
Ich habe nicht nur Hirn, sondern auch Herz, und um mich wabert ein ätherisches Bild meines Selbst, das ganz eindeutig von einer höheren Macht geschaffen ist, und gänzlich eingesponnen in dieses unkörperliche Gewirk des ätherischen Bildes ist das, was die Menschen Seele nennen. Ich habe eine Seele. Und nicht einmal ein See

von Blut kann diese lebendige Seele ertränken und mich als lebenden Toten zurücklassen.
Okay. No problem. Yes, yes. Thank you! – wie jedermann in unserer heutigen Welt auf Englisch sagen kann. Wir sind soweit. Es kann losgehen.
Nur möchte ich hier noch ein Zitat einstreuen, von einem unbedeutenden, aber wunderbaren Schriftsteller: Sheridan Le Fanu. Es ist eine Passage, die eine von Geistern heimgesuchte Person in höchster Angst und Bedrängnis in einer seiner ausgezeichneten Gespenstergeschichten spricht. Der in Dublin geborene Autor starb 1873, aber beachten Sie nur, wie frisch seine Sprache ist und wie Schrecken erregend der Ausdruck des Kapitäns Barton in der Kurzgeschichte »Der Vertraute«:

Wie unsicher ich mir auch der Echtheit des Phänomens sein mag, das wir üblicherweise als Offenbarung bezeichnen, von einer Tatsache bin ich zutiefst und furchtbar überzeugt, nämlich, dass es jenseits der realen eine spirituelle Welt gibt, eine Ordnung, deren Abläufe vor uns normalerweise gnädig verborgen sind – eine Ordnung, die uns offenbart werden kann – und sich tatsächlich manchmal bruchstückhaft und erschreckend offenbart. Ich bin mir sicher – ich weiß …, dass es einen Gott gibt, einen fürchterlichen Gott, und dass der Schuld die Strafe auf dem Fuße folgt, auf sehr mysteriöse und erstaunliche Art – durch sehr unerklärliche und schreckliche Mittel; es gibt eine überirdische Ordnung – einen erhabenen Gott, und wie gründlich ich davon überzeugt wurde! – Eine ordnende Kraft, die bösartig und nicht zu besänftigen und allmächtig ist, von der ich verfolgt werde und wurde, und unter der ich die Qualen der Verdammten litt!

Was halten Sie davon?
Ich fühle mich auf jeden Fall zutiefst getroffen. Ich glaube nicht, dass ich willens bin, von Gott als »fürchterlich« oder von unserer Ordnung als »bösartig« zu sprechen, aber diese Worte, die zwar als fiktive Erzählung unter heftiger Gemütsbewegung geschrieben wurden, klingen gespenstisch und unausweichlich wahr.
Und das ist mir wichtig, weil ein schrecklicher Fluch auf mir lastet, der, denke ich, einzigartig bei einem Vampir ist. Damit meine ich, dass die anderen nicht darunter leiden. Aber ich glaube, wir alle – Menschen, Vampire, alle, die Gefühle empfinden und Tränen vergießen können – leiden unter einem Fluch, dem Fluch, dass wir mehr wissen, als wir ertragen können, und es gibt nichts, absolut nichts, was man der Gewalt und der Verlockung dieses Wissens entgegenstellen könnte.
Wenn ich geendet habe, können wir noch einmal darauf zurückkommen. Schauen Sie, was Sie mit meiner Geschichte anfangen können.
Hier ist es früher Abend. Immer noch ragt der stattliche Überrest von meines Vaters höchstem Turm kühn in den milden, sternenübersäten Himmel, so dass ich von meinem Fenster aus die mondüberglänzten Hügel und Täler der Toskana, ja, bis hin zur glitzernden See unterhalb der Steinbrüche von Carrara sehen kann. Ich rieche das blühende Grün des schroffen, unberührten Landstrichs, in dem sich wie früher schon die Irisblüten in grellem Rot und strahlendem Weiß in ihrem toskanischen, sonnenwarmen Bett ausbreiten, wo ich sie in den seidig-sanften Nächten finde.

Und so umfangen und behütet schreibe ich, stets auf den Moment gefasst, in dem das schwache Licht des Vollmonds hinter den Wolken verschwindet und ich die bereitstehenden Kerzen – so etwa sechs Stück – in dem dicken, grob gearbeiteten silbernen Kandelaber entzünde, der früher auf dem Tisch meines Vaters stand, in jener Zeit, da er als Feudalherr alter Art über diesen Berg und all die dazugehörigen Dörfer waltete, im Frieden und im Krieg der treue Verbündete der großen Stadt Florenz und ihres heimlichen Herrschers; einer Zeit, in der wir reich, furchtlos, wissbegierig und wundersam zufrieden waren. Lassen Sie mich nun von dem sprechen, was nicht mehr ist.

2

Mein kurzes Leben als Sterblicher
Die Schönheit der Stadt Florenz
Die Pracht an unserem kleinen Hofe
Was nicht mehr ist

Ich war sechzehn, als ich starb. Ich bin recht groß gewachsen, habe dichtes braunes Haar, das bis auf die Schultern fällt, und haselnussbraune Augen mit einem allzu verletzlichen Ausdruck, der mir ein androgynes Flair verleiht. Meine Nase ist erfreulich schmal und der Mund von durchschnittlicher Größe, weder zu füllig noch zu schmal. Ein schöner Knabe in seiner Zeit. Wäre es anders gewesen, lebte ich heute nicht mehr.

Das gilt für fast alle Vampire: Schönheit führt uns ins Verderben, selbst wenn einige etwas anderes behaupten. Oder genauer gesagt, wir werden von denen unsterblich gemacht, die sich unserem Zauber nicht entziehen können.

Mein Gesicht ist nicht kindlich, aber es wirkt fast schon engelhaft. Die Augenbrauen sind dicht, dunkel und so hoch gewölbt, dass die Augen dadurch in übermäßigem Glanz erstrahlen. Die Stirn wäre vielleicht etwas zu hoch, wenn sie nicht so gerade wäre, und mein dichtes, braunes, lockiges Haar verleiht dem ganzen Bild einen bewegten Rahmen. Mein Kinn ist ein wenig zu kräftig, zu eckig für das übrige Gesicht, aber immerhin hat es ein Grübchen.

Mein muskelstrotzender Körper mit der breiten Brust und den mächtigen Armen lässt mich sehr maskulin erscheinen. Das betont noch meine unnachgiebig wirkende Kieferlinie, die mich als voll entwickelten Mann durchgehen lässt, zumindest aus einer gewissen Entfernung.
Diesen gut entwickelten Körper verdanke ich der Tatsache, dass ich in den letzten Jahren meines sterblichen Lebens fleißig mit dem schweren Langschwert geübt habe und mit meinen Falken häufig auf wilde Jagd in die Berge zog, hinauf und hinab, oft zu Fuß, obwohl ich in dem Alter schon vier Pferde mein Eigen nannte, davon eines, das besonders kräftig und groß war, so dass es mein Gewicht mit voller Rüstung tragen konnte.
Meine Rüstung liegt immer noch unter diesem Turm begraben. Ich habe sie nie in einer Schlacht getragen. Zu jener Zeit war Italien von Kriegen überzogen, doch die Schlachten der Florentiner wurden immer von Söldnern geschlagen.
Mein Vater musste sich nur an eines halten: an seine absolute Loyalität gegenüber Cosimo; und außerdem durfte er keinem Abgesandten des Heiligen Römischen Reiches, des Herzogs von Mailand oder des römischen Papstes erlauben, Truppen über unsere Bergpässe zu führen oder sie in unseren Dörfern rasten zu lassen. Das war unproblematisch, denn wir lagen fern der Hauptrouten. Unternehmungslustige Vorfahren hatten unsere Burg vor dreihundert Jahren erbaut. Wir konnten uns auf die Langobarden als Vorfahren berufen oder sogar auf jene Barbaren, die aus dem Norden nach Italien gekommen waren, und ich glaube, ihr Blut floss in unseren Adern.

Aber wer weiß das schon? Seit dem Niedergang des antiken Rom waren so viele Stämme in Italien eingefallen.
In unserer Gegend fand man interessante Erinnerungen an die heidnische Vergangenheit; manches Mal kamen uralte, fremdartige Grabsteine auf unseren Feldern zum Vorschein und seltsame kleine Göttinnen aus Stein, denen das Bauernvolk immer noch Verehrung entgegenbrachte, wenn wir sie ihnen nicht wegnahmen. Unter unseren Festungstürmen gab es Gewölbe, die angeblich sogar auf die Zeit vor Christi Geburt zurückgingen – und inzwischen weiß ich, dass das wahr ist. Sie stammen von dem Volk, das wir heute als Etrusker kennen.
Unser Hauswesen, das im Stil der alten Feudalherren geführt wurde, die den Handel verachteten und von ihren Mannen nur Kühnheit und Tapferkeit verlangten, war angefüllt mit Schätzen, die in zahllosen Scharmützeln erbeutet worden waren – alte silberne und goldene Kandelaber und Wandleuchter, schwere hölzerne Truhen mit Verzierungen im byzantinischen Stil, dann die üblichen flämischen Wandbehänge und zentnerweise Spitzenstoffe und Bettvorhänge, sämtlich von Hand mit Goldborten und Juwelen besetzt, und alles, was es an begehrenswertem Putz sonst gab.
Da mein Vater die Medici so sehr bewunderte, kaufte er auf seinen Reisen nach Florenz alle möglichen Luxusgüter. In den wichtigeren Räumen war kaum ein unbedeckter Stein zu sehen, denn überall lagen blumengemusterte wollene Teppiche, und jeder Flur und jeder Alkoven hatte seine Waffenkammer, voll mit klappernden, rosten-

den Rüstungen von Helden, an die sich kein Mensch erinnern konnte.

Wir waren unermesslich reich; das hatte ich schon als Kind mehr oder weniger mitbekommen, und es gab Andeutungen, dass sowohl wertvolle Kriegsbeute als auch geheime heidnische Schätze dazu beigetragen hatten.

Natürlich war es im Laufe der Jahrhunderte zu Kriegen mit den umliegenden Hügelstädten und Festungen gekommen, Zeiten, in denen eine Burg von der anderen erobert und Mauern niedergerissen wurden, kaum dass sie erbaut waren, und aus der Stadt Florenz waren die ewig im Streit liegenden mörderischen Guelfen und Ghibellinen geströmt. Damals hatte Florenz Heere ausgesandt, damit sie Festungen wie die unsere niedermachten und jeden für sie bedrohlichen Burgherrn aufs rechte Maß zurückstutzten. Aber das alles gehörte der Vergangenheit an.

Wir hatten überlebt, dank Gerissenheit und kluger Wahl der Bündnisse, aber auch, weil wir hier in diesem schroffen, unwirtlichen Gebiet weit vom Schuss waren; denn wir saßen hoch oben auf dem Gipfel eines Berges, dort, wo sich die Alpen bis in die Toskana erstrecken, und die übrigen benachbarten Burgen waren alle nur verlassene Ruinen.

Unser unmittelbarer Nachbar, der treu zum Herzog von Mailand stand, regierte seine eigene Enklave von Bergdörfern. Aber er ließ uns in Ruhe und wir ihn. Diese rein politischen Angelegenheiten berührten uns nur indirekt.

Unsere Festungsmauern hatten eine Höhe von neun Metern und waren unglaublich dick. Sie waren älter als der

Bergfried, älter sogar als die romantischsten Geschichten darüber, und wurden unaufhörlich verstärkt und in Stand gehalten. Die Anlage schloss drei Dörfchen mit guten Weinbergen ein, die einen herrlichen Rotwein hervorbrachten; es gab Bienenstöcke, die reichlich Honig lieferten, und Brombeeren, Weizen und andere landwirtschaftliche Erträge, jede Menge Federvieh und Kühe und dazu riesige Stallungen für die Pferde.

Ich wusste nicht, wie viele Menschen für uns arbeiteten. Im Haus gab es genug Schreiber, die für solche Dinge zuständig waren, und nur selten saß mein Vater selbst über die diversen Klagen zu Gericht, auch gab es keine Veranlassung, etwas vor den Gerichtshof in Florenz zu bringen.

Die Kapelle unserer Burg war für das gesamte Gebiet ringsum vorgesehen, also kamen auch die, die weniger behütet in kleinen Flecken am Berghang unterhalb der Mauern lebten – und davon gab es eine Menge –, zu uns herauf, um die Kinder taufen zu lassen und Ehen zu schließen, und immer wieder beherbergten wir für längere Zeit einen dominikanischen Priester, der für uns jeden Morgen die Messe las.

In den alten Zeiten war der Wald an den Berghängen radikal abgeholzt worden, so dass kein feindlicher Eindringling ungesehen bis auf den Gipfel gelangen konnte, doch in meiner Jugend waren solche Schutzmaßnahmen nicht mehr nötig. Das Grün war wieder herangewachsen, dicht und saftig stand es in den feuchten Mulden und überwucherte alte Pfade, teilweise schon so ungezügelt wie heute, und es reichte fast bis an die Mauerkronen.

Von unseren Türmen aus konnte man deutlich ein gutes Dutzend kleiner Städtchen sehen, die sich inmitten ihrer schachbrettgleichen Felder, Olivenhaine und Weinberge bis in die Täler erstreckten. Sie alle unterlagen unserer Verwaltung und waren uns treu ergeben. Wenn es Kriegshandlungen gegeben hätte, wären sie, wie schon ihre Vorfahren, hinter unsere schützenden Tore geeilt, das war ihr gutes Recht.
Es gab dort Jahrmärkte, Dorffeste und Feiern zu Ehren bestimmter Heiliger, und hin und wieder tauchte ein Adept der Schwarzen Künste auf, manchmal war sogar von einem Wunder die Rede. Dieses Land, über das wir herrschten, war ein gutes Land. Kirchliche Würdenträger, die uns aufsuchten, dehnten ihre Besuche stets lange aus. Es war nichts Ungewöhnliches, zwei oder drei Geistliche gleichzeitig in unseren Mauern zu beherbergen, sei es in einem der Türme oder auch in den flacheren, neueren, aus behauenem Stein errichteten Gebäuden.
Bereits in zartem Alter hatte man mich zur Erziehung nach Florenz gebracht, wo ich, von Luxus und vielfältigen Anregungen umgeben, im Palazzo eines Onkels meiner Mutter lebte. Er starb, als ich noch nicht dreizehn war, und erst da – als der Haushalt aufgelöst wurde – brachte man mich heim, zusammen mit zwei alten Tanten. Anschließend besuchte ich Florenz nur noch gelegentlich.
Mein Vater war tief in seinem Herzen immer noch sehr altmodisch, die Haltung des unbezwingbaren Fürsten war ihm angeboren, obwohl er es zufrieden war, fern von den Machtkämpfen seiner Hauptstadt zu leben; es ge-

nügte ihm, große Einlagen bei den Banken der Medici zu haben und auf seinem Land den altmodischen Stil früherer Feudalherren aufrechtzuerhalten; wenn er jedoch geschäftlich nach Florenz reiste, machte er stets Besuche bei Cosimo de' Medici.

Was jedoch seinen Sohn betraf, so wollte er ihn zu einem Fürsten erziehen lassen, einem großen Herrn, einem Ritter, und ich musste alle ritterlichen Tugenden und Fähigkeiten erlernen, so dass ich schon mit Dreizehn, in voller Rüstung, den helmbedeckten Kopf gebeugt, mit dem Speer in der Hand zu Pferde gegen das mit Stroh gestopfte Ziel anrannte. Das konnte ich mühelos. Es machte mir ebenso viel Spaß wie Jagen oder in den Gebirgsbächen zu schwimmen oder wie die Pferderennen mit den Dorfjungen.

Allerdings lebten sozusagen zwei Seelen in meiner Brust. Mein Geist war in Florenz genährt worden, hervorragende Lehrer hatten mich Latein, Griechisch, Philosophie und Theologie gelehrt, und an den Mysterienspielen der Knaben und den Schauspielen, die die Stadt ausrichtete, hatte ich nur zu gern teilgenommen. Oft hatte ich Hauptrollen in den Stücken gehabt, die von meiner eigenen Bruderschaft im Haus meines Onkels aufgeführt wurden, und ich konnte nicht nur den Isaak aus der Bibel darstellen, der gerade von dem gehorsamen Abraham geopfert werden soll, sondern auch den entzückenden Engel Gabriel, der von dem misstrauischen Josef bei Maria gefunden wird.

Manchmal sehnte ich mich nach alldem, nach den Büchern, den Predigten in der Kathedrale, denen ich immer

mit tiefem Interesse gelauscht hatte, und den herrlichen Abenden im Haus meines Onkels, wenn ich bei den Klängen spektakulärer Opernaufführungen eingeschlafen war, den Kopf voll bis oben hin mit blendenden, wundersamen Gestalten, die, von Drähten gehalten, herniedersausten; dazu spielten wild die Trommeln und Lauten, Tänzer hüpften fröhlich, fast wie Akrobaten, und die Stimmen der Sänger vereinten sich in harmonischem Gleichklang.
Ich hatte eine schöne Kindheit. Und in der Bruderschaft der Knaben, zu der ich gehörte, traf ich auch ärmere florentinische Kinder, Söhne von Kaufleuten, Waisen und Knaben aus den Klöstern und Schulen der Stadt, denn so hielt man es zu meiner Zeit beim Landadel. Man musste sich unter das Volk mischen.
Ich glaube, als Knabe schlich ich mich sehr oft aus dem Haus, und zwar mit derselben Leichtigkeit, mit der es mir später gelang, aus der Burg zu schlüpfen. Ein diszipliniertes Kind könnte sich nicht an so viele Feste und Heiligengedenktage und Prozessionen erinnern, wie ich sie in Bezug auf Florenz im Gedächtnis habe. Allzu oft glitt ich durch die Menge, begaffte die zu Ehren der Heiligen aufwendig geschmückten Festwagen und bewunderte die feierliche Haltung derer, die in schweigenden Reihen mit Kerzen in den Händen gemessen dahinschritten, als wären sie in anbetende Trance versunken.
Ich muss ein rechter Spitzbube gewesen sein. Bestimmt. Ich machte mich durch den Küchenausgang davon. Ich bestach die Bediensteten. Unter meinen Freunden waren zu viele Herumtreiber oder wilde Gesellen. Ich geriet in

Tumulte und flüchtete dann nach Hause. Wir vergnügten uns mit Ballspielen und schlugen uns auf den Straßen, und die Priester sammelten uns unter Drohungen mit der Rute wieder ein. Ich war brav, ich war unartig, jedoch nie wirklich schlecht.

Nachdem ich im Alter von sechzehn Jahren aus der diesseitigen Welt geschieden war, sah ich nie wieder eine Straße im Tageslicht, weder in Florenz noch sonst wo. Nun, immerhin habe ich das Beste von Florenz gesehen, das kann ich behaupten. Ich kann mich immer noch mühelos an das Fest des heiligen Johannes erinnern, an dem jeder einzelne Laden in Florenz seine kostbarsten Waren ausstellen musste. Die Mönche und geistlichen Brüder sangen auf ihrem Weg zur Kathedrale die lieblichsten Hymnen, um Gott für den segensreichen Wohlstand der Stadt zu danken. Ich könnte so weitermachen und das Florenz jener Tage mit endlosen Ruhmeshymnen überschütten, denn es war eine Stadt, in der Handwerk und Handel blühten und die großartige Kunstwerke hervorbrachte, gewitzte Politiker und wahrhaft schwärmerische Heilige, tiefsinnige Dichter, aber auch die kühnsten Schurken. Ich glaube, in Florenz kannte man damals vieles, was Frankreich und England erst noch lernen mussten und viele Länder bis heute nicht gelernt haben. Zwei Dinge gibt man allerdings zu: Cosimo war der mächtigste Mann der Welt. Und das Volk, und nur das Volk, regierte in Florenz damals und bis heute.

Aber zurück zu unserer Burg. Auch dort fuhr ich fort, zu lesen und meinen Studien nachzugehen. Innerhalb eines Lidschlages verwandelte ich mich vom Ritter zum Gelehrten. Es lag nur ein einziger Schatten über meinem Leben, nämlich dass ich mit Sechzehn eigentlich alt genug war, um eine Universität zu besuchen; das war mir klar, und ich hatte auch nichts dagegen, aber andererseits zog ich gerade junge Falken groß, trainierte sie selbst und jagte mit ihnen, und diesem ländlichen Leben konnte ich ebenfalls nur schwer widerstehen.

Alle Verwandten, betagte Onkel meiner Eltern meistenteils, die sich allabendlich an der Tafel versammelten, fanden, dass ich für mein Alter – eben sechzehn – ein ziemlicher Bücherwurm war. Sie waren alle den früheren Zeiten zugetan, als die Welt »noch nicht von Bankiers regiert wurde«; sie erzählten wunderbare Geschichten über Kreuzzüge, an denen sie in ihren jungen Jahren teilgenommen hatten, oder über ihre Erlebnisse in der wütenden Schlacht von Akka oder von ihren Kämpfen auf Zypern und Rhodos; sie erzählten vom Leben auf See und von allen möglichen fremdländischen Häfen, wo sie der Schrecken der Schänken und der Frauen gewesen waren.

Meine Mutter war eine lebhafte, schöne Frau mit braunem Haar und leuchtend grünen Augen; sie liebte das Landleben sehr, aber sie hatte Florenz auch nur hinter den Mauern einer Klosterschule kennen gelernt. Sie glaubte, dass irgendetwas mit mir nicht stimmte, weil ich Dantes Dichtungen las und selbst so viel schrieb.

Sie lebte nur für ihr Hauswesen, empfing die Gäste in kultiviertem Stil, sorgte dafür, dass die Böden mit Lavendel und duftenden Kräutern bestreut waren, dass der Wein ordentlich gewürzt wurde; wenn getanzt wurde, führte sie, zusammen mit einem ihrer Großonkel, den

Reigen an, denn mein Vater wollte vom Tanzen nichts wissen.
All dies empfand ich nach meinem Leben in Florenz als recht langweilig und gemächlich. Kommt schon, wo sind die Kriegsgeschichten?
Meine Mutter muss noch sehr jung gewesen sein, als sie mit meinem Vater vermählt wurde; denn in der Nacht, als sie starb, trug sie ein Kind, und das Kind in ihrem Leib starb mit ihr. Dazu komme ich gleich. Nun, wenigstens will ich versuchen, mich zu beeilen, auch wenn das nicht meine Stärke ist.
Mein Bruder Matteo war viele Jahre jünger als ich, ein großartiger Schüler, obwohl er bis zu dem Zeitpunkt noch nicht zum Studieren von zu Hause fortgeschickt worden war (wäre es nur so gewesen), und meine Schwester Bartola war kaum ein Jahr nach mir geboren worden, so kurz nach mir sogar, dass mein Vater sich deswegen regelrecht schämte, glaube ich.
Beide – Matteo und Bartola – waren für mich die schönsten und interessantesten Wesen der Welt. Wir genossen die Vergnügungen und die Freiheiten des Landlebens, streiften in den Wäldern umher, pflückten Beeren, saßen zu Füßen der Zigeuner und lauschten ihren Geschichten – das war, ehe man sie einfing und fortjagte. Wir liebten einander sehr. Matteo verehrte mich über alle Maßen, weil ich meinen Vater in Grund und Boden reden konnte. Er erkannte die friedvolle Kraft nicht, die in meinem Vater ruhte, nicht das nach alter Sitte im Zaum gehaltene Benehmen. Ich schätze, dass ich Matteos wahrer Lehrer war, um was auch immer es ging. Und was Bar-

tola betraf, so war sie viel zu wild nach Ansicht meiner Mutter, die sich ständig über ihr verfilztes langes Haar empörte, in dem noch Zweige, Blüten und Blätter von unseren Ausflügen in die Wälder hingen.
Bartola wurde jedoch oft genug an ihre Handarbeiten gezwungen; sie konnte singen und ihre Gedichte und Gebete aufsagen. Sie war zu fein und zu reich, um zu etwas gedrängt zu werden, das sie nicht wollte. Mein Vater betete sie an, und mehr als einmal musste ich ihm versichern, dass ich sie bei unseren Streifzügen in den Wäldern nicht aus den Augen ließ. Das tat ich wirklich nicht. Ich hätte jeden, der sie nur anfasste, umgebracht!
Ach. Es wird mir zu viel! Ich hätte nicht gedacht, dass es so hart für mich werden würde! Bartola ... Jeden umbringen, der sie anfasst! Wie wallende Gespenster senken sich Schreckensbilder über mich und drohen, die kleinen, stumm dahinziehenden Lichter des Himmels verlöschen zu lassen.
Aber ich will meinen Gedankengang wieder aufnehmen. Meine Mutter habe ich nie richtig verstanden, vielleicht habe ich sie auch falsch beurteilt, denn bei ihr schien es sich immer nur um Etikette und Benehmen zu drehen, und meinen Vater fand ich übertrieben selbstironisch und immer lustig. Seine ständigen Witze und Spötteleien überdeckten, dass er eigentlich ziemlich zynisch war, aber gleichzeitig auch gütig; er durchschaute die Aufgeblasenheit der Leute und sogar seine eigenen Ambitionen. Er betrachtete die Lage der Menschheit als aussichtslos. Krieg fand er komisch, sah auf den Schlachtfeldern keine Helden, sondern nur Possenreißer, und mitten in den glühen-

den Tiraden seiner Onkel – und selbst wenn ich meine Gedichte vortrug – brüllte er vor Lachen los, wenn ihm das alles zu lange dauerte, und ich glaube, dass er nie bewusst auch nur ein höfliches Wort an meine Mutter gerichtet hat. Er war ein großer, kräftiger Mann, glatt rasiert, mit langem Haar, und er hatte wunderbare, lange, schlanke Finger, die gar nicht zu seiner Körpergröße zu passen schienen, und seine Vorfahren hatten alle plumpere Hände. Ich habe seine Hände geerbt. All die schönen Ringe, die er trug, hatten seiner Mutter gehört.

Er kleidete sich prächtiger, als er es wohl in Florenz gewagt hätte, trug perlenverzierten königlichen Samt und schwere, mit Hermelin besetzte Umhänge. Seine Handschuhe waren regelrechte Kampfhandschuhe, mit Fuchspelz gefüttert. Er hatte große graue Augen, tiefer liegend noch als die meinen und stets erfüllt von Spott, Unglauben und Sarkasmus.

Dennoch verhielt er sich anderen gegenüber niemals gemein.

Seine Vorliebe für moderne Dinge beschränkte sich auf Kelche aus Glas, die er den alten Hartholzbechern oder denen aus Gold und Silber vorzog. Auf unserer langen Tafel gab es stets jede Menge funkelnder Gläser.

Meine Mutter war immer das Lächeln in Person, wenn sie ihm Dinge sagte wie: »Mein Herr, nehmt doch die Füße vom Tisch!« oder »Ich wäre Euch dankbar, wenn Ihr Euch, ehe Ihr mich berührt, die fettigen Hände wüschet.« oder »Wollt Ihr in diesem Zustand wirklich das Haus betreten?« Aber ich glaube, unter dieser vermeintlich zuvorkommenden Oberfläche hasste sie ihn zutiefst.

Das einzige Mal, dass ich sie wirklich mit zorniger, erhobener Stimme sprechen hörte, war, als sie ihm in mehr als deutlichen Worten erklärte, dass die Hälfte der Kinder in den umliegenden Dörfern von ihm gezeugt war und dass sie selbst mehr als acht Fehlgeburten gehabt hatte, weil er sich genauso wenig zurückhalten konnte wie ein wilder Hengst. Er war über diesen Ausbruch – der hinter verschlossenen Türen stattfand – so verblüfft, dass er bleich und entgeistert aus ihrem Schlafgemach trat, und er sagte zu mir: »Weißt du, Vittorio, deine Mutter ist bei weitem nicht so dumm, wie ich immer dachte. Nein, ganz und gar nicht. Aber Tatsache ist, sie ist einfach fad.«

Unter normalen Umständen hätte er niemals etwas so Verletzendes über sie gesagt. Aber in dem Augenblick bebte er förmlich.

Und sie, sie warf einen silbernen Krug nach mir, als ich zu ihr hineingehen wollte. Ich rief: »Aber Mutter, ich bin's, Vittorio!« Da stürzte sie sich in meine Arme und weinte eine viertel Stunde lang die bitterlichsten Tränen.

Wir sprachen nicht. Ihr kleines gemauertes Schlafgemach, das ziemlich weit oben im ältesten Turm unserer Burg lag, war mit zahlreichen antiken und modernen Möbelstücken, viele davon vergoldet, ausgestattet. Dort saßen wir zusammen, bis sie sich die Augen trocknete und sagte: »Du weißt ja, er sorgt für alle hier. Für meine Verwandten, die Onkel und Tanten. Wo wären sie denn, wenn er nicht wäre? Und er hat mir nie etwas abgeschlagen.«

Mit ihrer gleichmäßigen, geschulten Klosterschulstimme

fuhr sie fort, vor sich hin zu reden: »Schau dir unseren Haushalt an. Die ganze ältere Verwandtschaft lebt hier; ihre Lebensweisheiten sind für euch Kinder so wertvoll; und das ist so, weil euer Vater sie aufgenommen hat, dabei wäre er reich genug, um wer weiß wo zu leben. Aber er ist einfach zu gutmütig. Nur eins, Vittorio! Vittorio, nicht, dass du ... ich meine ... mit den Dorfmädchen.«
In dem aufwallenden Wunsch, sie zu trösten, hätte ich beinahe gesagt, dass ich, soweit ich wusste, nur einen Bastard gezeugt hatte, und dem ging es gut, doch mir fiel rechtzeitig ein, dass das die absolute Katastrophe gewesen wäre. Also sagte ich nichts.
Das war das einzige Gespräch, das ich je mit meiner Mutter führte – nur dass »Gespräch« nicht zutreffend war, denn ich sagte ja nichts.
Aber sie hatte Recht. Drei Tanten und zwei ihrer Onkel lebten auf unserem weitläufigen, von hohen Mauern umgebenen Anwesen, und die alten Leutchen lebten gut, waren stets prächtig in die neuesten Stoffe aus der Stadt gekleidet und erfreuten sich des höfischen Lebens auf unvorstellbare Weise. Ich musste zugeben, dass es vorteilhaft für mich war, ihnen zu lauschen, denn sie hatten viel Lebenserfahrung.
Das Gleiche galt auch für die Verwandten meines Vaters, nur dass dies natürlich ihr Land war, das Land ihrer Familie, so dass sie wohl glaubten, ein größeres Anrecht darauf zu haben, da sie all diese heroischen Kämpfe im Heiligen Land geführt hatten. So schien es wenigstens, und deshalb stritten sie mit meinem Vater über alles und jedes, vom Geschmack der Fleischpasteten, die zur

Abendmahlzeit serviert wurden, bis hin zu dem verwirrend modernen Stil der Maler, die mein Vater aus Florenz hatte kommen lassen, um unsere kleine Kapelle auszuschmücken.

Außer seiner Vorliebe für Gläser war die Malerei wahrscheinlich das einzige Moderne, an das er sich hielt.

Unsere kleine Kapelle war jahrhundertelang schmucklos gewesen. Wie die vier Türme und alle Mauern unserer Burg war sie aus diesem hellen Stein gebaut, der in der nördlichen Toskana vorkommt. Das ist nicht die Sorte Stein, wie man sie in Florenz so häufig findet, die grau und irgendwie permanent verschmutzt wirkt. Dieser Stein aus dem Norden hat eine beinahe blassrosa Farbe.

Ich war noch sehr jung, als mein Vater die ersten Malschüler aus Florenz hergebracht hatte, gute Maler, die bei Piero della Francesco und vergleichbaren Meistern gelernt hatten; sie sollten die Kapelle mit Wandbildern ausmalen, die von den erbaulichen Geschichten über Heilige und von biblischen Riesen handelten, wie sie in den Legendenbüchern erzählt wurden. Da mein Vater selbst nicht besonders fantasiebegabt war, hielt er sich, was die Themen anging, an das, was er aus den Kirchen von Florenz kannte; also befahl er den Malern, dass sie die Geschichten von Johannes dem Täufer malen sollten, der mit unserem Herrn Jesus verwandt und außerdem der Schutzheilige der Stadt Florenz war. So kam es, dass während meines letzten Lebensjahres als Mensch unsere Kapelle sich mit Bildern von der heiligen Elisabeth und dem Evangelisten Johannes, der heiligen Anna und der Jungfrau Maria, von Zacharias und unzähligen Engels-

bildern füllte, alle – wie es zu jener Zeit üblich war – in feinster Florentiner Kleidung.
Gegen diese »modernen« Gemälde, die so ganz anders waren als die starren Bildnisse von Giotto oder Cimabue, hatten meine alten Onkel und Tanten Einwände. Und was die Dörfler anging, denke ich, dass sie sie auch nicht so ganz verstanden, aber sie waren derart von Ehrfurcht übermannt, wenn sie zu einer Hochzeit oder einer Taufe in die Kapelle kamen, dass es sowieso keine Rolle spielte.
Ich selbst war natürlich unendlich glücklich über diese Malerei und darüber, dass ich meine Zeit bei den Künstlern verbringen konnte, die alle schon fort waren, als von Dämonen durch ein Blutbad ein Schlussstrich unter mein Leben gezogen wurde. In Florenz hatte ich viele sehr berühmte Bilder gesehen und meine große Schwäche war es, umherzustreifen und den herrlichen Anblick der gemalten Engel und Heiligen zu genießen, die in der Kathedrale die prächtig ausstaffierten Nischen mit den Heiligenaltären schmückten. Anlässlich einer der Reisen mit meinem Vater hatte ich in Cosimos Haus sogar den ungestümen Maler Filippo Lippi gesehen, der zu jener Zeit dort tatsächlich hinter Schloss und Riegel gehalten wurde, weil er ein Gemälde fertig stellen sollte.
Ich war von dem schlichten und doch einnehmenden Mann sehr angetan, von der Art, wie er argumentierte und taktierte und sich fast in einen Wutanfall hineinsteigerte, um den Palazzo verlassen zu dürfen, während der hagere, ernste Cosimo einfach lächelte und mit gedämpfter Stimme zu ihm sprach und ihn nach und nach von

seiner Hysterie abbrachte, indem er ihm sagte, er solle seine Arbeit wieder aufnehmen, denn wenn er sie erst beendet hätte, wäre er bestimmt glücklich.
Filippo Lippi war zwar ein Mönch, aber er war verrückt nach den Frauen, das war allgemein bekannt. Man könnte sagen, dass man ihn nur zu gerne als den bösen Buben sah. Und natürlich waren es die Frauen, derentwegen er unbedingt aus dem Palazzo herauswollte; später, an der Tafel, schlug man unserem Florentiner Gastgeber sogar vor, dass er Filippo zusammen mit ein paar Frauen in das Atelier einsperren sollte, das würde ihn vielleicht bei Laune halten. Aber Cosimo wird sich wohl kaum an diesen Rat gehalten haben, andernfalls hätten seine Feinde das sofort als *die* Neuigkeit in Florenz verbreitet. Lassen Sie mich das hier festhalten, weil es mir sehr wichtig ist: Diesen ersten Blick auf das Genie – denn das ist und bleibt Filippo Lippi für mich – habe ich nie vergessen.
»Was hat dir denn an ihm so gefallen?«, fragte mein Vater mich.
»Er ist beides, ein guter und ein schlechter Mensch«, erklärte ich, »nicht einfach eins oder das andere. Ich sehe den Kampf, der in ihm vorgeht! Und ich habe ein paar seiner Werke gesehen, Sachen, an denen er zusammen mit Fra' Giovanni gearbeitet hat« – das ist der Maler, den alle Welt später Fra' Angelico nannte –, »und ich sage dir, ich halte ihn für brillant. Warum sollte Cosimo sich sonst solche Szenen von ihm bieten lassen? Du hast es doch gehört!«
»Und Fra' Giovanni ist ein Heiliger?«, fragte mein Vater.

»Hmmm, ja. Und das ist natürlich auch gut so. Aber hast du gesehen, was für Qualen Fra' Filippo litt? Hmm, mir gefiel das.«
Mein Vater zog die Augenbrauen hoch.
Auf unserer folgenden und letzten Reise nach Florenz zeigte er mir alle Gemälde Filippos. Ich war erstaunt, dass er sich an mein Interesse für den Mann erinnerte. Wir gingen von einem Haus zum anderen und sahen uns die schönsten Bilder an, und dann gingen wir weiter zu Filippos Werkstatt.
Er arbeitete gerade an einem weit fortgeschrittenen Altarbild, das Francesco Maringhi für eine Florentiner Kirche in Auftrag gegeben hatte – Die Krönung der Jungfrau Maria –, und als ich das Werk sah, verlor ich fast das Bewusstsein, so sehr hatte mich die Schönheit des Bildes getroffen und so sehr liebte ich es. Ich konnte meine Augen nicht davon abwenden. Ich seufzte, und mir kamen die Tränen. Noch nie hatte ich etwas so Schönes gesehen wie dieses Bild mit der riesigen Menschenmenge darauf, und alle hatten so stille, aufmerksame Mienen, dazu die glanzvolle Versammlung der Engel und Heiligen und die geschmeidigen, graziösen Frauen, die anmutig gebeugten Himmelsmänner. Ich war verrückt danach.
Mein Vater führte mich zu noch zwei weiteren Gemälden, die beide die Verkündigung darstellten.
Nun habe ich ja schon erwähnt, dass ich als Knabe den Engel Gabriel gespielt hatte, der die Jungfrau Maria besucht, um ihr die Empfängnis Jesu anzuzeigen, und dass wir es so darstellten, als wäre der Engel hübsch, verführerisch und voller Manneskraft, und Josef kommt dazu

und findet diesen umwerfenden Mann bei Maria, seinem jungfräulichen Mündel. Wir waren natürlich ein recht weltlich gesinnter Haufen, also verpassten wir dem Spiel ein wenig Pfeffer. Ich meine, wir übertrieben ein wenig. In der Heiligen Schrift steht meines Erachtens nichts darüber, dass Josef in ein Stelldichein platzt. Aber diese Rolle hatte ich am liebsten gespielt, und Darstellungen der Verkündigung hatte ich immer besonders gern gemocht.

Nun, dieses letzte Bild, das Filippo Lippi so um 1440 herum gemalt hat, sah ich kurz bevor ich Florenz verließ, und es übertraf bei weitem alles, was mir je unter die Augen gekommen war. Der Engel war wahrhaft überirdisch und doch physisch perfekt gestaltet. Seine Schwingen waren wie aus Pfauenfedern zusammengesetzt. Ich war ganz krank vor Andacht und Gier; ich wünschte mir, wir könnten das Bild erwerben und mit nach Hause nehmen. Das war natürlich unmöglich. Bilder von Filippo standen nicht zum Verkauf. Also zerrte mich mein Vater schließlich fort, und am nächsten Tag machten wir uns auf den Heimweg.

Erst später viel mir auf, wie ruhig er meinem Wortschwall lauschte, als ich unaufhörlich über Fra' Filippo redete: »Das Bild ist so empfindsam, hat eine solche Originalität, und doch ist es auch dann zu loben, wenn man die Maßstäbe der Allgemeinheit anlegt; darin liegt nämlich die Genialität, dass man etwas anders macht, aber nicht zu viel, dass man unnachahmlich ist und sich doch nicht dem Verständnis der Allgemeinheit entzieht, und genau das trifft hier auf Lippi zu, Vater, lass es dir sagen.« Ich war nicht aufzuhalten: »Das ist meine Meinung über diesen Mann: Seine Verhaftung im Fleischlichen, seine Leidenschaft für das weibliche Geschlecht, die beinahe schon wilde Weigerung, sich an sein Gelübde zu halten, all das liegt im Widerstreit mit dem Priester in ihm, denn siehst du, er trägt ja seine Kutte, er *ist* der Mönch Filippo. Und aus diesem Widerstreit heraus verleiht er seinen Figuren den Ausdruck völliger Hingabe.«

Mein Vater lauschte nur.

»Das ist es«, fuhr ich fort, »dass er sich ständig mit den unversöhnlichen Kräften in seinem Inneren arrangieren muss, das spiegeln seine Charaktere wider – sie sind traurig, weise und nie unschuldig, aber immer sanft und das Abbild stummer Qual.«

Auf unserem Heimweg, während wir eine ziemlich steile Strecke durch die Wälder aufwärts ritten, fragte mich mein Vater so ganz nebenbei, ob die Künstler, die er für unsere Kapelle verpflichtet hatte, gut gewesen wären.

»Vater, machst du Witze?«, fragte ich. »Sie waren ausgezeichnet.«

Er lächelte. »Mir war nicht klar, ob du das wusstest«, sagte er. »Ich hatte einfach die Besten ausgewählt.«

Nun lächelte ich.

Dann lachte er gutmütig. Ich habe ihn nicht mehr gefragt, wann und ob ich wieder fortgehen könne, um ein Studium aufzunehmen. Ich hatte mir wohl überlegt, dass ich uns beide zufrieden stellen könnte. Auf dieser letzten gemeinsamen Reise von Florenz heimwärts haben wir bestimmt zwei Dutzend Mal Halt gemacht. Eine Burg nach der anderen bewirtete uns, wir gingen in neuen, lichten, üppig ausgestatteten Landhäusern ein und aus und schlenderten in ihren weiten Parkanlagen umher. Nichts von alldem fesselte mich übermäßig, denn ich dachte, dies alles wäre Teil meines Lebens – die Bäume, an denen sich der Blauregen hochrankte, die Weingärten auf den grünen Hängen, die lieblichen Mädchen, die mir aus ihren Loggien zuwinkten.

In dem Jahr, als wir diese Reise machten, führte Florenz gerade Krieg. Die Stadt hatte für den berühmten Francesco Sforza Partei ergriffen, der Mailand in Besitz nehmen wollte. Neapel und Venedig hatten sich beide auf Mailands Seite geschlagen. Die Kämpfe waren schrecklich, aber sie berührten uns nicht. Dieser Krieg wurde anderswo geführt, von gemieteten Söldnern, und die Erbitterung darüber hallte in den Straßen der Städte, doch nicht auf unserem Berggipfel.

Was mir von dieser Auseinandersetzung in Erinnerung blieb, sind zwei bemerkenswerte Charaktere, die darin verwickelt waren. Einer davon war der Herzog von Mailand, Filippo Maria Visconti, ein Mann, der unser Feind war, ob es uns gefiel oder nicht, da er mit Florenz verfeindet war.

Aber hören Sie sich an, was das für ein Mann war: Er war, wie man sagte, nicht nur grauenvoll fett, sondern fühlte sich auch zum Schmutz hingezogen, so dass er manchmal seine Kleider ablegte und sich nackt im Dreck seiner Gärten rollte! Schon der Anblick eines Schwertes erschreckte ihn zu Tode, und wenn man es aus der Scheide zog, begann er zu kreischen! Außerdem grauste es ihn davor, sich porträtieren zu lassen, weil er sich für

zu hässlich hielt – was ja auch stimmte. Aber das war nicht alles. Seine schwachen, dünnen Beine wollten ihn nicht tragen, so dass er sich von Pagen herumschleppen lassen musste. Dennoch hatte er einen gewissen Sinn für Humor. Er pflegte unvermittelt eine Schlange aus seinem Ärmel zu ziehen, um den Leuten einen Schrecken einzujagen! Entzückend, finden Sie nicht auch?
Dennoch gelang es ihm, wie auch immer, fünfunddreißig Jahre lang über das Herzogtum Mailand zu gebieten, und eben gegen Mailand wandte sich sein eigener Söldner, Francesco Sforza, in diesem Krieg. Letzteren will ich hier kurz beschreiben, weil er ein recht kurioser Charakter war, wenn auch von völlig anderer Art als der Herzog; er war der ansehnliche, starke, tapfere Sohn eines Kleinbauern – eines Bauern, der als Kind entführt worden war und es anschließend zum Anführer genau dieser Entführerbande gebracht hatte. Und unser Francesco wurde erst zum Führer dieses Trupps, als sein Vater, der heldenhafte Bauernspross, bei dem Versuch, einen Pagen vor dem Ertrinken zu retten, selbst in dem Strom ertrank. Welch unverfälschter Heldenmut! Was für eine Gabe!
Ich habe Francesco Sforza erst zu Gesicht bekommen, als ich für die sterbliche Welt tot und ein streunender Vampir geworden war, aber er entsprach seiner Beschreibung, war ein Mann von heldenhaftem Körperbau und Benehmen, und, glauben Sie es oder nicht, diesem unwürdigen Mann bäuerlicher Abkunft, der ein geborener Kämpfer war, gab der verrückte Herzog von Mailand seine Tochter zur Frau. Die Tochter war übrigens nicht das Kind seiner Gattin, dieser armen Seele, die man ein-

gesperrt hielt, sondern sie war von seiner Mätresse. Letztendlich führte diese Heirat zu dem Krieg. Ursprünglich kämpfte Francesco nämlich tapfer für den Herzog, und als der seltsame, unberechenbare Adelsherr schließlich verreckte, wollte natürlich sein Schwiegersohn, der stattliche Francesco, Herzog von Mailand werden – er hatte sowieso schon alle mit seinem Charme eingewickelt: vom Papst bis hin zu Cosimo.

Das entspricht der Wahrheit. Finden Sie es etwa nicht interessant? Sie können es nachlesen. Ach, ich habe zu erwähnen vergessen, dass von dem Herzog Filippo Maria gesagt wurde, er habe sich ein schalldichtes Gemach in seinem Palast bauen lassen, da er sich so schrecklich vor Gewittern fürchtete!

Da gibt es noch mehr zu sagen. Sforza musste Mailand mehr oder minder auch vor anderen Angreifern schützen, die es vereinnahmen wollten, und Cosimo war gezwungen, ihn zu unterstützen, sonst hätten sich die Franzosen auf uns gestürzt, oder es wäre noch schlimmer gekommen.

Das alles war recht amüsant, und wie ich schon sagte, war ich schon in jungen Jahren gut darauf vorbereitet worden, entweder in den Krieg zu ziehen oder ein höfisches Leben zu führen. Aber dieser Krieg und diese beiden Persönlichkeiten kannte ich nur aus Tischgesprächen, und jedes Mal, wenn sich jemand über den verrückten Herzog Filippo Maria und seine kranken Spielchen mit der Schlange im Ärmel ausließ, blinzelte mein Vater mir zu und flüsterte mir ins Ohr: »Es geht doch nichts über reines blaues Blut, mein Sohn.« Und dann lachte er.

Was nun den romantisch verklärten, tapferen Francesco Sforza betraf, sagte mein Vater klugerweise nichts, solange der Mann für unseren Gegner, den Herzog, kämpfte, doch als wir uns erst einmal alle gemeinsam gegen das Herzogtum Mailand gewandt hatten, gab mein Vater natürlich Kommentare zu dem kühnen Francesco ab, der aus eigener Kraft zum Erfolg gelangt war, und auch zu seinem beherzten Vater.

In früheren Zeiten hatte sich noch ein weiterer herrlich verrückter Kerl in Italien getummelt, ein Freibeuter und Haudegen namens Sir John Hawkwood, der seine Söldner gegen alle und jeden führte, selbst gegen Florenz. Aber letztendlich hatte er Florenz doch Treue geschworen, war sogar ein Bürger der Stadt geworden, und als er diese Welt verlassen musste, haben die Florentiner ihm sogar ein großartiges Denkmal in der Kathedrale errichtet! Das war ein Zeitalter!

Damals war man als Söldner wirklich gut dran; wissen Sie, man konnte wählerisch sein, man konnte sich aussuchen, wo man kämpfte, und man konnte sich mehr oder auch weniger engagieren.

Aber genauso erfreulich war das Zeitalter für die, die sich mehr für Dichtung und Malerei interessierten und gern in Bequemlichkeit und Sicherheit gebettet in den Gemäuern ihrer Ahnen lebten oder durch die geschäftigen Straßen der blühenden Städte wanderten. Wenn man nur ein wenig Bildung und Erziehung genossen hatte, konnte man sich aussuchen, wie man leben wollte.

Doch man musste auch sehr vorsichtig sein. Adelige wie mein Vater kamen in diesen Kriegen um. Gebirgige

Landstriche, die frei und sich selbst überlassen gewesen waren, konnten leicht eingenommen und zerstört werden. Hin und wieder geschah es, dass jemand, der sich eigentlich so ziemlich aus allem herausgehalten hatte, eine ungünstige Äußerung über Florenz machte, und schon kamen mit Geklirr und Schwertgeklapper die Söldner und machten alles dem Erdboden gleich.

Übrigens gewann Sforza den Kampf gegen Mailand, unter anderem auch deshalb, weil Cosimo ihm die benötigten Gelder lieh. Was danach folgte, war das reinste Durcheinander.

Nun, ich könnte endlos fortfahren, dieses wundersame Land der Toskana zu beschreiben.

Kälte und Trauer überkommen mich, wenn ich versuche, mir vorzustellen, was aus meiner Familie geworden wäre, wenn dieses Übel nicht über uns gekommen wäre. Ich kann mir meinen Vater nicht als alten Mann vorstellen oder mich selbst, wie ich mich im Alter abmühe, oder wie meine Schwester an einen Aristokraten aus der Stadt, nicht an einen Landadeligen verheiratet wird, was ich mir für sie gewünscht hatte.

Es bedeutet für mich gleichzeitig Schrecknis und Wonne, zu sehen, dass es in ebendiesen Bergen immer noch Dörfer und Bauernflecken gibt, die aus jener Zeit stammen – die nie, niemals untergegangen sind, die die schlimmsten Kriege der Moderne überstanden haben und immer noch blühen und gedeihen mit ihren kleinen gepflasterten Marktplätzen und den Töpfen mit roten Geranien in den Fenstern. Und überall haben auch Burgen dem Lauf der Zeit getrotzt, vom Leben vieler Generationen erfüllt.

Hier, an diesem Ort, gibt es nur Finsternis. Hier ist nur Vittorio, der beim Licht der Sterne schreibt. Brombeerranken und anderes wild wucherndes, dornenbewehrtes Gestrüpp belagern die Kapelle drunten, wo die Gemälde immer noch sichtbar sind, ohne dass je ein Auge darauf fällt; und die geheiligten Überreste des geweihten Altars schlummern unter dicken Schichten Staub. Ah, aber diese Dornen schützen, was von meiner Heimstatt übrig blieb. Ich habe sie wachsen lassen. Ich habe zugelassen, dass die Waldwege verschwanden oder habe sie sogar selbst zerstört. Ich muss etwas von der Vergangenheit ganz für mich haben! Ich brauche das!

Aber ganz zweifellos muss ich mir zum Vorwurf machen, dass ich weiter und weiter erzähle. Dieses Kapitel sollte längst beendet sein. Man kann es jedoch ein wenig mit den kleinen Theaterstücken vergleichen, die wir im Hause meines Onkels aufzuführen pflegten oder die ich mir ansah, wenn sie in Florenz vor dem Dom aufgeführt wurden: Zuerst braucht man die gemalte Kulisse, passende Requisiten, Drähte, an denen sich die Schauspielpuppen in die Luft erheben können; Kostüme müssen zugeschnitten und genäht werden, ehe man die Darsteller auf die Bühnenbretter schicken und ich die Geschichte erzählen kann, wie ich zum Vampir wurde.

Ich kann nicht anders. Lassen Sie mich meine Abhandlung über das glorreiche 15. Jahrhundert mit den Worten des berühmten Alchimisten Ficino abschließen: Es war das »Goldene Zeitalter«.

Und nun wende ich mich dem tragischen Augenblick zu.

3

In dem das Grauen über uns kommt

Der Anfang vom Ende nahte im nächsten Frühjahr. Ich hatte meinen sechzehnten Geburtstag hinter mir gelassen, der in jenem Jahr auf den Dienstag vor Beginn der Fastenzeit gefallen war, den Tag, an dem wir mit allen Dörflern den Karneval feierten. Es war recht früh im Jahr gewesen, deshalb war es noch ziemlich kühl, trotzdem feierten wir alle fröhlich.

In jener Nacht vor Aschermittwoch hatte ich dann diesen schrecklichen Traum, in dem ich mich selbst sah, die abgetrennten Köpfe meiner Geschwister im Arm. Ich erwachte von Schweiß bedeckt, so sehr hatte mich der Traum entsetzt. Ich hielt ihn in meinem Traumbuch fest. Und dann vergaß ich ihn tatsächlich. Eigentlich war das bei den meisten Träumen der Fall, nur dieses Mal war es wirklich der abscheulichste Albtraum gewesen, den ich je gehabt hatte. Aber wenn ich die bösen Träume, die ich hin und wieder hatte, meinen Eltern oder sonst jemandem gegenüber erwähnte, wurde immer gesagt: »Vittorio, du bist selbst schuld daran, bei all den Büchern, die du liest. Du forderst es doch geradezu heraus.«

Ich wiederhole, der Traum war vergessen.

Zu Ostern war das ganze Land ringsum ein einziges Blü-

tenmeer, und die ersten Anzeichen nahenden Schreckens – die ich nicht als solche erkannte – waren die Dörfer an den unteren Hängen unseres Berges, die plötzlich von ihren Bewohnern verlassen worden waren.
Mein Vater und ich ritten in Begleitung von zwei Jägern, einem Wildhüter und einem Mann der Garde hinunter, denn wir wollten mit eigenen Augen sehen, dass die Bauern aus der Gegend verschwunden waren – wie sich herausstellte, schon vor geraumer Zeit, und das Vieh hatten sie mitgenommen.
Der Anblick dieser menschenleeren Flecken, so klein und unbedeutend sie auch gewesen waren, war gespenstig.
Es war dunkel, doch angenehm warm, als wir bergaufwärts zurückritten. Dennoch waren alle am Weg liegenden Dörfer fest verrammelt, so dass kaum ein Lichtstrahl durch die Ritzen der Fensterläden fiel und nur aus wenigen Schornsteinen ein Faden rötlichen Qualms aufstieg.
Natürlich schwadronierte der alte Schreiber meines Vaters lauthals darüber, dass die Lehnsleute gesucht, bestraft und wieder an die Feldarbeit geschickt werden müssten.
Gutmütig wie immer und völlig ruhig saß mein Vater, auf die Ellbogen gestützt, im Kerzenschein an seinem Tisch und erklärte, dass sie alle freie Männer gewesen waren; sie waren nicht an ihn gebunden, wenn sie nicht mehr hier in den Bergen leben wollten. So war die moderne Welt eben, nur hätte er immer gern gewusst, was auf unserem eigenen Land so vor sich ging.
Als hätte er mich vorher nicht bemerkt, fiel ihm mit ei-

nem Mal auf, dass ich anwesend war und ihn beobachtete, und mit einem Abwinken tat er die ganze Sache ab und beendete die Unterredung.
Ich dachte mir nichts dabei.
Doch in den folgenden Tagen kamen einige Dörfler von den unteren Hängen zu uns herauf, um innerhalb unserer Mauern zu leben. Im Zimmer meines Vaters fanden Konferenzen statt. Hinter den verschlossenen Türen hörte ich sie streiten, und eines Abends setzten sich alle viel zu ernst zu Tisch, was ganz ungewohnt für unsere Familie war. Schließlich erhob sich mein Vater aus seinem gewaltigen Sessel in der Mitte der Tafel, wo er als Herr seinen Platz hatte, und als hätte ihn jemand im Stillen angeklagt, erklärte er:
»Ich bin nicht bereit, ein paar alte Frauen zu schikanieren, weil sie Nadeln in Wachsfiguren gesteckt und Weihrauch verbrannt haben und alberne, bedeutungslose Beschwörungen murmeln. Diese alten Hexen haben seit ewigen Zeiten auf unserem Berg gelebt.«
Meine Mutter zeigte einen zutiefst erschrockenen Ausdruck, und dann sammelte sie uns drei um sich und führte uns fort, Bartola, Matteo und mich – obwohl ich äußerst ungern mitging –, und sie befahl uns, zeitig zu Bett zu gehen.
»Bleib gefälligst nicht mehr auf, um zu lesen, Vittorio!«, sagte sie.
»Aber was hat Vater gemeint?«, fragte Bartola.
»Ach, es geht um die alten Dorfhexen«, sagte ich. Ich benutzte das italienische Wort *strega*. »Immer wieder mal geht eine von ihnen zu weit, es gibt einen Streit, aber

meistens dreht es sich nur um einen Zauber, der ein Fieber heilen soll, oder sonst etwas.«

Ich hatte gedacht, meine Mutter würde mich zum Schweigen bringen, aber wie sie da auf der schmalen Stiege des Turmes stand, spiegelte sich Erleichterung auf ihrem Gesicht, während sie zu mir aufsah:

»Ja, ja, Vittorio, du hast ja so Recht. In Florenz lacht man über diese alten Weiber. Du kennst die Gattena doch selbst, was hat sie denn schon getan, als hin und wieder einen Liebestrank an die Mädchen zu verkaufen!«

»Wir werden sie doch bestimmt nicht vor Gericht bringen!«, sagte ich, froh, dass sie meine Worte beachtete.

Bartola und Matteo waren gefesselt: »Nein, nein, die alte Gattena doch nicht, bestimmt nicht. Gattena ist verschwunden. Sie hat sich davongemacht.«

»Gattena?«, fragte ich, und als sich meine Mutter, die nicht bereit war, noch mehr zu sagen, abwandte und mir nur mit einer Geste bedeutete, meine Geschwister heil ins Bett zu bringen, da wurde mir erst der Ernst dieser Angelegenheit bewusst.

Gattena war die Alte, die am meisten gefürchtet wurde, aber auch am komischsten war, und wenn sie weggegangen war, dann hatte sie vor etwas Angst. Nun, das war etwas Neues, denn ihrer Ansicht nach war sie diejenige, vor der man sich fürchten musste.

Die nächsten Tage waren frisch und schön, und ich konnte sie, zusammen mit Bartola und Matteo, ungestört genießen, doch rückblickend kann ich mich daran erinnern, dass es eine Menge Unruhe gab.

Eines Nachmittags kletterte ich zum höchsten Aussichtspunkt des alten Turmes, wo eine Wache, der alte Tori, wie wir ihn nannten, vor sich hin döste, und schaute von dort über unser Land, so weit das Auge reichte.

»Na, Ihr werdet nichts finden«, sagte er.

»Was meinst du?«

»Rauch – nicht von einem einzigen Herdfeuer. Da ist nichts mehr.« Er gähnte und lehnte sich gegen die Mauer, sein altes Lederwams und sein Schwert drückten ihn nieder. »Alles ist in Ordnung«, sagte er und gähnte abermals. »Wenn sie das Stadtleben mögen oder für Francesco Sforza gegen Mailand kämpfen wollen, lasst sie laufen! Die wissen gar nicht, wie gut sie es hatten.«

Ich wandte mich ab und ließ den Blick abermals über die Wälder und Täler schweifen, bis hin zu dem leicht dunstigen blauen Himmel im Hintergrund. Es stimmte, die kleinen Bauernhöfe schienen wie in der Zeit erstarrt, aber wie konnte man so sicher sein? Der Tag war nicht besonders klar. Und außerdem war in unserem Haushalt doch alles ganz wunderbar.

Mein Vater erhielt zwar Olivenöl, Gemüse, Milch, Butter und andere Produkte von den Dörflern, aber er war nicht darauf angewiesen. Wenn sie fanden, dass es an der Zeit war, weiterzuziehen, sollten sie doch.

Zwei Abende später wurde mir ohne jeden Zweifel klar, dass alle an der Tafel ernstlich bedrückt waren, ohne es in Worte zu fassen; die Unruhe hatte auch meine Mutter erfasst, die sich ihres ewigen höfischen Geplappers enthielt. Nicht, dass man sich nicht unterhalten hätte, aber irgendetwas war anders.

Doch wenn auch viele der älteren Verwandten im Stillen

zutiefst verunsichert waren, so gab es auch einige, die nichts zu bemerken schienen, und die Pagen bedienten bei Tisch ganz munter, und einige Musikanten, die am Tag zuvor zu uns heraufgewandert waren, spielten eine ganze Reihe hübscher Weisen auf Viola und Laute. Meine Mutter ließ sich jedoch nicht überreden, ihren üblichen Schreittanz anzuführen.

Es muss schon sehr spät gewesen sein, als ein unerwarteter Besucher angekündigt wurde. Keiner hatte bisher die große Halle verlassen, außer Bartola und Matteo, die ich schon früher zu Bett gebracht und der Obhut der alten Kinderfrau Simonetta überlassen hatte.

Der Hauptmann unserer Garde kam in die Halle, knallte die Hacken zusammen, und indem er sich vor meinem Vater verbeugte, sagte er:

»Herr, ein Mann von sehr hohem Rang, so scheint es, ist gekommen, und er möchte nicht hier im Licht der Kerzen empfangen werden, so sagt er, sondern verlangt, dass Ihr zu ihm herauskommt.«

Alle an der Tafel schreckten auf, und meine Mutter erblasste vor Zorn angesichts solcher Ungehörigkeit. Niemand »verlangte« je etwas von meinem Vater. Außerdem sah ich deutlich, dass unser Hauptmann, ein recht sympathischer alter Soldat, übermäßig wachsam und ein wenig beunruhigt war, dabei war er früher ein umherziehender Söldner gewesen und hatte viele Kämpfe erlebt.

Mein Vater erhob sich. Er sagte kein Wort und rührte sich auch nicht.

»Wollt Ihr dem nachkommen, Herr, oder soll ich den Signore fortschicken?«, fragte der Hauptmann.

»Sag ihm, dass er als Gast in meinem Hause sehr willkommen ist«, sagte mein Vater, »dass wir ihm im Namen unseres Herrn Jesu Christi unsere Gastfreundschaft entbieten.«

Seine Stimme allein schien beruhigend auf die Tischgesellschaft zu wirken, sah man von meiner Mutter ab, die nicht ganz sicher zu sein schien, wie sie sich verhalten sollte.

Der Hauptmann warf meinem Vater einen verschwörerischen Blick zu, als wollte er ihm heimlich vermitteln, dass diese Worte nichts bewirken würden, aber er ging hinaus, um die Einladung weiterzugeben.

Mein Vater setzte sich nicht. Er blieb stehen und starrte geradeaus, dann neigte er den Kopf leicht zur Seite, als lauschte er. Er drehte sich um und schnippte mit den Fingern, um die beiden Wachen aufmerken zu lassen, die im Hintergrund der Halle dösten.

»Macht einen Rundgang durch das Haus und seht, dass alles in Ordnung ist«, sagte er leise. »Ich glaube, es sind ein paar Vögel hineingeraten. Die Luft ist warm, und viele Fenster sind geöffnet.«

Die beiden gingen, und sofort nahmen zwei andere ihren Platz ein. Das war an sich schon ungewöhnlich, denn es bedeutete, dass sehr viele Männer zum Dienst eingeteilt waren.

Der Hauptmann kam allein zurück und verbeugte sich abermals.

»Herr, er will nicht ins Licht treten, sagt er, sondern Ihr sollt zu ihm herauskommen, und er hat nicht viel Zeit, um auf Euch zu warten.«

Das war das erste Mal, dass ich meinen Vater wirklich zornig sah. Selbst wenn er mich oder auch einmal einen Bauernburschen schlug, war er nicht besonders eifrig bei der Sache. Nun aber legten sich seine Züge, die an sich so beruhigend wirkten, in grimmige Falten.
»Wie kann er es wagen!«, flüsterte er. Er umrundete jedoch den Tisch und marschierte los, und der Hauptmann heftete sich eilig an seine Fersen. Ich sprang sofort von meinem Stuhl auf und folgte ihnen; dabei hörte ich meine Mutter leise rufen: »Vittorio, komm zurück.«
Aber ich schlich meinem Vater hinterher die Stufen hinab in den Hof hinaus, und erst als er sich umwandte und seine Hand hart auf meine Brust legte, blieb ich stehen.
»Bleib hier stehen, mein Sohn«, sagte er mit der alten freundlichen Wärme in der Stimme. »Ich werde das in die Hand nehmen.«
Hier am Durchgang des Turmes hatte ich einen guten Beobachtungspunkt, und so sah ich weiter hinten, auf der anderen Seite des Hofes neben den Toren, mitten im Lichtkegel der Fackeln, den merkwürdigen Signore stehen, der die beleuchtete Halle nicht betreten wollte und doch nichts gegen die Lichtflut hier draußen zu haben schien.
Die großen Flügel im Torbogen des Burghofs waren für die Nacht verschlossen und verriegelt. Nur die kleine, gerade mannshohe Pforte darin war geöffnet, und dort stand er zwischen den knisternden Flammen, und es schien mir, als ob er sich förmlich darin sonnte mit seinem großartigen Gewand aus tief weinrotem Samt. Er war von Kopf bis Fuß in diese kräftige Farbe gekleidet,

nicht gerade nach der neuesten Mode, aber jede Kleinigkeit an ihm, von dem edelsteinbesetzten Wams bis zu den plustrigen Puffärmeln aus Satin mit samtenen Streifen, hatte diese Farbe, als wäre alles aufs Sorgfältigste in den besten Werkstätten von Florenz gefärbt worden.
Selbst die Edelsteine, die seinen Kragen und eine schwere goldene Kette um seinen Hals schmückten, waren weinrot – höchstwahrscheinlich Rubine oder gar Saphire.
Sein Haar, das ihm glatt bis auf die Schultern fiel, war dicht und schwarz, doch sein Gesicht konnte ich nicht sehen, nein, absolut nicht, denn seine Kopfbedeckung, auch aus Samt, überschattete es, und ich erhaschte nur einen Blick auf ein Fleckchen sehr weißer Haut, auf die Linie des Kiefers und ein Stückchen Hals, sonst war nichts zu sehen. Er trug ein Breitschwert von unglaublicher Größe, das in einer antiken Scheide steckte, und hatte einen Umhang lässig über eine Schulter geworfen, der ebenfalls tief weinrot und mit goldenen Zeichen bestickt war, soweit ich es aus der Entfernung erkennen konnte.
Ich gab mir größte Mühe, diesen aus Symbolen bestehenden Saum besser auszumachen, und ich glaubte einen Stern und einen Halbmond in den seltsamen Verzierungen zu erkennen, aber ich war einfach zu weit weg. Die Größe des Mannes war beeindruckend.
Mein Vater blieb dicht vor ihm stehen, doch als er sprach, war seine Stimme so leise, dass ich nichts verstehen konnte, und von dem mysteriösen Mann, der außer dem lächelnden Mund und den weißen Zähnen immer

noch nichts von seinem Gesicht zeigte, kam eine sanfte Äußerung, die düster und charmant zugleich zu sein schien.

»Entfernt Euch von meinem Haus, im Namen Gottes und unseres Erlösers!«, rief mein Vater plötzlich. Und mit einer raschen Bewegung trat er vor und stieß die prunkvolle Gestalt mit Macht aus dem Tor.

Ich war verblüfft.

Aber aus dem hohlen Schlund der Dunkelheit jenseits der Öffnung klang nur ein leises seidiges Lachen, ein spöttisches Lachen, in das andere einzustimmen schienen, dann hörte ich lautes Getrappel von Hufen, als ob eine Gruppe Reiter sich gleichzeitig in Bewegung gesetzt hätte.

Mein Vater knallte eigenhändig die Pforte zu.

Er kam zurück und machte dabei das Kreuzzeichen, dann presste er die Hände zum Gebet zusammen und blickte gen Himmel. »Lieber Gott, wie können sie es wagen!«, sagte er.

Erst jetzt, als er mit stürmischen Schritten den Rückweg zu mir und dem Turm antrat, bemerkte ich, dass unser Hauptmann anscheinend wie gelähmt vor Schrecken war.

Kaum dass er die beleuchtete Treppe betreten hatte, schaute mein Vater mir ins Gesicht, und ich wies mit dem Finger auf den Hauptmann. Mein Vater wirbelte herum. »Verrammelt das Haus«, rief er laut. »Durchsucht alles vom Keller bis zum Dach, macht alles dicht, weckt die Mannschaft und zündet Fackeln an, damit es heller ist, habt ihr gehört? Auf jedem Turm, auf jeder Mauer will ich die Männer sehen! Sofort! Das wird uns etwas Frieden schenken und die Leute beruhigen!«

Wir hatten den Speisesaal noch nicht erreicht, als der alte Fra' Diamonte auftauchte, der zu jener Zeit bei uns lebte. Er war Dominikanerpater und ein gelehrter Mann. Sein Haar war ganz wirr, seine Soutane nur halb zugeknöpft, und in der Hand hielt er sein Gebetbuch.

»Was gibt es, Herr?«, fragte er. »Was, im Namen Gottes, ist geschehen?«

»Pater, vertraut auf Gott; kommt und betet mit mir in der Kapelle«, bat mein Vater. Dann zeigte er auf einen Wachposten, der sofort eilig näher kam. »Du, mach Licht in der Kapelle, zünde alle Kerzen an, denn ich will beten. Geh auf der Stelle und schick die Pagen hinunter, sie sollen geistliche Lieder für mich spielen.«

Dann nahm er mich und den Priester bei der Hand. »Es ist wirklich nichts, das solltet ihr doch beide wissen. Es ist nichts als abergläubisches, dummes Zeug. Aber jeder Anlass, der einen weltlichen Menschen wie mich dazu bringt, sich Gott zuzuwenden, ist ein guter Anlass. Komm, Vittorio, du und Fra' Diamonte und ich, wir wollen beten, aber mach ein heiteres Gesicht, deiner Mutter zuliebe.«

Ich war schon viel ruhiger, aber die Aussicht, die ganze Nacht in der von Kerzen erstrahlenden Kapelle zuzubringen, war ebenso willkommen wie beängstigend.

Ich machte mich auf den Weg, um meine Gebetbücher zu holen, die Mess- und Andachtsbücher, die ich aus Florenz mitgebracht hatte, alle in feines Kalbsleder gebunden, mit goldener Prägung, die Illustrationen eingefasst von wunderschön gemalten Zierrahmen.

Gerade als ich aus meinem Zimmer kam, sah ich meinen Vater und meine Mutter beisammenstehen.
»Lass die Kinder nicht einen Augenblick allein«, sagte er zu ihr. »Und dann du, in deinem Zustand, ich will nicht, dass du dir solche Sorgen machen musst.«
Sie legte kurz die Hand auf ihren Bauch. Da wurde mir klar, dass sie wieder schwanger war. Und noch etwas wurde mir klar: dass mein Vater tatsächlich äußerst beunruhigt war. Was konnte das heißen: »Lass die Kinder nicht einen Augenblick allein«? Was konnte das bedeuten?
Die Kapelle war durchaus bequem. Wenn wir auch an religiösen Festtagen alle standen, so hatte mein Vater doch schon vor längerer Zeit ein paar hübsche, samtgepolsterte Betstühle aus Holz angeschafft. Bankreihen waren damals noch nicht üblich.
Einen Teil der Nacht nutzte mein Vater, um mir das Gewölbe unter der Kirche zu zeigen, das man mit Hilfe eines ringförmigen Griffes öffnen konnte, der in eine verborgene Falltür eingelassen war; der Ring ruhte in einer flachen Steinfassung und sah aus wie eines der vielen marmornen Ornamente in den Bodenplatten.
Ich wusste von diesen Grabkammern, hatte als Kind sogar schon Prügel empfangen, weil ich mich heimlich hineingeschlichen hatte, und damals hatte mein Vater zu mir gesagt, dass ich ihn sehr enttäuscht hätte, weil ich kein Familiengeheimnis hüten könne. Dieser Vorwurf war viel schmerzhafter gewesen als die Tracht Prügel. Und ich hatte ihn danach nie wieder darum gebeten, ihn begleiten zu dürfen, obwohl ich wusste, dass er im Laufe der

Jahre ab und zu in den unterirdischen Grüften gewesen war. Ich malte mir aus, dass dort Reichtümer liegen würden und geheimnisvolle Dinge aus heidnischer Zeit.
Nun sah ich, dass es einen höhlenartigen Raum dort unten gab, der tief und weit in das Erdreich gegraben und mit Steinen eingefasst war. Er war mit diversen Schätzen gefüllt, es gab alte Truhen und sogar Stapel alter Bücher. Und zwei verriegelte Durchgänge.
»Die führen zu den Grabstätten, die brauchst du nicht zu betreten«, sagte mein Vater, »aber es ist wichtig, dass du von diesem Ort weißt und ihn nicht vergisst.«
Zurück in der Kapelle, richtete er die Falltür wieder, drückte den Ring nieder und legte die Marmorplatte wieder an ihren Platz, so dass nichts mehr davon zu erkennen war.
Fra' Diamonte tat, als hätte er nichts gesehen. Meine Mutter war eingeschlafen und die Kinder ebenfalls. Noch vor Tagesanbruch waren alle in der Kapelle in den Schlaf gesunken.
Bei Sonnenaufgang, als die Hähne in den Dorfgemeinschaften innerhalb der Burgmauern lauthals krähten, trat mein Vater in den Hof hinaus, reckte sich und schaute zum Himmel; dann zuckte er die Achseln.
Zwei meiner Onkel eilten ihm entgegen und verlangten zu wissen, welcher Signore von welchem Ort auch immer es wagte, uns mit einer Belagerung zu drohen, und wann wir den Kampf aufnähmen.
»Nein, nein, nein, ihr habt das ganz falsch verstanden«, erklärte mein Vater, »wir ziehen nicht in den Krieg. Geht zurück ins Bett.«

Aber er hatte die Worte kaum ausgesprochen, als ein durchdringender Schrei uns alle auffahren ließ. Durch die aufspringenden Torflügel zum Hof rannte eines der Dorfmädchen – eines, das wir sehr schätzten – und kreischte die fürchterlichen Worte: »Es ist fort! Das Baby ist nicht mehr da, sie haben den kleinen Jungen geholt.«
Den Rest des Tages verbrachten wir mit der unermüdlichen Suche nach dem vermissten Kind, doch es war nirgends zu finden. Und bald stellte sich heraus, dass noch ein weiteres Kind spurlos verschwunden war, ein geistesschwacher Junge, den alle recht gern hatten, da er völlig harmlos war, wenn auch so wirr im Kopf, dass er kaum auf den eigenen Füßen stehen konnte. Und alle waren beschämt, weil niemand sagen konnte, wie lange dieser Schwachsinnige schon fehlte.
Bei Einbruch der Dämmerung hatte ich langsam das Gefühl, ich müsste wahnsinnig werden, wenn ich nicht bald mit meinem Vater allein sprechen konnte, wenn es mir nicht endlich gelang, in das verschlossene Zimmer vorzudringen, wo er mit den Onkeln und dem Priester saß und diskutierte und herumstritt. Am Ende hämmerte ich so heftig gegen die Tür und trat sogar dagegen, dass sie mich einließen. Das Treffen war so gut wie beendet, und mein Vater zog mich zu sich auf den Sitz und sagte mit wildem Blick:
»Siehst du, was sie getan haben? Sie haben sich den Tribut genommen, den sie von mir verlangt haben. Sie haben sich einfach genommen, was ich ihnen verweigert habe. Haben ihn sich genommen!«
»Was für einen Tribut denn? Meinst du die Kinder?«

Seine Augen glühten wütend. Er rieb sich das unrasierte Kinn und ließ die Faust auf den Tisch niederkrachen; dann stieß er seine Schreibutensilien zur Seite.
»Für wen halten die sich denn, dass sie nachts zu mir kommen und verlangen, dass ich ihnen die Kinder überlasse, die uns nicht besonders willkommen sind?«
»Vater, was heißt das? Du musst es mir sagen!«
»Vittorio, du wirst dich morgen auf den Weg nach Florenz machen, beim ersten Tageslicht schon, und du wirst Briefe mitnehmen, die ich noch heute Nacht schreibe. Um gegen das hier anzukämpfen, brauche ich mehr als ein paar Landgeistliche. Nun mach dich für die Reise fertig.«
Ganz plötzlich hob er den Blick. Er schien zu lauschen, dann blickte er um sich. Ich sah, dass es hinter den Fenstern dunkel geworden war. Wir selbst konnten uns gegenseitig nur noch undeutlich sehen, außerdem hatte er den Leuchter umgestoßen. Ich hob ihn auf. Während ich eine der Kerzen nahm, sie an der Fackel neben der Tür ansteckte und dann die anderen Kerzen damit entzündete, beobachtete ich ihn aus den Augenwinkeln. Er lauschte starr und aufmerksam, dann stützte er die Fäuste auf den Tisch und erhob sich ohne ein Geräusch, scheinbar unbeeindruckt von dem Kerzenlicht, das ihm ins Gesicht fiel und seine empörte, wachsame Miene hervorhob.
»Was hört Ihr da, mein Herr?«, fragte ich, wobei ich die formelle Anrede benutzte, ohne es überhaupt zu merken.
»Das Böse«, flüsterte er. »Heimtückische Wesen, die Gott nur wegen unserer Sünden am Leben lässt. Bewaffne

dich ordentlich. Bring deine Mutter und deine Geschwister in die Kapelle, und beeil dich. Die Soldaten haben schon ihre Anweisungen.«

»Soll ich auch Speisen bringen lassen, etwas Brot und Bier vielleicht?«, fragte ich.

Er nickte so abwesend, als wäre das kaum von Bedeutung.

In weniger als einer Stunde waren wir alle in der Kapelle versammelt, die ganze Familie, zu der auch fünf Onkel und drei Tanten zählten, und außerdem waren zwei Kinderfrauen bei uns und Fra' Diamonte.

Der kleine Altar war wie für die Messe hergerichtet, mit der feinsten bestickten Altardecke und den schwersten goldenen Kandelabern, in denen die Kerzen hell brannten. Das Abbild des Gekreuzigten schimmerte in ihrem Licht, es war ein sehr altes, unbemaltes Schnitzwerk, das schon an dieser Wand hing, seit der heilige Franziskus vor zwei Jahrhunderten angeblich hier in unserer Burg untergekommen war. Diesem Stil entsprechend, war der Christus unbekleidet, ein Abbild gequälten Opferganges, keineswegs so kraftvoll und weltlich-körperlich wie die Kreuzesdarstellungen der heutigen Zeit, und so stand die Machart in starkem Kontrast zu der Reihe der erst kurz zuvor gemalten Heiligen in ihren leuchtenden roten und goldenen Gewändern.

Wir saßen auf einfachen braunen Bänken, die extra hergebracht worden waren, keiner sprach ein Wort, denn Fra' Diamonte hatte am Morgen die Messe abgehalten und die Hostie – also Leib und Blut des Herrn – in das Tabernakel gefüllt, so dass die Kapelle nun ihrem Zweck als Haus Gottes gerecht wurde.

Wir aßen das Brot tatsächlich und tranken auch – nahe dem Eingang – ein wenig Bier, aber wir verhielten uns still. Nur mein Vater ging immer wieder kühn nach draußen in den von Fackeln erhellten Hof und rief seinen Soldaten in den Türmen und auf den Mauern einige Worte zu, und ein paar Mal stieg er sogar hinauf, um sich zu versichern, dass unter seiner Obhut alles in Ordnung war.

Meine Onkel hatten sich alle mit Waffen versehen. Die Tanten beteten mit hingebungsvollem Eifer ihren Rosenkranz. Fra' Diamonte war ganz verwirrt, und meine Mutter wirkte beinahe wie tot, so bleich war sie, und ihr war übel, vielleicht von dem Kind, das sie im Leib trug, und sie klammerte sich an meinen Bruder und meine Schwester, die inzwischen beide ganz eindeutig verängstigt waren.

Es schien, als würde die Nacht ohne Zwischenfall vergehen.

Es waren nicht mehr ganz zwei Stunden bis Sonnenaufgang, als mich ein grässlicher Schrei aus meinem seichten Schlummer weckte. Mein Vater war sofort auf den Füßen, ebenso meine Onkel, die, so gut es ihnen mit ihren alten, krummen Fingern gelang, ihre Schwerter zogen.

Die Nacht hallte von Schreien wider, die Soldaten gaben Alarm, und lautes, schepperndes Geläute dröhnte von den alten Glocken in jedem Turm.

Mein Vater packte meinen Arm. »Vittorio, komm«, sagte er, und mit einem Griff zog er die Falltür hoch und stieß sie zurück; dann drückte er mir eine der großen Altarkerzen in die Hand.

»Bring deine Mutter, die Tanten und deine Geschwister da runter, sofort, und kommt nicht heraus, egal was ihr hört! Kommt nicht heraus! Verschließ die Falltür hinter euch und bleibt da! Tu, was ich dir sage!«
Ich gehorchte auf der Stelle, packte Matteo und Bartola und schob sie vor mir her die steinernen Stufen hinunter. Die Onkel waren, ihre alten Schlachtschreie auf den Lippen, durch die Tür der Kapelle in den Burghof gestürzt, und die Tanten taumelten – einer Ohnmacht nahe, klammerten sie sich an den Altar und wollten sich nicht vom Fleck rühren, während meine Mutter sich an meinen Vater hängte. Der war in wilde Raserei verfallen. Ich packte die älteste der Tanten, doch sie war wie in einer Todesstarre, und mein Vater kam mit donnernden Schritten zu mir zurück, drängte mich gewaltsam in das Gewölbe und schloss die Tür.
Mir blieb nichts anderes übrig, ich verriegelte die Falltür, wie er es mir gezeigt hatte, und wandte mich mit der flackernden Kerze in der Hand meinen verängstigten Geschwistern zu.
»Geht ganz nach hinten durch«, rief ich, »geht ganz nach unten!«
Sie fielen beinahe hin, als sie versuchten, sich rückwärts über die steilen engen Stiegen zu schieben, während sie mich die ganze Zeit über nicht aus den Augen ließen; aber es war auch wirklich nicht einfach, dort hinunter zu klettern.
»Was ist denn, Vittorio, warum wollen sie uns etwas antun?« fragte Bartola.
»Ich will gegen sie kämpfen«, sagte Matteo. »Vittorio, gib

mir einen Dolch. Du hast ein Schwert. Das ist ungerecht.«

»Schsch, seid still, tut, was der Vater gesagt hat. Denkt ihr etwa, mir gefällt es, dass ich nicht draußen bei den Männern sein kann? Still!«

Ich schluckte die Tränen herunter. Meine Mutter war da oben und die Tanten!

Die Luft war feucht und kalt, doch das tat mir gut. Ich brach in Schweiß aus, und mein Arm schmerzte vom Tragen des schweren, goldenen Leuchters. Schließlich sanken wir drei aneinander gedrängt am hinteren Ende des Gewölbes nieder, und es beruhigte mich irgendwie, die kalten Steine zu spüren.

Aber während wir gemeinsam schwiegen, hörten wir trotz der dicken Decke immer wieder Geheul, schreckliche, von Angst und Panik zeugende Schreie und Getrappel eilender Füße, ja sogar das hohe, schrille Wiehern von Pferden. Es klang, als wären über unseren Köpfen Pferde mitten in die Kapelle galoppiert, was nicht völlig unmöglich war.

Ich sprang auf und hastete zu den beiden anderen Pforten des Gewölbes, die zu den Grabkammern führten oder was sich sonst dahinter verbergen mochte – es war mir egal! Ich öffnete den Riegel einer der Türen und konnte nur einen niedrigen Gang sehen, nicht einmal hoch genug für mich und kaum breit genug für meine Schultern. Mit der einzigen Kerze in der Hand, die wir hatten, ging ich zurück und sah, dass der Blick der Kinder an der Decke haftete, durch die noch immer das mörderische Geschrei tönte; sie waren erstarrt vor Furcht.

»Ich rieche Feuer«, flüsterte Bartola auf einmal, und im Nu war ihr Gesicht nass von Tränen. »Riechst du es, Vittorio? Ich kann es sogar hören.«
In der Tat, ich hörte und roch es auch.
»Bekreuzigt euch, ihr beide; betet nun und vertraut mir«, sagte ich, »wir werden von hier entkommen.«
Doch der Schlachtenlärm setzte sich fort, die Schreie hörten nicht auf. Dann, plötzlich, senkte sich Stille herab, so plötzlich, dass es ebenso seltsam und erschreckend war wie der Lärm zuvor.
Stille, die zu vollständig war, um von Sieg zu künden.
Bartola und Matteo hatten sich rechts und links an mich geklammert. Über uns ertönte Geklapper. Die Türen der Kapelle wurden aufgestoßen, und dann wurde jäh die Falltür aufgerissen. Im Schimmer des Feuers, das oben wütete, sah ich eine dunkle, schlanke Gestalt mit langen Haaren. Der Luftzug löschte meine Kerze aus. Nur das höllengleiche Flackern drang von oben herab, ansonsten waren wir gnadenlos der Dunkelheit ausgesetzt. Wieder sah ich ganz deutlich die Umrisse der Gestalt; eine hoch gewachsene, königliche Frau mit langen, dichten Locken und einer Taille, die so schmal war, dass ich sie mit meinen beiden Händen hätte umfassen können, schien geräuschlos die Stufen hinab- und mir entgegenzuschweben.
Wie, in Himmels Namen, war das möglich, das hier, diese Frau?
Ehe mir auch nur in den Sinn kam, mein Schwert gegen einen weiblichen Angreifer zu heben, oder ich mir auch nur einen Reim auf das Ganze machen konnte, fühlte ich

ihren weichen Busen und ihre kühle Haut an meiner Brust, als sie ihre Arme um mich zu schlingen schien. Als mir der Duft ihrer Haare und ihrer Kleider in die Nase stieg, überkam mich ein Augenblick unerklärlicher, seltsam sinnlicher Verwirrtheit, und ich bildete mir ein, das schimmernde Weiß ihrer Augen zu sehen, als sie mich anschaute.

Ich hörte Bartola aufkreischen, dann auch Matteo. Ich wurde zu Boden gestoßen. Über mir loderte hell das Feuer.

Die Gestalt hatte sie beide gepackt und hielt die strampelnden, schreienden Kinder fest in ihrem nur scheinbar zerbrechlich-zarten Arm. Dann blieb sie stehen, offensichtlich, um mich anzusehen, und rannte schließlich mit hoch erhobenem Schwert, das in ihrer anderen Hand lag, die Treppe hinauf, dem Feuerschein entgegen.

Mit beiden Händen zog ich mein Schwert, eilte ihr hinterher, nach oben in die Kapelle, wo ich sah, dass sie offenbar mit Hilfe teuflischer Kräfte schon fast den Ausgang erreicht hatte – was eigentlich ein Ding der Unmöglichkeit war –, während ihre Gefangenen jammerten und nach mir riefen: »Vittorio! Vittorio!«

Das Feuer schlug schon durch die hochgelegenen Fenster der Kapelle, selbst durch das Rosettenfenster über dem Kruzifix. Ich traute meinen Augen nicht: Diese junge Frau stahl mir meine Geschwister!

»Bleib stehen, im Namen Gottes!«, schrie ich die Frau an. »Feiges Ding, nächtliche Diebesbrut!«

Ich rannte ihr nach, doch zu meinem absoluten Erstaunen blieb sie still stehen und wandte sich mir zu, um

mich abermals anzublicken, und nun sah ich sie in ihrer ganzen edlen Schönheit. Ihr Gesicht war ein vollkommenes Oval mit großen, milden, grauen Augen, ihr Teint wie der feinste weiße Chinalack. Sie hatte rote Lippen, so perfekt, wie es ein Maler nicht hätte vollbringen können, und ihr langes aschblondes Haar wirkte im Licht des Feuers grau wie ihre Augen und fiel glänzend und gepflegt in einer schwingenden Mähne über ihren Rücken. Ihr Gewand, das zwar dunkle Flecken, sicherlich von Blut, aufwies, war von der gleichen weinroten Farbe, wie ich sie in der Nacht zuvor an den Kleidern des Übel wollenden Besuchers gesehen hatte.
Mit einem sehr neugierigen, schließlich durchdringenden Ausdruck starrte sie mich an. In der rechten Hand hielt sie immer noch das erhobene Schwert, doch sie rührte sich nicht, und dann entließ sie meine zappelnden Geschwister aus ihrem kraftvollen Griff, so dass sie schluchzend zu Boden fielen.
»Dämon! Hexe!«, brüllte ich. Ich machte einen Satz über die beiden hinweg und stürzte mich mit schwingendem Schwert auf die junge Frau.
Doch sie wich so rasch aus, dass ich nicht einmal die Bewegung wahrnahm. Ich konnte nicht glauben, dass sie plötzlich so weit entfernt von mir war und mich und die beiden weinenden Kinder noch immer ansah, während sie ihr Schwert gesenkt hielt.
Unvermittelt fuhr ihr Kopf herum. Ein hohler, schriller Schrei, eine Art Pfeifen erklang, dann noch einer und noch einer. Als spränge sie aus den Feuern der Hölle selbst, erschien plötzlich eine weitere rot gewandete Ge-

stalt in der Kapelle, die in eine samtene Kapuze gehüllt und mit goldverzierten Stiefeln angetan war, und als ich mein Schwert gegen sie richtete, schleuderte sie mich zur Seite und schlug mit derselben fließenden Bewegung Bartola den Kopf ab und gleich darauf auch den des kreischenden Matteo.

Ich verfiel in Raserei. Ich heulte auf. Er stürzte sich auf mich. Doch von der Frau kam sofort ein eindeutiges Verbot: »Lass ihn in Ruhe!«, rief sie mit klarer, heller Stimme, und er machte sich davon, dieser Mörder, dieser verhüllte Unhold in seinen goldbesetzten Stiefeln, dabei rief er ihr über die Schulter zu: »Nun komm schon, bist du von Sinnen? Achte auf den Himmel! Komm, Ursula!«

Sie rührte sich nicht. Sie starrte mich immer noch an. Ich schluchzte und fluchte, und indem ich mein Schwert fest packte, rannte ich abermals gegen sie an, und dieses Mal sah ich, wie meine Klinge niederfuhr und ihr den rechten Arm abhackte, direkt unter dem Ellenbogen. Der schlanke weiße Arm, der ebenso zart wie all ihre anderen Körperteile schien, fiel zusammen mit ihrem Schwert auf den gefliesten Boden. Blut schoss aus dem Stumpf.

Sie tat nichts, schaute nur zu. Und dann blickte sie mich an, mit dem gleichen Ausdruck wie zuvor, forschend, traurig und beinahe untröstlich.

Abermals hob ich das Schwert. *Strega!*, schrie ich, »Hexe!« und biss die Zähne zusammen, während ich mich bemühte, durch meinen Tränenschleier etwas zu sehen. »Hexe!«

Doch mit einer Bewegung wie durch Teufels Hand, hatte sie sich von mir entfernt, weit entfernt, als würde sie von einer unsichtbaren Kraft gezogen, und nun hielt sie in der linken Hand ihre rechte, die immer noch das Schwert umklammert hatte, so als wäre der Arm nicht abgetrennt worden. Sie setzte das Glied, das ich abgeschlagen hatte, an seinen ursprünglichen Platz. Ich beobachtete sie dabei. Ich beobachtete, wie sie das Glied wieder anfügte, es mit einer Drehbewegung festdrückte, bis es wieder so war, wie es sein sollte, und dann sah ich mit meinen staunenden Augen, wie sich die Wunde, die ich verursacht hatte, schloss und ihre weiße Haut makellos zurückließ. Darauf fiel der lockere, weite Ärmel ihres üppigen Samtgewandes wieder bis auf das Handgelenk.

Schneller, als man blinzeln konnte, hatte sie sich aus der Kapelle entfernt und war nur noch eine Silhouette gegen den Feuerschein, der die Turmfenster über mir erhellte. Einzig ihr Flüstern klang noch herüber: »Vittorio.«

Dann verschwand sie.

Ich wusste, es war nutzlos, ihr zu folgen! Dennoch rannte ich nach draußen, schwang mein Schwert über dem Kopf und schrie voller Wut und Gram Drohungen gegen die ganze Welt heraus, während meine Augen blind vor Tränen waren und meine Kehle zugeschnürt, als müsste ich ersticken.

Alles war still. Alle waren tot. Tot. Ich wusste es. Der Burghof war mit Leichen übersät. Ich rannte zurück in die Kapelle. Ich riss die Köpfe meiner Geschwister vom Boden hoch und hielt sie in den Armen. Ich setzte mich nieder und legte sie in meinen Schoß und schluchzte. Diese abgetrennten Köpfe, sie schienen noch so lebendig, die Augen glänzten, und die Lippen schienen sich zu bewegen in dem vergeblichen Versuch zu sprechen. Oh, Gott! Das konnte kein Mensch ertragen. Ich weinte jämmerlich.

Ich fluchte.

Dann ordnete ich sie Seite an Seite in meinem Schoß, diese beiden Häupter, und ich strich ihnen über das Haar und streichelte ihre Wangen und flüsterte ihnen tröstende Worte zu – dass Gott nahe sei, dass er bei uns sei, dass er uns in Ewigkeit behüte, dass wir im Himmel seien. Oh, bitte, ich bitte Dich, Gott, betete ich in meinem Innern, lass die beiden nicht mehr diese Gefühle, dieses Bewusstsein haben, die ihre Züge noch widerspiegeln. Oh, nein, das nicht. Ich kann es nicht ertragen. Ich kann nicht. Nein. Bitte!

Bei Tagesanbruch, als die Sonne ihr anmaßendes Licht durch die Türen der Kapelle fallen ließ, als die Feuer ausgeglüht waren, als die Vögel sangen, als ob nichts geschehen wäre, da waren die unschuldigen Häupter von Bartola und Matteo leblos und stumm und ganz eindeutig tot, und ihre unsterblichen Seelen hatten sie verlassen, wenn sie nicht überhaupt schon in dem Augenblick davongeflogen waren, als das Schwert ihre Köpfe vom Körper getrennt hatte.

Meine Mutter fand ich ermordet im Hof. Mein Vater lag tot auf den Stufen des Turmes, seine Hände und Arme waren mit Wunden bedeckt, als hätte er nach den Schwertern gegriffen, die ihn erschlugen.

Sie hatten schnelle Arbeit geleistet. Kehlen durchschnitten. Und nur hier und da gab es Anzeichen eines heftigen Kampfes wie bei meinem Vater.

Nichts war gestohlen worden. Zwei meiner Tanten fand ich in der äußersten Ecke der Kapelle und zwei im Hof, und sie trugen immer noch all ihre Ringe und Ketten und ihren Kopfschmuck. Nicht ein juwelenbesetzter Knopf war abgerissen. Und das war in der gesamten Anlage so.

Die Pferde waren fort, das Großvieh hatte sich in die Wälder verstreut, und das Federvieh war davongeflogen. Ich öffnete das kleine Haus, in dem meine Jagdfalken gehalten wurden, nahm ihnen die Häubchen ab und ließ sie in die Wälder davonfliegen.

Niemand war da, der mir hätte helfen können, die Toten zu begraben. Um die Mittagszeit hatte ich meine ganze Familie, einen nach dem anderen, in die Krypta gezerrt und ohne Umstände die Stufen hinabgestoßen; unten hatte ich sie alle sorgfältig hingelegt, Seite an Seite, so gut ich es konnte.

Es war eine mühselige Aufgabe gewesen. Ich war kurz vorm Zusammenbruch, als ich ihre Glieder ordnete; zuletzt war mein Vater an der Reihe.

Ich wusste, dass ich das nicht für alle Toten in der Burg tun konnte; das war einfach unmöglich. Und außerdem, was immer es auch gewesen ist, das vergangene Nacht gekommen war, es konnte genauso gut zurückkehren, denn ich war als Einziger am Leben geblieben, und da draußen lief ein vermummter Dämon herum, der das wusste, ein boshafter Mörder, der mitleidlos zwei Kinder enthauptet hatte. Und wie die Natur dieses Todesengels auch beschaffen war, dieser wunderschönen Ursula mit ihren fast farblos weißen Wangen, dem schlanken Hals und den sanft geneigten Schultern, ich wusste jedenfalls nichts darüber. Möglicherweise würde sogar sie selbst zurückkommen, um die Schmach zu rächen, die ich ihr angetan hatte.

Ich musste unseren Berg verlassen.

Dass diese Wesen im Moment nicht in der Nähe waren, wusste ich instinktiv, mein Gefühl sagte es mir und die Tatsache, dass die herrliche Sonne mit ihrer Wärme etwas Natürliches, Gesundes war – ich hatte die Flucht dieser Geschöpfe beobachtet, hatte ihre Pfeiftöne und die ominösen Worte des Dämons gehört, mit denen er dem Mädchen, Ursula, bedeutet hatte, sich zu beeilen.

Nein, sie waren nicht mehr hier, das waren Wesen der Nacht.

Also hatte ich Zeit, den höchsten Turm der Festung zu erklimmen und mich umzuschauen. Das tat ich. Ich fand bestätigt, dass es ringsum keinen Menschen mehr gab, der den Rauch gesehen haben könnte, als unser Mobiliar und die hölzernen Fußböden, von denen es sowieso nur wenige gegeben hatte, in Flammen aufgingen. Die benachbarte Burg war eine Ruine, das habe ich ja schon erwähnt. Und die am unteren Berghang liegenden Dörfer waren schon von ihren Bewohnern verlassen gewesen.

Die nächste größere Siedlung war einen Tagesmarsch entfernt, und wenn ich bei Einbruch der Nacht in einem sicheren Versteck sein wollte, musste ich mich auf den Weg machen.

Tausend Gedanken quälten mich. Ich wusste etwas zu viel! Ich war noch ein Jüngling! Man rechnete mich noch nicht zu den Männern! Ich hatte Reichtümer in den

Bankhäusern in Florenz, aber dahin brauchte ich selbst zu Pferde eine Woche! Diese Wesen waren Dämonen, böse Geister! Dennoch hatten sie eine Kirche betreten können. Und hatten Fra' Diamonte niedergemacht.
Schließlich beherrschte mich nur ein Gedanke. Vendetta! Rache! Ich würde sie kriegen! Ich würde sie finden und sie erledigen. Und wenn sie nicht bei Tageslicht hervorkommen konnten, dann würde ich diese Tatsache nutzen, um sie zu erwischen! Ich würde Rache üben! Für Bartola. Für Matteo, für meinen Vater und meine Mutter, für das Kind niedrigster Herkunft, das sie von meinem Berg entführt hatten.
Und sie hatten die Kinder mitgenommen! Ja, in der Tat. Ich versicherte mich dessen, ehe ich fortging. In Anbetracht der Dinge, die mir im Kopf herumschwirrten, dauerte es zwar eine Weile, bis mir das klar wurde, aber schließlich sah ich es. Nicht eine Kinderleiche gab es hier, nur Jungen meines Alters waren getötet worden, aber alle Jüngeren hatten sie geraubt. Wozu? Welchen Schrecknissen sollten sie ausgesetzt werden? Ich war außer mir.
Ich hätte wahrscheinlich noch lange am Turmfenster gestanden, mit geballten Fäusten und von Zorn und Racheschwüren verzehrt, wenn mich nicht ein angenehmer Anblick abgelenkt hätte. In dem Dorf, das der Burg am nächsten war, sah ich drei meiner Pferde ziellos umherziehen, als warteten sie darauf, heimgeholt zu werden. Wenigstens eines meiner besten Rosse sollte ich haben, denn ich musste mich eilends auf den Weg machen. Mit einem Pferd würde ich vielleicht gerade noch vor Nacht-

einbruch eine Stadt erreichen können. Ich kannte das Gebiet nördlich von uns nicht, es war noch gebirgig, aber ich hatte von einer relativ großen, recht nahe gelegenen Stadt gehört. Dahin musste ich, weil ich einen Unterschlupf brauchte, weil ich nachdenken musste und weil ich mich mit einem Priester besprechen musste, der Grütze im Kopf hatte und sich mit bösen Geistern auskannte.

Meine letzte Aufgabe war schändlich, und ich fand sie widerwärtig, aber sie musste getan werden. Ich sammelte alles an Wertsachen ein, was ich tragen konnte. Das hieß, dass ich zuerst mein eigenes Zimmer aufsuchte, und als wäre es ein ganz normaler Tag, zog ich meinen besten dunkelgrünen Anzug aus Samt und Seide an und streifte mir die hohen Stiefel und die Handschuhe über. Dann nahm ich die ledernen Satteltaschen und ging hinab in die Krypta unter der Kapelle, wo ich meinen Eltern und Verwandten ihre geliebten Ringe und Ketten und Broschen abnahm, samt den goldenen und silbernen Schnallen, die aus dem Heiligen Land stammten. Gott stehe mir bei!

Und als wäre ich ein Dieb, füllte ich dann meine Börse mit allen Golddukaten und Florinen, die in den Schatullen meines Vaters zu finden waren. Ein Leichenfledderer, so kam ich mir vor! Und dann warf ich mir die schweren Lederbeutel über die Schulter und ging zu meinem Pferd, sattelte und zäumte es und machte mich auf in die Wälder, ganz und gar wie ein Mann von Rang, mit den Waffen, dem nerzbesetzten Umhang und dem florentinischen Barett aus grünem Samt.

4

In dem ich auf weitere Geheimnisse stosse, verführt werde und meine Seele zu erbittertem Heldenmut verdamme

Nun, ich habe es ja schon beschrieben, ich war zu sehr von Hass erfüllt, als dass ich noch hätte klar denken können, und das werden Sie sicherlich verstehen. Aber es war nicht eben klug, so reich gekleidet durch die Wälder der Toskana zu reiten, noch dazu ganz allein, denn in jedem Wald Italiens gab es natürlich auch Räuber. Andererseits, so zu tun, als wäre ich ein mittelloser Student, schien mir auch nicht die beste Wahl. Ich kann jedoch nicht behaupten, dass ich wirklich eine Entscheidung getroffen hätte, denn das einzige leidenschaftliche Gefühl, das ich aufbringen konnte, war das Verlangen, mich an den Dämonen zu rächen, die uns, meine Familie, vernichtet hatten.

So ritt ich nun stetig bis zum frühen Nachmittag dahin, und nachdem ich unseren Turm schließlich aus den Augen verloren hatte, hielt ich mich möglichst an die Talstraßen, doch immer wieder driftete ich auf die Gebirgshänge ab. Und die ganze Zeit über rang ich mühsam darum, nicht mehr wie ein Kind zu weinen.

In meinem Kopf drehte es sich. Und die Umgebung ließ mir kaum Zeit und Gelegenheit, meine Gedanken zu sammeln. Nirgendwo hätte es einsamer sein können.

Schon bald nach meinem Aufbruch kam ich in Sichtweite zweier großer zerfallener Burgen, deren Mauerkronen und Brustwehren schon der gefräßige Wald verschlungen hatte; mir wurde bewusst, dass die einstigen Herren dieser Befestigungen dumm genug gewesen waren, sich der Macht von Florenz oder Mailand zu widersetzen. Das genügte, mich an meinem Verstand zweifeln zu lassen, genügte, in mir die Idee zu wecken, dass meine Familie nicht von Dämonen ausgelöscht worden war, sondern dass uns ein ganz gewöhnlicher Feind angegriffen hatte.

Wie bitter war es, die abgebrochenen Zinnen düster in den ansonsten so hellen und gleißenden Himmel ragen zu sehen und auf die überwucherten Trümmer der Dörfer zu stoßen, auf die zusammengesunkenen Hütten und an Kreuzwegen vergessene Heiligenschreine, in denen steinerne Marien- und Heiligenfiguren unter Spinnweben und Schatten versanken.

Als ich auf einer entfernten Anhöhe eine gut befestigte Stadt ausmachte, wusste ich nur zu gut, dass sie zu Mailand gehörte und hütete mich, dorthin zu reiten. Ich hatte mich verirrt!

Was Räuber anging, so traf ich nur auf eine kleine abgerissene Bande, mit der ich es, ohne zu überlegen, aufnahm, indem ich sie mit einem Wortschwall überschüttete. Zumindest gewährte mir dieser idiotische Haufen etwas Ablenkung. Mein Blut rollte so flink durch meine Adern wie die Worte über meine Zunge:

»Ich reite einer Schar von hundert Männern voraus«, verkündete ich. »Wir sind auf der Suche nach einigen Gesetzlosen, die behaupten, sie kämpften für Sforza, dabei sind sie nur Räuber und Diebe. Habt ihr sie gesehen? Hier, ein Florin für jeden von euch, wenn ihr mir etwas darüber sagen könnt. Sobald sie uns vor die Augen kommen, werden wir sie niedermachen! Ich bin müde. Ich habe das Ganze satt!« Ich warf ihnen ein paar Münzen zu, und sie machten sich schnell davon. Jedoch nicht ohne zuvor ein paar Worte darüber verloren zu haben, dass das nächste zu Florenz gehörige Städtchen, etwa zwei Stunden entfernt, Santa Maddalana hieß, dass es seine Tore bei Nacht schloss und dann weder für Geld noch gute Worte hineinzukommen war.

Ich tat so, als wüsste ich das alles und als befände ich mich auf dem Weg zu einem berühmten Kloster, dessen Lage weiter nördlich mir bekannt war und das ich unmöglich hätte erreichen können. Dann warf ich ihnen über die Schulter weitere Münzen zu und galoppierte davon, wobei ich ihnen zubrüllte, dass sie am besten dem Trupp entgegenritten, der mir auf dem Fuße folgte, denn dort würde man für ihre Dienste sicher noch einmal zahlen. Ich weiß, dass sie die ganze Zeit untereinander stritten, ob sie mich töten und mir alles wegnehmen sollten. Es war wirklich eine Angelegenheit, bei der ein entschlossener Blick, Finten, eine flinke Zunge und Standvermögen entscheidend waren; und schließlich waren sie ja nur ganz gewöhnliche Schurken, so dass ich irgendwie davonkam.

Ich ritt weiter, so schnell ich konnte, verließ den Hauptweg und schlug mich quer durchs Land bis zu den Hängen, von wo aus ich in der Ferne die undeutlichen Umrisse Santa Maddalanas sehen konnte. Eine große Stadt. Ich

sah vier massige Türme, die sich dicht um die Tore drängten, die offensichtlich den Haupteingang bildeten, außerdem mehrere Kirchtürme.
Ich hatte gehofft, noch vor dieser Stadt auf einen Ort zu treffen, der etwas kleiner und nicht so streng befestigt wäre. Aber mir fiel nicht ein Name ein, und ich hatte mich auch zu sehr verirrt, um weitersuchen zu können. Die Nachmittagssonne schien zwar noch hell, neigte sich aber schon. Ich musste nach Santa Maddalana. Als ich den Fuß des Berges erreicht hatte, auf dessen Gipfel die Stadt erbaut war, nahm ich die schmalen Pfade, die die Schäfer benutzten. Das Licht verblasste zusehends. Der Wald war zu dicht, als dass er nahe dieser von Mauern umgebenen Stadt noch sicher gewesen wäre. Ich verfluchte die Stadtbewohner, weil sie den Berggipfel nicht von Bäumen freigehalten hatten, aber immerhin gewährte mir das eine gewisse Deckung. Während die Dämmerung niedersank, glaubte ich zeitweise nicht mehr daran, den Gipfel noch erreichen zu können; Sterne stiegen an einem bereits saphirblau glänzenden Himmel auf, doch das ließ die ehrwürdige Stadt in ihrer Größe nur noch unerreichbarer erscheinen. Schließlich legte sich die mitleidlose Nacht endgültig über die kräftigen Stämme der Bäume, und ich musste mir mühsam den Weg bahnen, indem ich mich mehr auf die Instinkte meines Pferdes verließ als auf meine zunehmend schlechter werdende Sicht. Ein bleicher Halbmond schien sich mit den Wolken zu vermählen, und der Himmel war wegen des dichten Blätterdaches über mir nur stückweise zu sehen. Ich ertappte mich dabei, dass ich meinen Vater anflehte,

als hielte er, zusammen mit meinen Schutzengeln, schützend die Hand über mich, und ich glaube, ich vertraute auf ihn und seine Gegenwart fester als ich je Engeln vertraut hatte, denn ich sagte: »Bitte, Vater, hilf mir, die Stadt zu erreichen. Hilf mir, dass ich in Sicherheit bin, damit diese bösen Geister mich nicht an meiner Rache hindern.« Fest hielt ich mein Schwert umklammert. Ich rief mir in Erinnerung, dass ich Dolche in den Stiefelschäften, im Ärmel und im Gürtel trug. Ich strengte mich an, trotz des spärlichen Lichtes, das der Himmel hergab, etwas zu sehen, und musste darauf vertrauen, dass mein Pferd den Weg zwischen den dicken Baumstämmen fand. Hin und wieder hielt ich stocksteif inne. Aber ich hörte nichts Ungewöhnliches. Wer sonst wäre so dumm, bei Nacht in diesem Wald unterwegs zu sein? Endlich, schon fast am Ende der Strecke, stieß ich wieder auf die Hauptstraße, der Wald lichtete sich und machte ebenen Feldern und Wiesen Platz, und die letzten Kehren der kurvigen Straße legte ich im Galopp zurück.

Dann ragte die Stadt direkt vor mir auf, wie es eben geschieht, wenn man nach einer letzten Wegbiegung unmittelbar vor den Stadttoren steht – man glaubt, jemand hätte einen am Fuß eines Zauberschlosses abgesetzt. Ich stieß ein Dankgebet aus, obwohl die mächtigen Stadttore so fest verschlossen waren, als lagerte eine feindliche Armee davor.

Dies musste mein sicherer Hort sein.

Natürlich wollte der Wächter, ein schläfriger Soldat, der sich von oben mit dröhnender Stimme bemerkbar machte, meinen Namen wissen.

Dass ich nun gezwungen war, mir krampfhaft etwas Vernünftiges auszudenken, lenkte mich von den Bildern ab, die, kaum in Schach zu halten, in meinem Kopfe spukten: von meiner üblen Feindin Ursula und ihrem abgetrennten Arm und von meinen enthaupteten Geschwistern, wie sie, die sich gerade noch bewegt hatten, auf den Boden der Kapelle sanken.

Ich rief ihm in bescheidenem Ton, jedoch mit pompösen Worten zu, dass ich ein Gelehrter in den Diensten Cosimo de' Medicis wäre, hergekommen, um mich in Santa Maddalana nach Büchern umzusehen, speziell nach alten frommen Büchern, die von Heiligen und von Erscheinungen der Heiligen Jungfrau, besonders hier in dieser Gegend, handelten.

So ein Unsinn!

Ich erklärte, dass ich die Kirchen und Lehranstalten besuchen wolle und auch alte Lehrer, die wohl im Schutze dieser Mauern leben mochten; und was ich gegen gute Münze erwerben könne, würde ich meinem Herrn in Florenz überbringen.

»Ja, aber wie ist Euer Name, wie heißt Ihr?«, drängte der Soldat, während er das kleine untere Tor einen Spaltbreit öffnete, wobei er die Laterne hoch hielt, um mich in Augenschein zu nehmen. Ich wusste, dass ich auf dem Ross ein gutes Bild abgab.

»De' Bardi«, verkündete ich. »Antonio de' Bardi, Verwandter von Cosimo.« Wild entschlossen wählte ich den Namen der Familie von Cosimos Gemahlin, denn das war der einzige Name, der mir in den Sinn kam. »Seht, guter Mann, nehmt diesen Lohn, gönnt Euch und Eurem Weib ein leckeres Mahl davon, hier, nehmt, ich weiß, es ist spät, aber ich bin so müde!«

Das Tor öffnete sich. Ich musste absteigen, damit ich mein Pferd am Zügel hindurchführen konnte bis auf das hallende Pflaster der Piazza.

»Was in Gottes Namen habt Ihr nach Anbruch der Dunkelheit ganz allein in diesen Wäldern gemacht?«, fragte der Wächter. »Kennt Ihr die Gefahren nicht? Und so jung? Was ist nur mit den de' Bardi heutzutage los, dass sie ihre Sekretäre ohne Eskorte durch die Gegend ziehen lassen?« Er steckte das Geld ein. »Seht doch, Ihr seid das reinste Kind! Jemand hätte Euch schon allein wegen Eurer Knöpfe umbringen können. Was ist los mit Euch?«

Ich stand auf einem enorm weiten Platz, von wo aus ich mehr als eine Straße abzweigen sah. Das war Glück. Aber was, wenn die Dämonen auch hier hausten? Ich hatte keine Ahnung, wo diese Wesen unterkriechen oder sich verstecken mochten! Aber ich fuhr fort mit meiner Geschichte: »Das ist allein meine Schuld! Ich habe mich verirrt. Wenn Ihr mich verratet, bekomme ich Schwierigkeiten. Führt mich zu einer Herberge. Ich bin so müde. Hier, nehmt, nein, unbedingt.« Ich gab ihm weitere Münzen. »Ich habe mich verirrt, weil ich nicht aufgepasst habe. Ich falle gleich um. Ich brauche Wein, etwas zu essen und ein Bett. Hier, guter Mann. Nein, nein, nehmt nur, ich bestehe darauf. Die de' Bardi würden es nicht anders wollen.«

Er hatte inzwischen schon nicht mehr genug Taschen, die Münzen unterzubringen, und schob sie in sein Hemd. Dann führte er mich beim Licht einer Fackel zu einem

Gasthof. Er hämmerte gegen die Tür, bis eine alte Frau mit liebem Gesicht herunterkam und, dankbar für die Münzen, die ich ihr in die Hand drückte, mich zu einer Kammer führte.

»Bitte, ein Gemach hoch oben, so dass man das Tal überblicken kann«, sagte ich. »Und bring mir etwas zu essen, es kann ruhig eiskalt sein, das ist mir gleich.«

»Ihr werdet in dieser Stadt keine Bücher finden«, sagte der Wächter, der immer noch herumstand, während ich der Alten die Treppen hinauffolgte. »Die jungen Leute machen sich alle davon; dies ist ein friedlicher Ort, nur zufriedene kleine Krämer hier. Die jungen Männer gehen heutzutage alle zur Universität. Aber es ist angenehm, hier zu leben, wirklich schön.«

»Wie viele Kirchen habt ihr hier?«, fragte ich die Alte, als wir in den Raum traten. Ich befahl ihr, die Kerze für die Nacht brennen zu lassen.

»Zwei dominikanische und eine Karmeliterkirche«, sagte der Wächter, der sich nicht trennen konnte und nun in dem schmalen Türrahmen lümmelte, »und dann die schöne alte Kirche der Franziskanermönche, da gehe ich immer hin. Hier kommt nie etwas Schlimmes vor.«

Die alte Frau schüttelte den Kopf und forderte ihn auf, still zu sein. Sie setzte die Kerze ab und bedeutete mir, dass ich sie hier behalten könnte. Währenddessen hörte der Wächter nicht auf zu plappern, doch ich saß auf dem Bett und starrte ins Nichts, bis die Frau mir eine Platte mit kaltem Fleisch und Brot brachte, dazu einen Krug Wein.

»Unsere Schulen sind alle sehr streng«, fuhr der Mann fort. Wieder befahl ihm die Alte, den Mund zu halten, doch er

fügte hinzu: »Niemand hier wagt es, Ärger zu machen.« Und dann gingen sie endlich.
Ich stürzte mich auf den Teller wie ein Tier. Ich wollte nur eines: Kraft. In meinem Kummer kam mir nicht einmal der Gedanke, dass ich das Essen genießen könnte. Eine Weile schaute ich auf das kleine Stückchen sternengesprenkelten Himmels, während ich verzweifelt jeden mir bekannten Heiligen und Engel um Beistand anflehte. Dann verschloss ich das Fenster ganz fest. Ich verriegelte die Tür. Und nachdem ich mich vergewissert hatte, dass die Kerze sicher in ihrem Winkel stand und dick genug war, um die Nacht durch zu brennen, fiel ich auf das klumpige, schmale Bett, zu erschöpft, um Stiefel, Schwert, Dolch oder sonst etwas abzulegen. Ich hatte gedacht, ich würde sofort in tiefen Schlaf sinken, doch ich lag bewegungslos da, von Hass und Schmerz erfüllt, und starrte in die Dunkelheit; meine kranke Seele schien meinen Körper fast zu sprengen, und auf der Zunge schmeckte ich den Tod, als wenn ich ihn verspeist hätte. Von fern hörte ich, dass unten im Stall mein Pferd versorgt wurde; einsame Schritte klangen auf den Steinen der verlassenen Straße. Ich war in Sicherheit, wenigstens das stimmte.
Endlich kam der Schlaf doch. Er kam umfassend und erlösend; die Nervenstränge, die die Spannung und das Wüten in mir aufrechterhalten hatten, gaben einfach nach, und ich sank in tiefes, traumloses Dunkel. Ich war mir des süßen Augenblicks bewusst, in dem nichts mehr zählte, außer zu schlafen und frische Kraft zu schöpfen, ohne Furcht vor Träumen, und dann spürte ich nichts mehr.

Ein Geräusch brachte mich wieder zur Besinnung. Ich war sofort wach. Die Kerze war verloschen. Ehe ich noch die Augen geöffnet hatte, war meine Hand schon am Schwert. An die Wand gedrückt, lag ich auf dem schmalen Bett und starrte ins Zimmer, in ein Licht, dessen Quelle ich nicht auszumachen vermochte. Ich konnte ganz schwach die verriegelte Tür sehen, aber nicht das Fenster über mir, außer ich wandte den Kopf nach oben, doch ich wusste, wusste ganz genau, dass dieses so fest verrammelte Fenster aufgebrochen worden war. Der matte Lichtschimmer, der auf die Wand fiel, kam vom Nachthimmel. Es war ein ungewisses, schwaches Licht, das draußen die Stadtmauer übergoss und meiner kleinen Kammer den Anschein einer Kerkerzelle verlieh.

Kühle Luft sank auf mich herab und strich über meinen Hals und meine Wangen. Ich umklammerte das Schwert, während ich lauschte und wartete. Ein paar leise, knarrende Töne, dann bewegte sich das Bett fast unmerklich, als würde es leicht verrückt.

Ich konnte meine Augen nicht auf einen Punkt richten. Plötzlich verdeckten dunkle Schatten alles, und aus dieser Dunkelheit erhob sich vor mir ein Umriss, eine Gestalt, die sich über mich beugte, eine Frau, die mir direkt ins Gesicht blickte, während ihr Haar auf mich niederfiel.

Es war Ursula.

Ihr Gesicht war keine zwei Zentimeter von meinem entfernt. Ihre Hand, die sehr kühl und glatt war, schloss sich mit tödlicher Kraft über der meinen, mit der ich den Schwertgriff hielt. Sie ließ ihre Wimpern über meine Wange streichen und küsste mich auf die Stirn.

Süßeste Empfindungen hüllten mich ein, sosehr ich mich auch dagegen auflehnte. Ein unzüchtiger Gefühlsschwall durchdrang mich bis in die Eingeweide. *Strega!*, beschimpfte ich sie. »Hexe!«

»Ich habe sie nicht getötet, Vittorio.« Ihre Stimme war eindringlich, doch würdevoll und seltsam volltönend, obwohl sie zart und sehr jung und feminin klang.

»Du wolltest sie mitnehmen!«, sagte ich. Mit einem wilden Aufbäumen versuchte ich mich zu befreien. Aber ihre kraftvolle Hand war schneller, und als ich versuchte, meinen linken Arm unter meinem Körper hervorzuziehen, packte sie mein Handgelenk und drückte auch das nieder, und dann küsste sie mich.

Schon einmal hatte ich den überwältigenden Duft eingeatmet, den sie verströmte, und das sanfte Streicheln ihrer Haare auf meinem Gesicht und Hals schickte schamlose Schauer durch mich hindurch.

Ich versuchte den Kopf abzuwenden, und sie berührte mit ihren Lippen sanft, fast schon ehrfürchtig, meine Wangen. Ihr Körper drängte sich in seiner ganzen Länge an mich, ich spürte ganz deutlich die Wölbung ihrer von kostbarem Stoff umhüllten Brüste und ihre glatten, langen Schenkel, und ihre Zunge berührte meine Lippen. Sie leckte über meine Lippen.

Die Schauer, die mir durch den Körper fuhren, lähmten mich, sie waren demütigend und ließen meine Leidenschaft auflodern.

»Geh weg, Hexe«, flüsterte ich. Obwohl die Wut in mir kochte, konnte ich doch das sachte Glimmen in meinen Lenden nicht unterdrücken, konnte die verzehrenden

Empfindungen, die mir über Schultern und Rücken bis hinab in die Beine fuhren, nicht unterdrücken.
Ihre Augen glühten über mir im Dunkel, ihr Lidschlag war eher zu fühlen als zu sehen, und wieder schlossen sich ihre Lippen über meinem Mund, saugten spielerisch daran, dann ließ sie davon ab und presste ihre Wange an mich.
Ihre Haut, die wie Porzellan aussah, schmiegte sich weicher als eine Daunenfeder an meinen Körper, ah, sie erschien ganz und gar wie eine kuschelige Puppe aus wollüstigem, magischem Stoff, der viel nachgiebiger war als Fleisch und Blut und dennoch von beidem heftig entflammt, denn mit rhythmischem Pochen strömte eine Hitze aus ihr hervor, deren Quelle ihre kühlen Finger zu sein schienen, mit denen sie meine Handgelenke streichelte. Und dann schoss gegen meinen Willen ihre glühende Zunge zwischen meine Lippen, feucht, köstlich und mit zwingender Gewalt, gegen die ich nichts ausrichten konnte.
In meinem sich windenden Geist formte sich die Erkenntnis, dass sie mein heißes Begehren missbraucht und mich so hilflos gemacht hatte, dass der fleischliche Wahn meinen Körper wie mit metallenen Drähten durchzog, die die Glut, die sie zwischen meine Lippen strömen ließ, unweigerlich weiterleiteten.
Sie zog die Zunge zurück und saugte abermals an meinem Mund. Ein Kribbeln erstreckte sich über mein ganzes Gesicht. Meine Glieder lagen im Widerstreit – wollten sich gegen sie wehren, sie andererseits berühren, wollten sie umschlingen oder aber gegen sie kämpfen.
Ihr Körper lag gegen den eindeutigen Beweis meines Be-

gehrens gepresst. Es war nicht zu verbergen. Ich hasste sie.

»Warum? Was soll das?!«, fragte ich, während ich meinen Mund losriss. Als sie den Kopf hob, fiel ihr Haar zu beiden Seiten ihrer Wangen herab. Die überirdische Wonne dieser Berührung nahm mir fast den Atem.

»Herunter von mir«, knurrte ich, »geh zurück in die Hölle. Soll das eine Gnade sein? Warum tust du mir das an?«

»Ich weiß nicht«, antwortete sie mit ihrer berechnenden, bebenden Stimme. »Vielleicht einfach, weil ich nicht will, dass du stirbst«, sagte sie, während ihr Atem über meine Brust strich. Ihre Worte kamen so hastig wie ihr hitziger Pulsschlag. »Und vielleicht noch etwas«, fuhr sie fort, »ich möchte, dass du fortgehst von hier, dass du nach Süden gehst, nach Florenz; geh und vergiss alles, was geschehen ist, als wäre es nur ein Albtraum oder ein Hexenzauber und niemals wirklich passiert; verlass diese Stadt, geh, du musst fort von hier.«

»Hör auf mit deinen schmutzigen Lügen«, sagte ich, ehe ich mich zurückhalten konnte. »Denkst du wirklich, das würde ich tun? Du hast meine Familie ermordet, du und deinesgleichen, was immer ihr sein mögt!«

Sie ließ den Kopf hängen, so dass ihr Haar sich aufs Neue über mir ausbreitete. Vergebens kämpfte ich darum, mich von ihr zu lösen, es war nicht daran zu denken. Ich konnte mich ihrem Griff nicht widersetzen.

Plötzlich war alles um mich schwarz und unbeschreiblich weich. Ich fühlte einen jähen, winzigen Schmerz an meiner Kehle, nicht mehr als ein Nadelstich, und dann wurde mein Geist von ruhevoller Glückseligkeit überflutet.

Es war, als hätte mich ein einziger taumelnder Schritt auf eine Wiese mit sich im Winde neigenden Blumen geführt, weit fort von dieser Stadt und allem Gram, und sie neben mir; zwischen sacht zerdrückte Stängel und klaglos fallende Irisblüten gesunken, sie, Ursula, mit gelöstem aschblondem Haar, und sie lächelte inbrünstig, vielleicht sogar strahlend, ihre Augen blickten einladend und voller Verlangen, als wären wir beide unversehens mit Geist und Körper gleichermaßen einer vollkommenen Betörung verfallen. Sie hob sich auf meine Brust, und während sie mich mit göttlichem Lächeln anblickte, öffnete sie sanft ihre Schenkel, damit ich in sie eindringen konnte. Dies alles – die feuchte, zuckende, heimliche Öffnung zwischen ihren Beinen, die stumme Beredtheit, die aus ihren Augen sprach, als sie voll Liebe auf mich herabschaute, schien zu einer fiebrigen Mischung zu verschmelzen.
Jäh war alles vorbei. Ich fühlte mich benommen. Ihre Lippen lagen an meinem Hals. Mit aller Kraft versuchte ich, sie von mir abzuwerfen.
»Ich werde dich vernichten«, drohte ich. »Ganz bestimmt. Das schwöre ich. Und wenn ich dich bis in den Schlund der Hölle verfolgen muss«, flüsterte ich. Ich wehrte mich so heftig gegen ihren Griff, dass meine Haut brennend gegen die ihre rieb. Aber sie wollte nicht nachgeben. Ich versuchte, zu mir zu kommen. Nein, keine Träume des Entzückens, nein. »Weg von mir, Hexe!«
»Schhhh, sei ruhig«, sagte sie bekümmert. »Du bist so jung und so dickköpfig und so tapfer. Ich war auch jung, so wie du. Oh, ja, und so entschlossen und ein solcher Ausbund an Furchtlosigkeit.«

»Erzähl mir nicht solchen Dreck«, sagte ich.
»Still«, bat sie abermals. »Du wirst das ganze Haus aufwecken. Wozu soll das gut sein?« Wie schmerzlich, wie ernst und verlockend sie klang. Noch hinter einem Vorhang versteckt, hätte sie mich allein mit ihrer Stimme verführen können. »Ich kann dir nicht auf ewig Sicherheit verschaffen«, sagte sie, »nicht einmal für längere Zeit. Vittorio, geh fort.«
Sie lehnte sich zurück, so dass ich ihre weit aufgerissenen, aufrichtigen, hingebungsvollen Augen besser sehen konnte. Sie war ein Meisterwerk. Solche Schönheit, das Trugbild des Dämons, den ich im Feuerschein der Kapelle gesehen hatte, benötigte keine Zaubertränke oder Beschwörungen, um ihre Wirkung zu verstärken. Sie war makellos und von inniglicher Herrlichkeit.
Ihre Augen, die ich nur undeutlich erkennen konnte, durchforschten mein Gesicht. »Oh, ja«, gestand sie, »und auch ich finde in dir solche Schönheit, dass es mein Herz rührt; wie gemein und ungerecht das doch ist. Wie soll ich das zu allem anderen noch ertragen?«
Ich kämpfte mit mir. Ich wollte ihr nicht antworten. Ich wollte diesen rätselhaften, infernalischen Brand nicht schüren.
»Vittorio, verlass diese Stadt«, sagte sie so leise, dass ihre Stimme noch zarter und noch geheimnisvoller klang. »Dir bleiben nur wenige Nächte, vielleicht nicht einmal die. Wenn ich dich noch einmal aufsuche, führe ich sie möglicherweise zu dir. Vittorio – erzähl keinem in Florenz etwas davon! Sie würden dich auslachen.«
Weg war sie!

Das Bett knarrte und wippte. Ich lag auf dem Rücken, meine Handgelenke schmerzten vom Druck ihrer Hände. Über mir gähnte das Fenster, und in dem grauen, unkörperlichen Licht dahinter ragte die Mauer neben dem Gasthof in einen Himmel, dessen Anblick mir in dieser hilflosen Lage verwehrt war.

Ich war allein im Zimmer, sie war nicht mehr da.

Mit einer plötzlichen Anstrengung zwang ich mich, meine Glieder zu bewegen, doch ich hatte mich kaum gerührt, als Ursula erneut auftauchte; sie lehnte ihren Oberkörper durchs Fenster und blickte auf mich herab. Dann griff sie an den bestickten Saum ihres Ausschnitts, löste ihn und bot mir ihre nackten weißen Brüste dar – kleine, runde, eng nebeneinander liegende Brüste mit aufreizenden Brustwarzen, die nur an der dunkleren Färbung der Haut erkennbar waren. Mit der Hand fügte sie sich einen blutenden Kratzer an der linken Brust zu, direkt über der Brustwarze.

»Hexe!«

Ich sprang auf, wollte sie packen, wollte sie töten, doch stattdessen spürte ich den Druck ihrer Hand auf meinem Kopf, und dann drückte sie mir die blutende Brust unwiderstehlich zart und doch fest in den Mund. Wieder schmolz jede Realität dahin und wurde fortgeweht wie hohler Rauch von einem Feuer, und wir waren gemeinsam in jenem Wiesengrund, der nur uns gehörte, unseren eifrigen, unauflösbaren Umarmungen. Ich saugte Milch von ihr, als wäre sie Mädchen und Mutter, Jungfrau und Königin zugleich, während ich mit heftigen Stößen die letzten zarten Blättchen im Kelche ihres Schoßes zermalmte.

Sie ließ mich los. Ich fiel. Hilflos, unfähig, auch nur eine Hand zu heben, um sie am Fortschweben zu hindern. Ich fiel auf das Bett zurück, schwach und dümmlich, mit nassem Gesicht und zitternden Gliedern.

Ich konnte nicht einmal sitzen. Ich war zu gar nichts fähig. Unser Wiesengrund mit seinen zarten weißen und roten Irisblüten blitzte immer wieder vor mir auf, diese schönste Blume der Toskana, die wilde Iris unserer heimatlichen Erde, die sich im grünen Grase neigte, und ich sah sie, Ursula, die vor mir davonlief. Doch das alles war blass und durchscheinend und konnte die kleine Zelle dieses Raumes nicht wie zuvor verhüllen, nur ein Nachhall war es noch, ein Schleier über meinen Augen, der mich mit seiner kitzelnden, gewichtlosen Seidigkeit quälen wollte.

»Verzaubert!«, flüsterte ich. »Oh, Gott, wenn Du mir je Schutzengel zur Seite gestellt hast, so dränge sie nun, mich mit ihren Flügeln einzuhüllen!«, seufzte ich. »Ich brauche sie!«

Zittrig und mit getrübtem Blick setzte ich mich schließlich auf. Ich rieb mir den Hals. Schauer rannen mir über den Rücken und die Oberarme. In meinem Körper tobte immer noch die Begierde.

Ich drückte die Augen fest zu, wollte nicht an Ursula denken, und verlangte doch nach irgendetwas, nach irgendeinem starken Mittel, das dieses schreckliche Begehren dämpfen könnte. Ich sank zurück aufs Bett und lag ganz still, bis dieser fleischliche Wahn vergangen war.

Ich war endlich wieder ein Mann, nachdem ich mich in meinem blinden Tun nicht wie ein solcher verhalten hatte. Den Tränen nahe, erhob ich mich, nahm die Kerze und ging so leise wie möglich, um auf den unregelmäßigen, sich windenden Stufen kein Geräusch zu machen, hinunter zum Gastraum der Herberge, wo an der Einmündung eines Ganges ein Licht an einem Haken hing, an dessen Flamme ich meine Kerze wieder entzündete. Ich schützte die unruhige Flamme mit der gewölbten Hand, klammerte mich an dieses tröstliche kleine Licht, während ich, stumm vor mich hin betend, wieder hinauf in meine Kammer ging, wo ich sie absetzte.

Dann reckte ich mich zu dem Fenster hoch und versuchte hinauszusehen, so gut es eben ging. Nichts war da unten, nichts als ein unmöglich steiler Abhang, eine abfallende Mauer, die ein Mädchen aus Fleisch und Blut niemals hätte erklimmen können, und hoch oben der stumme, gleichgültige Himmel, an dem die paar Sterne sich hinter Schäfchenwolken versteckten, als wollten sie weder mein Flehen noch meine missliche Lage wahrnehmen.

Es schien absolut sicher, dass ich sterben würde. Ich würde diesen Dämonen zum Opfer fallen. Ursula hatte Recht. Wie sollte ich nur die Vergeltung herbeiführen, die diese Dämonen verdient hatten? Wie zur Hölle sollte ich das bewerkstelligen? Und doch glaubte ich ganz fest an mein Vorhaben. Ich glaubte an meine Rache so fest, wie ich an sie, an diese Hexe glaubte, die ich mit meinen eigenen Fingern berührt hatte, die es wagte, in meiner Seele einen solch rasenden Konflikt zu entfachen, die mit ihren Gefährten der Finsternis gekommen war, um meine Familie niederzumetzeln.

Ich konnte die Bilder der Mordnacht nicht bezwingen, sah immer noch, wie sie, Ursula, bestürzt in der Tür der Ka-

pelle gestanden hatte. Ihr Aroma haftete nach wie vor auf meinen Lippen, ich wurde es nicht los. Allein der Gedanke an ihre Brüste ließ mich schwach werden, als nährte sie mit ihnen mein Verlangen.
Lass das vergehen, betete ich. Du kannst nicht davonlaufen, sagte ich mir. Du kannst nicht nach Florenz gehen, du kannst nicht auf ewig nur mit einer einzigen Erinnerung leben, der Erinnerung an das Gemetzel, das du mit angesehen hast; das ist unmöglich, undenkbar. Das geht nicht. Als mir klar wurde, dass ich ohne Ursulas Hilfe jetzt nicht mehr leben würde, weinte ich.
Sie, mit dem aschblonden Haar, die ich mit jedem Atemzug verfluchte, sie war es gewesen, die ihren vermummten Genossen davon abgehalten hatte, mich zu töten. Sonst wäre es der absolute Sieg gewesen!
Ich wurde ganz ruhig. Nun, wenn ich sowieso sterben musste, dann hatte ich eigentlich gar keine Wahl. Ich würde sie zuvor noch erwischen! Irgendwie würde es mir gelingen.
Sobald die Sonne am Himmel stand, war auch ich auf den Beinen und spazierte in der Stadt umher. Meine Satteltaschen hatte ich so lässig über die Schulter geworfen, als trüge ich nicht ein Vermögen mit mir herum. Ich hatte schon bald einen guten Überblick über einen ziemlich großen Teil Santa Maddalanas, mit seinen baumlosen, engen, gepflasterten Gassen, die wahrscheinlich schon vor Jahrhunderten gebaut worden waren; vielleicht konnte man einige der Gebäude, die aus unregelmäßig gefügten Steinblöcken erbaut waren, sogar auf die Römer zurückführen. Es war eine wunderbar friedliche, reiche Stadt.

In den Schmieden wurde schon gearbeitet, und so war es auch bei den Schreinern und Sattelmachern; es gab mehrere Schuhmacher, die sowohl elegantes Schuhwerk als auch Arbeitsstiefel feilboten, und eine größere Anzahl Juweliere sowie Handwerker, die die unterschiedlichsten Edelmetalle bearbeiteten, dazu die allgegenwärtigen Waffenschmiede und andere, die Schlüssel und Ähnliches herstellten. Auch Leder- und Pelzhändler waren da.
Ich kam an so vielen ausgefallenen Läden vorbei, dass ich nicht mehr mitzählte. Man konnte die modischsten Stoffe kaufen, direkt aus Florenz, nahm ich an, Spitzen aus Nord und Süd und exotische Gewürze, die wohl aus dem Morgenland stammten. Die Schlachter boten Unmengen an frischem Fleisch feil, und es gab eine ganze Anzahl Weinhändler; selbst einige geschäftige Notare und Briefeschreiber und ähnliche Berufsstände sah ich auf meinem Weg und auch mehrere Ärzte beziehungsweise Apotheker.
Wagen rollten nun durch die Stadttore, und hier und da herrschte in den Straßen sogar schon ein wenig Gedränge, wenn auch die Sonne noch nicht hoch genug stand, um die eng gedeckten Schindeldächer zum Glühen zu bringen und das nackte Pflaster zu erwärmen, über das ich hügelaufwärts trottete.
Die Kirchen läuteten zur Messe, und eine große Schar Schulkinder hastete an mir vorbei, alle recht sauber und ordentlich gekleidet; weitere Kinder marschierten, säuberlich in zwei Reihen aufgestellt und von Mönchen angeführt, in die Kirchen, die beide aus alter Zeit stammten; ihre Portale waren schmucklos, abgesehen von tief in Nischen gesetzten Standbildern – Heiligenstatuen, de-

ren Züge kaum noch zu erkennen waren –, und die vielfach ausgebesserten Steine ihrer Fassaden hatten offensichtlich den häufig auftretenden Erdbeben dieser Region standgehalten.
Es gab zwei sehr gewöhnliche Buchläden, die nicht viel zu bieten hatten, nur die üblichen Gebetbücher, die noch dazu sehr teuer waren. Zwei Händler verkauften wirklich edle Waren aus dem Osten. Und es gab ein Häufchen Teppichhändler, die eine eindrucksvolle Auswahl an inländischer Ware und Teppiche aus Byzanz mit den typischen verschlungenen Mustern anboten.
Jede Menge Geld wechselte den Besitzer. Gut gekleidete Bürger flanierten stolz in ihren feinen Anzügen. Zwar ritten Reisende unter Hufgeklapper, das von den kahlen Mauern widerhallte, den Hang hinan, doch schien sich die Stadt insgesamt selbst genug zu sein. Ich erspähte einen heruntergekommenen und stark befestigten Konvent.
Mindestens zwei weitere Gasthäuser lagen an meinem Weg, und während ich kreuz und quer durch die engen, unwegsamen Gassen schritt, stellte ich fest, dass die Stadt genau genommen drei Hauptstraßen hatte, die sich parallel den Hügel auf und ab schlängelten. Am unteren Ende lagen die Tore, durch die ich gekommen war, und auf der Piazza öffnete nun der große Markt mit den Bauernständen.
Am oberen Ende der Stadt lag die verfallene Festung oder Burg, ehemals Wohnsitz eines Fürsten – eine unförmige, plumpe Anhäufung alter Steinquader, die man nur teilweise von der Straße aus sehen konnte, und im unteren

Bereich dieses Komplexes hatte man die Amtsstuben der Stadt eingerichtet.
Es gab einige kleine, ummauerte Plätze, und alte Brunnen bröckelten vor sich hin, wenn sie auch noch gluckernd das Wasser hervorsprudeln ließen. Alte Frauen, die trotz der Wärme in Schals gehüllt waren, schlurften geschäftig mit ihren Marktkörben dahin. Hübsche Mädchen, alle noch sehr jung, liebäugelten mit mir. Ich wollte nichts von ihnen.
Nachdem die Messe geendet und die Schule begonnen hatte, ging ich zur Kirche der Dominikaner – auf einen Blick sah ich, dass sie die größte und eindrucksvollste der drei Kirchen war – und fragte in der Pfarrei nach einem Priester. Ich musste beichten.
Ein junger Geistlicher kam, sehr ansehnlich, gut gebaut, mit blühendem Teint und wahrhaft andächtigem Auftreten; seine schwarz-weiße Kutte war sehr sauber. Er musterte meine Aufmachung und mein Schwert, betrachtete mich sehr gründlich, wenn auch ehrerbietig, und zog den eindeutigen Schluss, dass ich eine Person von Stand war. Dann bat er mich in ein kleines Gelass, wo ich beichten konnte.
Er verhielt sich eher wohlwollend als servil. Er hatte nur einen Kranz goldblonden Haares, das rings um den kahlen Oberkopf sehr kurz geschnitten war, und seine großen Augen wirkten beinahe schüchtern. Er setzte sich nieder, und ich kniete mich dicht neben ihm auf den nackten Boden. Und dann strömte die ganze schauerliche Geschichte aus mir heraus. Mit gesenktem Kopf redete ich fort und fort, hetzte von einem Ereignis zum anderen, von den ersten unheimlichen Geschehnissen, die mich so in Neugier

und Aufregung versetzt hatten, über die bruchstückhaften, mysteriösen Bemerkungen meines Vaters, bis hin zu dem Überfall selbst und den fürchterlichen feigen Morden an allen Mitgliedern unseres Gemeinwesens. Als ich zum Tod meiner Geschwister kam, war ich so weit, dass ich wild gestikulierte und die Umrisse vom Kopf meines Bruders mit den Händen in die Luft malte. Ich keuchte und war kaum zu atmen fähig.

Erst als ich das letzte Wort gesprochen hatte, sah ich auf und merkte, dass mich der junge Priester voller Not und Grauen anstarrte. Ich wusste nicht, was ich von seinem Gesichtsausdruck halten sollte. Diese Züge konnten einem Menschen ins Gesicht geschrieben sein, der sich vor einem Insekt erschrocken hatte, wie auch einem, dem sich gerade eine ganze Kompanie blutrünstiger Mörder näherte.

Was, um der Liebe Gottes willen, hatte ich denn erwartet?

»Seht, Vater«, sagte ich. »Ihr braucht einfach nur jemanden auf den Berggipfel zu schicken, damit er sich mit eigenen Augen überzeugt!« Ich hob die Schultern und machte eine inständig bittende Geste. »Sonst nichts! Schickt jemanden, der es sich ansieht. Nichts ist gestohlen worden, Vater, nichts fortgenommen, außer was ich an mich nahm! Geht, seht es Euch an! Ich wette, nichts ist zerstört worden, wenn nicht durch Raubvögel und Raben, die möglicherweise dort oben fliegen.«

Er sagte nichts. Das Blut pochte in seinem jugendlichen Gesicht, sein Mund stand offen, und seine Augen blickten unglücklich und verwirrt. Ach, das war wirklich großartig! Ein Weichling von Priester, vielleicht gerade aus dem Seminar entlassen, der normalerweise nichts als die unzüchtigen Gedanken von Nonnen anhörte, zu dem einmal im Jahr die Männer kamen, die, von ihren Frauen zur Beichtpflicht gedrängt, widerstrebend etwas von fleischlichen Sünden murmelten.

Ich fühlte Zorn in mir aufsteigen.

»Denkt daran, Ihr müsst das Beichtgeheimnis wahren«, sagte ich, während ich versuchte, mich in Geduld zu üben und nicht zu sehr den großen Herrn herauszustellen, was mir schnell passierte, wenn ich mich nicht in Acht nahm; sie machten mich rasend, diese Geistlichen in ihrer Dummheit. »Aber ich gebe Euch die Erlaubnis, unter dem Siegel der Beichte einen Boten zu unserer Bergkuppe zu schicken, der sich das mit eigenen Augen ansehen soll ...«

»Aber mein Sohn, versteht Ihr denn nicht«, sagte er mit erstaunlicher Entschiedenheit und Festigkeit in der gedämpften Stimme, »die Medici selbst könnten diese Bande Attentäter zu Euch geschickt haben.«

»Nein, nein, nein, Vater«, widersprach ich unter heftigem Kopfschütteln, »ich habe gesehen, wie die Hand dieses Mädchens niederfiel. Ich sage Euch, ich habe dieser Kreatur die Hand abgehackt. Und ich sah, wie sie sie wieder anfügte. Das waren Dämonen, böse Geister. Das sind Hexenmeister, es sind Kreaturen aus der Hölle, und es sind so viele, dass ich nicht allein gegen sie kämpfen kann. Ich brauche Hilfe. Für Unglauben ist jetzt keine Zeit. Wir haben keine Zeit für rationale Vorbehalte. Ich brauche die Hilfe der Dominikaner.«

Er schüttelte den Kopf, ohne auch nur eine Sekunde zu zögern.

»Ihr seid drauf und dran, den Verstand zu verlieren, mein Sohn«, sagte er. »Euch ist etwas Schreckliches widerfahren, daran gibt es keinen Zweifel, und Ihr glaubt daran, aber es geschah nicht wirklich. Ihr bildet Euch das nur ein. Hört doch, hier in der Gegend gibt es alte Weiber, die behaupten, sie könnten zaubern ...«
»Das weiß ich alles«, sagte ich ungeduldig. »Ich erkenne einen Schwarzen Magier auf den ersten Blick – oder eine Hexe. Das waren keine Hinterhofhexer, Vater, kein Haufen Zaubersprüche murmelnder Hinterwäldler. Ich sage Euch, diese Dämonen haben jeden einzelnen Menschen in unserer Burg, und selbst in den Dörfern, niedergemacht. Versteht Ihr denn nicht?«
Ich führte abermals die gruseligen Einzelheiten auf. Ich erzählte, wie die junge Frau durch das Fenster in mein Zimmer im Gasthaus gekommen war, aber auf halber Strecke merkte ich, dass ich das Ganze nur noch schlimmer machte, wenn ich weiter von Ursula sprach. Meine Güte, dieser Mann dachte, ich wäre aus einem feuchten Traum erwacht und hätte mir diesen verdammten Sukkubus nur eingebildet. Das Ganze war ein fruchtloses Unterfangen. Mein Herz schmerzte mir in der Brust. Ich schwitzte am ganzen Körper. Ich verschwendete hier nur meine Zeit.
»Nun, dann gebt mir die Absolution«, sagte ich.
»Ich möchte Euch um etwas bitten«, sagte der Priester, wobei er meine Hand berührte. Er bebte. Er wirkte anders als zuvor, dumpf und verstört und sehr besorgt – wohl um meinen Geisteszustand.
»Um was geht es?«, fragte ich kühl. Ich wollte weg. Ich musste ein Kloster finden! Oder, verdammt noch mal,

einen Jünger der Schwarzen Kunst. Bestimmt gab es welche in dieser Stadt. Ich könnte jemanden finden, der sich mit den alten Schriften auskannte, der die Schriften über den Hermes Trismegistus gelesen hatte oder die des Lactanz oder des heiligen Augustin. Ich brauchte jemanden, der sich mit Dämonen und bösen Geistern auskannte. »Habt Ihr Thomas von Aquin gelesen?«, fragte ich. Ich hatte den bekanntesten Dämonenkenner gewählt, der mir in den Sinn kam. »Vater, er schreibt viel über Dämonen. Hört – meint Ihr, ich hätte dies alles vor einem Jahr selbst geglaubt? Ich dachte, Zauberei wäre etwas für Hinterhofschwindler. Aber das waren wirklich Dämonen!« Ich ließ mich nicht beirren. Ich bearbeitete ihn weiter; »Vater, in der *Summa Theologiae,* seinem ersten Buch, da spricht Thomas von Aquin von gefallenen Engeln, davon, dass einigen von ihnen erlaubt ist, sich auf der Erde zu bewegen, damit sie nicht einfach aus dem von der Natur vorgegebenen Plan der Welt verschwinden. Sie sind hier, unter uns, sollen von Nutzen sein, sollen die Menschen in Versuchung führen. Und, Vater, sie tragen das Feuer der Hölle mit sich! Es steht bei Thomas von Aquin. Sie sind hier, im Diesseits. Sie haben .... sie haben ... Körper, die uns unverständlich sind. Es steht so in der *Summa.* Da steht, dass die Beschaffenheit der Engelskörper unser Verständnis übersteigt! Und einen so beschaffenen Körper hat diese Frau, von der ich sprach.« Ich kämpfte um den genauen Wortlaut, um die lateinische Formulierung. »Und so benimmt sich diese Kreatur auch. Sie existiert in einer bestimmten Gestalt, einer begrenzten Gestalt, die ich aber mit dem Verstand nicht fassen kann. Doch sie war dort, und ich weiß es, weil ich gesehen habe, was sie tat.«

Er bat mich mit einer Geste um Geduld. »Mein Sohn, bitte, erlaubt mir, was Ihr gebeichtet habt, meinem Oberhirten anzuvertrauen«, sagte er. »Selbstverständlich wird er in diesem Falle ebenfalls durch das Beichtgeheimnis gebunden sein wie ich. Aber erlaubt, dass ich ihm erzähle, was Ihr gesagt habt, und ihn bitte, mit Euch zu sprechen. Versteht, dass ich das nur mit Eurer ehrlichen Zustimmung tun kann.«

»Ja, das ist mir bekannt«, sagte ich. »Wozu soll das gut sein? Aber Ihr könnt Euren Vorgesetzten holen.«

Nun benahm ich mich viel zu hochnäsig, zu unverschämt. Ich war erschöpft. Jetzt hielt ich mich an den alten Trick der hohen Herren, einen Landgeistlichen wie einen Bediensteten zu behandeln. Dies war ein Mann Gottes, und ich musste mich zügeln. Vielleicht war der erfahrene Priester ja belesener, hatte eine tiefere Einsicht in die Dinge? Ach, aber wer sollte das alles verstehen, wenn er es nicht gesehen hatte?

In meinem Gedächtnis tauchte flüchtig, aber mit lebhafter Schärfe das Gesicht meines Vaters auf, mit dem beunruhigten Ausdruck, den es an dem Abend vor dem Anschlag der Dämonen hatte. Es erfüllte mich mit unsäglichem Schmerz.

»Es tut mir Leid, Vater«, sagte ich zu dem Priester. Ich ächzte leise, versuchte, diese schrecklichen Bilder im Zaum zu halten, die mich mit Gram und Hoffnungslosigkeit überfluteten. Ich fragte mich, warum man überhaupt lebte, aus welchem Grund!

Und dann kamen mir die Worte meines köstlichen Folterknechts wieder in den Sinn, Ursulas schmerzlicher Ton, in dem sie letzte Nacht gesagt hatte, dass auch sie jung gewesen sei und ein solcher Ausbund an Mut. Was hatte das zu bedeuten, dass sie so kummerbeladen von sich selbst gesprochen hatte?

Meine Studien zu Thomas von Aquin holten mich nun ein. War es nicht so, dass Dämonen von ihrem Hass auf die Menschen nie und nimmer abließen, fest verhaftet in ebendem Hochmut, der sie auch zur Sünde verleitet hatte? Ganz anders das geschmeidige, köstliche Geschöpf, das mich heimgesucht hatte. Aber das war alberne Einbildung. Ich hatte Mitleid mit ihr, und genau das hatte sie bewirken wollen. Mir blieben nur noch ein paar Stunden Tageslicht, um ihre Vernichtung zu planen, und ich musste damit vorankommen.

»Ja, bitte, Vater, wie Ihr wünscht«, sagte ich deshalb. »Nur segnet mich zuvor.«

Das riss ihn aus seiner bekümmerten Grübelei. Er sah auf, als hätte ich ihn erschreckt, gab mir aber sofort die Absolution und seinen Segen.

»Was Euren Pfarrherrn betrifft, so tut, was Ihr wollt«, sagte ich. »Ja, fragt ihn bitte, ob er mich sehen will. Und hier, für Eure Kirche.« Dabei gab ich ihm einige Dukaten. Er starrte die Münzen an, doch er berührte sie nicht. Er starrte auf die Goldstücke, als wären es glühende Kohlen.

»Vater, nehmt. Dies ist ein netter kleiner Schatz. Nehmt.«

»Nein, wartet hier – oder, wisst Ihr was? Kommt hinaus in den Garten.«

Der Garten war ein entzückendes, abgeschiedenes Plätzchen, von dem aus man einen Blick auf die Stadt hatte, die sich den Hügel hinauf bis zu der Festung wand, von wo aus man über die Stadtmauern hinweg bis in die Berge schauen konnte. Es gab ein altes Standbild des heiligen Dominik, einen Brunnen und eine Bank. In die Steine waren ein paar Worte eingeritzt, etwas über ein Wunder.

Ich ließ mich auf der Bank nieder und sah hinauf zu dem klaren blauen Himmel und den jungfräulich weißen Wolken, und ich versuchte, zu mir selbst zu kommen. War ich vielleicht verrückt, fragte ich mich. Das war ja lachhaft.

Ich fuhr zusammen, als der Pfarrer aus dem niedrigen, gewölbten Gang der Pfarrei herausgeeilt kam, ein schon älterer Mann, beinahe kahl, mit kleiner Knollennase und großen, wütenden Augen. Der junge Priester musste laufen, um mit ihm Schritt zu halten.

»Verschwindet hier«, zischte er mir zu. »Verlasst die Stadt. Verschwindet ganz einfach von hier und erzählt Eure Geschichte keinem im Ort, hört Ihr!«

»Was?«, fragte ich. »Nennt Ihr das tröstlichen Zuspruch?!«

Er kochte: »Ich warne Euch!«

»Und wovor?«, verlangte ich zu wissen. Ich machte mir nicht die Mühe, von der Bank aufzustehen. Er ragte drohend über mir auf, und ich fragte: »Ihr seid durch das Beichtgeheimnis zur Verschwiegenheit verpflichtet. Was wollt Ihr also tun, wenn ich nicht gehe?«

»Das ist es ja, ich muss gar nichts tun!«, sagte er. »Geht fort samt Eurem Elend.« Er brach ab, sichtlich ratlos, vielleicht sogar verlegen, als wenn er etwas gesagt hätte, das er schon bereute. Er knirschte mit den Zähnen, sein Blick schweifte ab und richtete sich dann wieder auf mich.

»Um Eurer selbst willen, geht«, flüsterte er, während er den jungen Priester ansah. »Und du, lass mich allein mit ihm sprechen.«

Der Jüngere war völlig eingeschüchtert und verschwand sofort. Ich sah zu dem Pfarrherrn auf.

»Geht«, sagte er in seinem leisen, boshaften Tonfall; er bleckte die Zähne. »Verlasst unsere Stadt. Verlasst Santa Maddalana.«

Ich schaute ihn mit kalter Verachtung an. »Ihr wisst über jene Wesen Bescheid, nicht wahr?«, sagte ich mit gesenkter Stimme.

»Ihr seid verrückt. Verrückt!«, sagte er. »Wenn Ihr zu den Leuten hier von Dämonen sprecht, werdet Ihr bald selbst am Pfahl brennen wie ein Hexenmeister. Glaubt Ihr, das sei unmöglich?«

Der blanke Hass stand in seinen Augen, schamloser Hass.

»Ach, armer, der Verdammung verfallener Priester«, sagte ich. »Ihr seid mit dem Teufel im Bunde.«

»Verschwindet!«, knurrte er.

Ich erhob mich und betrachtete seine vorquellenden Augen, die geschürzten, aufgeregt arbeitenden Lippen und sagte: »Wagt es nicht, das Beichtgeheimnis zu verletzen, Vater. Tut es, und ich töte Euch!«

Er stand stocksteif und starrte mich nur an.

Ich lächelte ein eisiges Lächeln und ging durch die Pfarrei davon.

Er rannte hinter mir her, redete zischend wie ein Dampfkessel auf mich ein. »Ihr habt mich falsch verstanden. Ihr seid übererregt, Ihr bildet Euch da etwas ein. Ich versuche doch nur, Euch vor Nachstellungen und schurkischen Überfällen zu schützen.«

Am Kirchenportal drehte ich mich zu ihm um und blickte ihn so grimmig an, dass er in tiefes Schweigen verfiel. »Ihr habt Eure Karten aufgedeckt!«, sagte ich. »Ihr seid zu unbarmherzig. Vergesst nicht, was ich gesagt habe. Hütet Ihr das Beichtgeheimnis nicht, seid Ihr tot!«

Nun war er ebenso erschrocken wie der junge Priester.

Lange Zeit stand ich einfach da, blickte auf den Altar und ignorierte den Priester völlig, vergaß ihn sogar, während mein Geist mir vorspiegelte, tief schürfende Gedankengänge zu verfolgen, die Lage zu analysieren und Pläne zu schmieden, wo ich doch nur zu einem fähig war – durchzuhalten.

Schließlich schlug ich das Kreuz und verließ die Kirche.

Ich war vollkommen verzweifelt.

Eine Weile lief ich ziellos umher. Wieder schien mir die Stadt der freundlichste Ort zu sein, den ich je gesehen hatte, mit ihren munter beschäftigten Menschen und dem mehr als sauber gefegten Pflaster, den hübschen Blumenkästen in den Fenstern und den gut gekleideten Leuten, die sich ihren Geschäften widmeten.

Nie war mir eine Stadt untergekommen, die reinlicher, nie eine, die zufriedener war. Und die Leute, sie waren alle so eifrig bemüht, mir ihre Waren zu verkaufen, doch auch wieder nicht so eifrig, dass sie unziemlich gedrängt hätten. Und doch war es irgendwie auch ein schrecklich fader Ort. Es gab niemanden meines Alters, zumindest sah ich niemanden. Eigentlich gab es nicht einmal so besonders viele Kinder hier.

Was sollte ich tun? Wohin sollte ich mich wenden? Wonach suchte ich?
Ich hatte keine rechte Antwort auf diese Fragen, aber ich hielt ganz gewiss die Augen auf, um den kleinsten Beweis zu finden, dass diese Stadt vielleicht die Dämonen beherbergte, dass hier nicht etwa Ursula mich gefunden hatte, sondern ich sie.
Mit dem bloßen Gedanken an sie durchfuhr mich kühles, lockendes Verlangen. Ich sah ihre Brüste vor mir, spürte ihren Duft, sah in einem verschwommenen Aufblitzen die blühende Wiese. Nein!
Denk nach! Mach Pläne! Und was diese Stadt betraf, was immer der Priester auch denken mochte, diese Stadt wirkte zu normal, als dass sie Dämonen hätte Unterschlupf gewähren können.

5

Der Preis für Frieden und der Preis für Rache

Als die Hitze des Tages ihren Höhepunkt erreichte, ging ich zum Mittagsmahl in meinen Gasthof und setzte mich dort in die Laube, die von Blauregen überrankt war, der seine herrlichen Blüten über das hölzerne Gitterwerk ausbreitete. Die Herberge war im gleichen Teil der Stadt wie die Dominikanerkirche, so dass man auch von hier aus einen hübschen Ausblick über die Stadt zu meiner Linken und die dahinter liegenden Berge hatte.

Ich schloss die Augen, setzte die Ellenbogen auf den Tisch, faltete die Hände und betete. »Gott, sage mir, was ich tun soll. Zeige mir, was ich tun muss.« Und dann kehrte Ruhe in mein Herz ein, und ich widmete mich geduldigem Nachdenken.

Was für Möglichkeiten hatte ich?

Diese Geschichte in Florenz verbreiten? Wer würde mir dort Glauben schenken? Sollte ich zu Cosimo persönlich gehen und es ihm erzählen? Sosehr ich die Medici auch bewunderte und ihnen vertraute, musste ich mir doch eines klar machen: Außer mir lebte kein Mitglied meiner Familie mehr. Ich allein konnte noch Anspruch auf unser Vermögen erheben, das in der Bank der Medici lag.

Ich glaubte zwar nicht, dass Cosimo mein Gesicht oder meine Unterschrift verleugnen würde, das nicht, er würde mir übergeben, worauf ich Anspruch hatte, ob ich nun noch Verwandte hatte oder nicht. Aber eine Geschichte über dämonische Unholde? Es würde damit enden, dass sie mich irgendwo in Florenz in Gewahrsam nahmen.

Und wenn wir schon vom Scheiterhaufen reden und davon, als Hexenmeister verbrannt zu werden – das war durchaus möglich. Nicht wahrscheinlich. Aber möglich. So etwas konnte in einer Stadt wie dieser ganz plötzlich und spontan geschehen; ein Mob rottete sich zusammen, ein ansässiger Priester sprach Verleumdungen aus, Leute rannten unter Geschrei zusammen, um zu sehen, was los war. Hin und wieder geschah so etwas.

Inzwischen war mir mein Essen serviert worden, ein gutes Mahl mit viel frischem Obst und einem hervorragend zubereiteten Stück Hammelfleisch in dicker Soße, in die ich gerade mein Brot eintunken wollte, als zwei Männer an meinen Tisch kamen, die fragten, ob sie sich zu mir setzen und mir einen Becher Wein spendieren dürften.

Ich sah, dass der eine ein Franziskanermönch war, ein sehr gütig wirkender Priester, der offenbar ärmer war als die Dominikaner, was vermutlich nur logisch war, und der andere war ein älterer Mann mit kleinen, verschmitzten Augen, dessen lange, struppige Augenbrauen sich sträubten, als hätte er sie mit Leim hochgezwirbelt; er sah aus, als hätte er sich zur Freude der Kinder als fröhlicher Elf verkleidet.

»Wir haben Euch zu den Dominikanern hineingehen sehen«, sagte der Franziskanermönch ruhig und höflich, wobei er mich anlächelte. »Als Ihr herauskamt, machtet Ihr einen nicht allzu glücklichen Eindruck.« Er zwinkerte mir zu. »Wollt Ihr es nicht mit uns versuchen?« Dann lachte er. Es war nur ein gutmütiger, mir wohl bekannter Scherz über die Rivalität zwischen den beiden Orden.
»Ihr seid ein stattlicher junger Mann; kommt Ihr aus Florenz?«, fragte er.
»Ja, Vater, ich bin auf Reisen«, antwortete ich, »wenn ich auch noch nicht genau weiß, wohin es geht. Ich bin hier für eine Weile aufgehalten worden.« Ich sprach mit vollem Munde, aber ich war zu hungrig, um mein Mahl zu unterbrechen.
»Setzt Euch doch bitte.« Ich machte Anstalten, mich zu erheben, aber da ließen sie sich schon nieder.
Ich bestellte einen weiteren Krug Rotwein für unseren Tisch.
»Na, Ihr hättet keine hübschere Stadt finden können«, sagte der kleine alte Mann, der wohl seinen Verstand noch beisammen hatte, »deshalb bin ich auch so froh, dass Gott meinen Sohn wieder hierher geschickt hat, um in unserer Kirche zu dienen, so kann er den Rest seiner Tage bei seiner Familie verbringen.«
»Ah, Ihr seid also Vater und Sohn«, sagte ich.
»Ja, und ich dachte nicht, dass es mir noch vergönnt wäre, diese Stadt in solcher Blüte zu sehen wie jetzt«, sagte der Mönch mit naiver Ehrlichkeit. »Es ist ein wahres Wunder.«
»Ach, tatsächlich? Erklärt mir das. Wieso ist das so?«,

fragte ich. Ich schob ihnen die Platte mit den Früchten zu. Aber sie sagten, sie hätten schon gespeist.
»Nun, in meiner Jugend«, erzählte der Vater, »hatte jeder seine gehörige Portion Kummer, so kam es mir wenigstens vor. Aber nun? Dieser Ort ist wahrhaftig gesegnet. Nichts Schlimmes geschieht mehr.«
»Das stimmt«, bestätigte der Mönch. »Wisst Ihr, ich kann mich noch an die Leprakranken aus früheren Zeiten erinnern, die draußen vor den Stadtmauern lebten. Sie sind alle fort. Und dann gab es immer ein paar Jugendliche, die wirklich schlimm waren, junge Männer, die nichts als Ärger machten, Ihr wisst schon, von der wirklich üblen Sorte. Die gibt es in jeder Stadt. Aber jetzt? In ganz Santa Maddalana und den Dörfern ringsum könntet Ihr nicht eine schlechte Person finden. Es ist, als hätten sich die Menschen von ganzem Herzen wieder Gott zugewandt.«
»Ja«, stimmte der koboldhafte Alte kopfschüttelnd zu. »Und Gott war auch sonst sehr gnädig mit uns.«
Wieder einmal liefen mir Schauer über den Rücken, so wie zuvor bei Ursula, doch nun waren es keine Wonneschauer.
»Woran genau merkt man das denn?«, fragte ich.
»Nun, seht Euch doch um«, sagte der Alte. »Habt Ihr auch nur einen Krüppel auf den Straßen gesehen? Oder Geistesschwache? Als ich noch ein Kind war, ach, als du, mein Sohn, ein Kind warst« – er wandte sich an den Geistlichen –, »gab es immer ein paar unglückliche Seelen, die missgestaltet oder schwach im Kopfe geboren wurden, Ihr wisst schon, und man musste sich um sie

kümmern. Ich kann mich noch daran erinnern, dass früher immer Bettler vor den Toren lungerten. Nun gibt es schon lange keine Bettler mehr hier, seit Jahren nicht.«
»Erstaunlich«, sagte ich.
»Ja, das ist wahr«, sagte der Mönch nachdenklich. »Alle hier sind bei guter Gesundheit. Darum sind auch die Nonnen schon lange fortgezogen. Habt Ihr bemerkt, dass das alte Spital verschlossen ist? Und der Konvent draußen vor der Stadt ist schon seit langer Zeit verlassen. Ich glaube, da hausen jetzt Schafe. Die Bauern nutzen die alten Räume.«
»Und es wird nie jemand krank?«, wollte ich wissen.
»Nun, das schon«, sagte der Mönch, während er einen bedächtigen Schluck von seinem Wein nahm, so als lebte er in dieser Hinsicht sehr maßvoll. »Aber wisst Ihr, es leidet keiner. Es ist nicht wie früher. Es ist wohl eher so, dass, wenn jemand gehen muss, das Ende sehr schnell kommt.«
»Ja, wie wahr, und Gott sei Dank dafür«, sagte der Ältere.
»Und die Frauen«, fuhr der Franziskaner fort, »sie sind gut dran hier. Sie sind nicht mit so vielen Kindern geschlagen. Oh, es sind viele, die Gott gleich in ihren ersten Lebenswochen zu sich nimmt – das ist nun mal der Fluch der Mutterschaft –, im Allgemeinen sind unsere Familien segensreich klein.« Er sah seinen Vater an. »Meine arme Mutter«, sagte er, »sie hatte insgesamt zwanzig Kinder. Nun, das kommt heute nicht mehr vor, ist es nicht so?«
Der kleine Alte streckte die Brust raus und lächelte

voller Stolz. »Ja, zwanzig Kinder habe ich mit eigenen Händen großgezogen; nun, viele sind ihre eigenen Wege gegangen, und ich weiß nicht einmal, was aus ... aber was soll's. Nein, jetzt gibt es hier nur noch kleine Familien.«

Der Mönch schaute leicht bekümmert. »Meine Brüder – vielleicht gewährt mir Gott ja eines Tages die Gnade, zu erfahren, was aus ihnen wurde.«

»Ach, denk nicht mehr an sie«, sagte der Alte.

»Sie waren wohl ein recht lebhafter Haufen, oder?«, murmelte ich kaum hörbar, während ich sie beide beobachtete und versuchte, es ganz natürlich aussehen zu lassen.

»Schlimm«, murmelte der Mönch kopfschüttelnd. »Aber das ist ja unser Glück! Seht Ihr, die Schlimmen gehen alle fort von hier.«

»Wahrhaftig?«, fragte ich.

Der zierliche Alte kratzte sich seinen rosigen Schädel. Sein dünnes, weißes Haar war lang und sträubte sich in alle Richtungen, genau wie seine Augenbrauen.

»Weißt du, ich versuche gerade, mich daran zu erinnern, was aus diesen armen verkrüppelten Jungen wurde, erinnere dich doch, die mit den kranken Beinen – sie waren Brüder ...«

»Oh, Tomasso und Felix«, sagte der Priester.

»Ja.«

»Sie haben sie nach Bologna gebracht, damit sie dort geheilt würden. Genau wie der Junge von Bettina, der, der ohne Hände geboren wurde, der arme Kleine, erinnere dich doch.«

»Ja, ja, sicher. Wir haben ja auch mehrere Ärzte.«

»Ja? Ich frage mich, was sie zu tun haben?«, murmelte ich. »Was ist mit dem Gemeinderat?« In Florenz nannte man ihn *Gonfalionier,* das war der, der wenigstens nominell die Verwaltung innehatte.
»Wir haben hier einen *borsellino*«, erklärte der Geistliche. »Von Zeit zu Zeit ziehen wir ein paar neue Namen heraus, aber es passiert hier nie groß etwas. Es gibt keine Streitereien. Um die Steuern kümmern sich die Kaufleute. Alles läuft wie geschmiert.«
Der kleine Alte begann zu lachen. »Ach, Steuern gibt es hier gar nicht!«, verkündete er.
Sein Sohn, der Geistliche, schaute den alten Burschen an, als wäre das etwas, das nicht unbedingt erwähnt werden sollte, aber dann schaute er selbst verwundert.
»Nun, das stimmt nicht ganz, Papa«, sagte er. »Aber die Steuern sind … niedrig.« Er wirkte verdutzt.
»Nun, dann seid Ihr wirklich gesegnet«, sagte ich liebenswürdig und tat so, als fände ich dieses völlig unverständliche Bild, das er da entwarf, nur normal.
»Und dieser grässliche Oviso, erinnerst du dich an den?«, sagte der Mönch plötzlich zu seinem Vater. Dann wandte er sich zu mir: »Der war wirklich nicht gesund. Er hätte beinahe seinen Sohn umgebracht. Er war völlig außer sich und brüllte wie ein wilder Stier. Es war gerade ein fahrender Arzt in der Stadt, der sagte, in Padua könnten sie ihn heilen. Oder in Assisi?«
»Ich bin froh, dass er nie wieder zurückgekommen ist«, sagte der Alte. »Er hat wirklich die ganze Stadt in Aufruhr versetzt.«
Ich betrachtete sie beide eingehend. Sprachen sie im

Ernst? Oder war ihre Rede voller Zweideutigkeiten? Ich konnte in ihnen beiden nichts Verschlagenes entdecken, doch über den Mönch schien sich eine leichte Schwermut zu senken.

»Gottes Wege sind seltsam«, sagte er. »Ach, ich weiß, das Sprichwort lautet ein wenig anders.«

»Versuche nicht den Allmächtigen!«, mahnte sein Vater und trank den letzten Rest Wein aus seinem Becher.

Ich schenkte beiden schnell nach.

»Das stumme Jüngelchen«, sagte jemand.

Ich sah auf. Es war der Wirt. Seine Schürze spannte sich über dem Schmerbauch, und er stand mit in die Hüften gestemmten Händen da. »Die Nonnen haben ihn mitgenommen, war's nicht so?«

»Sind sogar seinetwegen noch einmal zurückgekommen, glaube ich«, sagte der Mönch. Er war nun ganz geistesabwesend, bedrückt, würde ich sagen.

Der Wirt nahm meinen geleerten Teller, dabei flüsterte er an meinem Ohr: »Der schlimmste Schrecken war die Pest. Oh, glaubt mir, sie ist vorüber, oder ich würde nicht wagen, das Wort auszusprechen. Kein anderes Wort treibt die Leute schneller aus der Stadt.«

»Nein, und diese vielen Familien, fort, einfach so«, sagte der Alte, »unseren Ärzten sei Dank und den Mönchen, die in die Stadt kamen. Sie haben sie alle nach Florenz ins Spital gebracht.«

»Opfer der Pest? Nach Florenz gebracht?«, fragte ich ungläubig. »Da würde ich gern wissen, wer die Stadttore bewacht hat, und durch welches Tor sie überhaupt eingelassen worden sind.«

Der Franziskaner starrte mich eine Weile wie gebannt an, als wenn ihn etwas zutiefst verstört hätte.
Der Wirt drückte kurz die Schulter des Mönchs. »Nun haben wir glücklichere Zeiten«, sagte er. »Was mir fehlt, sind die Prozessionen zum Kloster – die gibt es natürlich auch nicht mehr –, aber ansonsten ist es uns nie besser gegangen.«
Ich ließ meine Augen ganz bewusst vom Wirt zu dem Geistlichen gleiten und stellte fest, dass Letzterer mir direkt ins Gesicht sah. Ein Mundwinkel schien von einem Zucken erfasst. Er war nur nachlässig rasiert, sein Kiefer war schlaff, und sein tief zerfurchtes Gesicht hatte plötzlich einen traurigen Ausdruck.
Der alte Mann warf ein, dass draußen auf dem Lande vor nicht allzu langer Zeit eine ganze Familie mit der Pest daniedergelegen hatte, dass sie jedoch nach Lucca gebracht worden waren. »Das war die Großherzigkeit von … wer war es noch, mein Sohn? Ich kann mich nicht …«
»Ach, das ist doch unwichtig«, sagte der Wirt, und an mich gerichtet fuhr er fort: »Noch etwas Wein, Signore?«
»Für meine Gäste«, sagte ich und wies auf die beiden. »Ich muss jetzt gehen. Kein Sitzfleisch«, erklärte ich. »Ich muss sehen, was der Handel mir an Büchern bietet.«
»Der Ort ist genau richtig für Euch«, sagte der Priester mit jäher Überzeugung, seine Stimme war sanft, und er wandte seinen Blick nicht von mir, während er die Augenbrauen grübelnd zusammenzog. »Wirklich ein hübscher Ort für Euch, und wir könnten noch einen Gelehrten brauchen. Aber –«
»Nun, ich bin noch ziemlich jung«, sagte ich. Ich machte

Anstalten aufzustehen, schob schon ein Bein über die Bank. »Jünglinge meines Alters gibt es hier wohl nicht?«
»Nun, seht Ihr, sie gehen alle fort«, sagte der kleine Alte. »Ein paar sind hier geblieben, aber sie haben dann das Handwerk ihrer Väter übernommen. Nein, die Halunken lungern hier nicht herum. Nein, junger Mann, auf keinen Fall!«
Der Mönch betrachtete mich so intensiv, als hörte er nicht, was sein Vater sagte.
»Ja, und Ihr seid ein gebildeter junger Mann«, sagte er, doch er war ganz offensichtlich bekümmert. »Das kann ich sehen, man merkt es an Eurer Stimme, und Ihr wirkt sehr klug und nachdenklich –« Er brach ab. »Nun, ich schätze, Ihr werdet schon bald wieder unterwegs sein, nicht wahr?«
»Meint Ihr, das wäre gut?«, fragte ich. »Oder sollte ich bleiben, was meint Ihr?« Ich stellte mich sanft und freundlich.
Er schenkte mir ein zaghaftes Lächeln und sagte: »Ich weiß nicht.« Dann schaute er wieder todernst, beinahe tragisch. »Gott sei mit Euch«, flüsterte er.
Ich beugte mich zu ihm. Der Wirt, der dieses vertrauliche Benehmen bemerkte, wandte sich ab und beschäftigte sich anderweitig. Der Alte sprach mit seinem Becher.
»Was ist los, Vater?«, flüsterte ich. »Geht es der Stadt zu gut? Geht es darum?«
»Macht Euch auf den Weg, mein Sohn«, sagte er fast sehnsüchtig. »Ich wünschte, mir wäre es möglich. Aber ich bin durch meine Gelübde gebunden und durch die Tatsache, dass dies meine Heimatstadt ist. Mein Vater ist

hier, und alle andern sind verschwunden, hinaus in die weite Welt.« Mit einem Mal wurde er hart. »Oder es scheint wenigstens so«, sagte er, und dann: »Wenn ich an Eurer Stelle wäre, würde ich nicht bleiben.«
Ich nickte.
»Ihr habt etwas Fremdartiges an Euch, mein Sohn«, sagte er in dem gleichen Flüsterton. Unsere Köpfe steckten dicht beieinander. »Ihr fallt zu sehr auf. Ihr seid hübsch und in Samt gehüllt, und Euer Alter; wisst Ihr, Ihr seid kein Kind mehr.«
»Ja, ich verstehe, es gibt kaum einen jungen Mann in der Stadt, zumindest keinen, der irgendetwas in Frage stellt. Nur die Alten und die Selbstzufriedenen bleiben und die, die alles hinnehmen und den Wald vor lauter Bäumen nicht sehen.«
Er reagierte nicht auf diese übers Ziel hinausschießende rhetorische Leistung, und mir tat es Leid, dass ich das gesagt hatte. Mein Zorn und mein Schmerz hatten sich wohl durch diesen Lapsus Luft verschafft. Widerlich! Ich ärgerte mich über mich selbst.
Er biss sich auf die Lippe und schien ängstlich besorgt um mich oder um sich selbst oder um uns beide.
»Warum seid Ihr hergekommen?«, fragte er ernsthaft, fast fürsorglich. »Welchen Weg habt Ihr genommen? Es wird erzählt, dass Ihr erst in der Nacht ankamt. Verlassen solltet Ihr die Stadt nicht bei Nacht.« Jetzt hatte er seine Stimme so weit gesenkt, dass ich ihn kaum verstehen konnte.
»Macht Euch um mich keine Sorgen, Vater«, sagte ich. »Betet für mich, sonst nichts.«

Ich sah in seiner Miene die gleiche ehrliche Furcht, die ich auch zuvor bei dem jungen Dominikaner gesehen hatte, doch sie wirkte trotz seines Alters und trotz seiner Falten und seiner vom Wein feuchten Lippen viel unschuldiger. Es war, als erzeugten die Dinge, die er nicht fassen konnte, eine tiefe Erschöpfung in ihm.

Ich machte einen Schritt über die Sitzbank und war schon im Begriff zu gehen, als er meine Hand fasste. Ich neigte mich zu seinen Lippen.

»Mein Junge«, sagte er, »da gibt es etwas … etwas …«

»Ich weiß, Vater«, antwortete ich und tätschelte seine Hand.

»Nein, Ihr wisst es nicht. Hört mir zu. Wenn Ihr geht, nehmt die Hauptstraße nach Süden, selbst wenn sie für Euch nicht der direkte Weg ist. Wendet Euch nicht nach Norden; nehmt nicht die schmale nördliche Straße.«

»Warum nicht?«, wollte ich wissen.

Von Zweifeln ergriffen, stumm und völlig zerknirscht ließ er mich los.

»Warum nicht?«, flüsterte ich ihm ins Ohr.

Er sah mir nicht in die Augen. »Räuber«, sagte er. »Sie kontrollieren die Straße, sie verlangen Straßenzoll; wenn Ihr weiterziehen wollt, müsst Ihr zahlen. Geht nach Süden!« Er wandte sich abrupt ab und sprach in leiser, sanft scheltender Manier zu seinem Vater, als wäre ich schon nicht mehr da.

Ich ging.

Zutiefst verblüfft trat ich in die enge Gasse hinaus. »Räuberische Zolleintreiber?«

Inzwischen hatten bis auf ein paar Ausnahmen alle Läden geschlossen, wie es hier offensichtlich nach dem Mittagsmahl Brauch war.

Das Schwert an meiner Hüfte schien eine Tonne zu wiegen, und ich fühlte mich nach dem Wein fiebrig heiß, und von all dem, was die Leute mir enthüllt hatten, war mir ganz wirr im Kopf.

So, dachte ich, und mein Gesicht brannte vor Aufregung, da haben wir also eine Stadt, in der es keine jungen Männer gibt, keine Krüppel, keine Geistesschwachen, keine Kranken und keine ungewollten Kinder! Und auf der Straße, die nach Norden führt, gibt es diese gefährlichen Räuber.

Ich ging hügelabwärts, schneller und immer schneller, bis ich die weit geöffneten Tore hinter mir gelassen und die offene Landschaft erreicht hatte, wo eine frische, willkommene Brise wehte. Ringsum lagen üppige, gut bestellte Felder, Weinberge, Obsthaine und Bauernkaten – Ausblicke auf einen reichen, fruchtbaren Landstrich, die mir, da ich im Dunkeln angekommen war, entgangen waren. Und von der nach Norden führenden Straße war auf Grund der Ausdehnung der Stadt nichts zu sehen, denn deren Befestigungen waren größtenteils nach Norden ausgerichtet.

Unter mir, auf einem Hügelkamm, lagen Ruinen, wahrscheinlich die des einstigen Klosters, und weiter westlich sah ich etwas, das wohl die Abtei gewesen war.

Innerhalb einer Stunde war ich an zwei Höfen vorbeigekommen, jedes Mal trank ich mit dem Bauern einen Becher kühlen Wassers.

Ich hörte die gleichen Worte wie zuvor: Sie lebten in einem Paradies – keine Bösewichter, keine Schrecken erregenden Hinrichtungen, der allerfriedlichste Ort der Welt und überall nur gesunde, wohl gestaltete Kinder. Es war Jahre her, dass Räuber es gewagt hatten, sich in den Wäldern herumzutreiben. Natürlich wusste man nie, was für Volk sich auf der Durchreise befand, aber die Stadt war ja stark und bewahrte den Frieden.

»Ach, selbst auf der Straße nach Norden?«, fragte ich.

Keiner der Bauern wusste etwas von einer solchen Straße. Als ich fragte, was aus den Kranken, den Lahmen und Verletzten geworden war, hörte ich auch hier das Gleiche. Der eine oder andere Arzt oder ein Priester, oder Klosterbrüder, oder Nonnen hatten sie fortgebracht, zu einer berühmten Universität oder in eine große Stadt. Die Bauern konnten sich an nichts anderes erinnern.

Als ich die Stadt wieder erreichte, war die Dämmerung noch nicht angebrochen. Ich wanderte umher und steckte meine Nase in alles, ging, fast schon systematisch, in einen Laden nach dem anderen und betrachtete jeden so gründlich, wie es nur möglich war, ohne unerwünschte Aufmerksamkeit zu wecken. Natürlich bestand keine Hoffnung, dass ich auch nur eine Straße vollständig untersuchen könnte, aber ich war entschlossen, so viel herauszufinden, wie in meiner Macht stand.

Bei den Buchhändlern blätterte ich durch die alte *Ars Grammatica* und die *Ars Minor.* Die schönen großen Bibeln, die zum Verkauf auslagen, mussten allerdings auf mein Bitten hin erst aus den Bücherschränken geholt werden.

»Welcher Weg führt von hier aus nach Norden?«, fragte ich den gelangweilten Mann, der mich, auf einen Ellbogen gelehnt, schläfrig betrachtete.
»Norden, pah, niemand will nach Norden«, sagte er und gähnte mir ins Gesicht. Er trug feine Kleider ohne eine einzige Flickstelle und gute neue Schuhe aus sorgfältig verarbeitetem Leder. »Seht her«, fügte er hinzu, »ich habe noch viel bessere Bücher als diese hier.«
Ich heuchelte Interesse, erklärte ihm aber dann höflich, dass das Bücher waren, die ich alle schon in ähnlicher Ausführung besaß, aber trotzdem vielen Dank.
Dann ging ich in eine Schenke, wo man sich beim Würfelspiel laut und munter unterhielt, als hätte man nichts Besseres zu tun. Schließlich wanderte ich durch das Bäckerviertel, wo selbst ich fand, dass das frische Brot einen wunderbar köstlichen Duft verbreitete.
Nie in meinem Leben hatte ich mich so vollkommen verlassen gefühlt wie jetzt, als ich mich inmitten dieser Leute bewegte, ihrem heiteren Geplauder lauschte und immer wieder die gleiche Geschichte von sicherer Obhut und Wohltaten zu hören bekam.
Mir gefror das Blut in den Adern, wenn ich an die Nacht dachte. Und was hatte es mit dieser geheimnisvollen Straße nach Norden auf sich? Abgesehen von dem Mönch, hatte keiner, kein Einziger auch nur die Braue gehoben, wenn ich diese Kompassrichtung erwähnte.
Etwa eine Stunde vor Anbruch der Dunkelheit kam ich zufällig in ein Geschäft, das Seide und Spitzen aus Venedig und Florenz führte, und hier zeigte die Inhaberin mit meinem müßigen Herumtrödeln nicht so viel Geduld,

trotz der Tatsache, dass ich offensichtlich reichlich Geld besaß.
»Warum fragt Ihr so viel?«, sagte sie. Sie wirkte müde und abgespannt. »Glaubt Ihr, es ist einfach, ein krankes Kind zu pflegen? Seht, dort drüben!«
Ich starrte sie an, als hätte sie den Verstand verloren. Aber dann dämmerte es mir, ich sah es mit kühler Klarheit und wusste genau, was sie meinte. Ich schob den Kopf durch einen von Vorhängen verhüllten Durchgang und sah ein fiebriges, kränkliches Kind, das in einem unsauberen, schmalen Bettchen schlummerte.
»Glaubt Ihr, das ist einfach? Das geht so Jahr um Jahr, und ihr Zustand bessert sich nicht«, sagte die Frau.
»Das tut mir Leid«, sagte ich. »Aber was kann man tun?«
Die Frau löste ein paar Stiche aus ihrer Arbeit und warf die Nadel hin. Sie schien mit ihrer Geduld am Ende. »Was man tun kann? Ihr wollt behaupten, dass Ihr das nicht wisst?«, flüsterte sie. »Ihr, ein so kluger Mann?« Sie biss sich auf die Unterlippe. »Aber mein Gatte sagte, ›nein, noch nicht!‹, und so machen wir also weiter.«
Sie wandte sich wieder ihrer Arbeit zu, dabei murmelte sie vor sich hin, und ich, der ich schockiert war und nur mühsam die Fassung wahrte, setzte meinen Weg fort. Ich suchte noch zwei weitere Läden auf, doch da geschah nichts Besonderes. In dem dritten Geschäft allerdings fand ich einen alten Mann, der nicht mehr bei Verstand war, und seine beiden Töchter versuchten gerade, ihn davon abzuhalten, sich die Kleider auszuziehen.

»Kommt, lasst mich Euch helfen«, bot ich sofort an. Wir drückten ihn mit vereinten Kräften in einen Stuhl und konnten ihm sein Hemd über den Kopf ziehen. Endlich hörte er auf, unverständliche Geräusche von sich zu geben. Er war sehr gebrechlich, Speichel tropfte aus seinem Mund.

»Ach, Gott sei Dank wird es nicht mehr lange dauern«, sagte die eine Tochter, während sie sich die Stirn wischte. »Es ist eine Gnade.«

»Wieso wird es nicht mehr lange dauern?«, fragte ich.

Sie schaute zu mir auf, ihr Blick schweifte ab und richtete sich dann wieder auf mich. »Oh, Ihr seid fremd hier, Signore, vergebt mir, Ihr seid so jung. Als ich Euch ansah, hielt ich Euch für einen Knaben. Ich meinte, der Vater ist schon so alt, Gott wird barmherzig sein.«

»Hmmm, ich verstehe«, sagte ich.

Sie sah mich mit kalten, schlauen Augen an, die wirkten, als wären sie aus Metall. Ich verneigte mich und ging hinaus. Der Alte hatte aufs Neue begonnen, sich das Hemd auszuziehen, und die andere Tochter, die bisher nichts gesagt hatte, schlug ihn.

Ich sog scharf den Atem ein, ging aber weiter. Ich beabsichtigte, möglichst viel herauszufinden.

Ich ging an ein paar recht verschlafenen Schneiderwerkstätten vorbei und kam schließlich in den Bezirk der Porzellanhändler, wo sich zwei Männer wegen eines reich verzierten Präsentiertellers herumstritten. Nun, diesen großen Teller hatte man einst wirklich benutzt, um das Kind darauf in Empfang zu nehmen, wenn es aus dem Leib der Mutter glitt, doch zu meiner Zeit waren sie nur noch eine extravagante Gabe zur Geburt eines Kindes, denn sie waren mit hübschen kunstvollen Mustern versehen. Und dieser Laden hatte eine beeindruckende Auswahl davon.

Ich hörte die Diskussion, ehe man mich bemerkte.

Einer der Männer sagte, er wolle den verflixten Teller kaufen, während der andere entgegnete, das Kind würde nicht überleben und die Gabe wäre voreilig, und ein Dritter sagte, die Mutter würde sich auf jeden Fall über diesen herrlich verzierten Präsentierteller freuen.

Sie verstummten, als ich den Laden betrat, um mir die im Ausland hergestellten Waren anzuschauen, und als ich die Männer nicht weiter beachtete, murmelte einer von ihnen leise: »Wenn sie nur ein bisschen Verstand hat, wird sie es tun.«

Die Worte trafen mich, und zwar so sehr, dass ich mich auf dem Absatz umdrehte, einen ansehnlichen Teller von dem Regal nahm und so tat, als wäre er mir ganz besonders ins Auge gefallen. »Ach, wie hübsch«, sagte ich, als hätte ich ihr Gespräch nicht gehört.

Der Händler erhob sich und begann die ausgestellten Waren anzupreisen. Die anderen schoben sich hinaus und verschwanden in der anbrechenden Dunkelheit. Ich sah den Mann an und fragte: »Hat das Kind ein Gebrechen?« Dabei ließ ich meine Stimme so kindlich zart wie nur möglich klingen.

»Ach, nein, nun, das wohl nicht, aber Ihr wisst ja, wie das ist«, sagte der Mann. »Das Kind ist ein bisschen arg winzig.«

»Schwächlich«, bot ich an.

Sehr unbeholfen stimmte er zu: »Ja, schwächlich.« Sein Lächeln war künstlich, aber er glaubte, er hätte mich mit Erfolg getäuscht.

Dann wandten wir uns beide seinen Waren zu und begutachteten sie umständlich. Ich kaufte schließlich ein winziges Porzellantässchen mit entzückendem Muster, das er angeblich von einem Venezianer erworben hatte. Ich wusste verdammt gut, dass ich ohne ein weiteres Wort hätte gehen sollen, doch ich konnte mich nicht zurückhalten, und als ich bezahlte, fragte ich: »Glaubt Ihr, das arme schwächliche Kind wird überleben?«

Er nahm das Geld entgegen, dabei lachte er, ein raues tiefes Lachen. »Nein«, sagte er und blickte mich an, als wäre er in Gedanken versunken gewesen. »Sorgt Euch nicht deswegen, Signore«, fügte er mit einem kleinen Lächeln hinzu. »Habt Ihr vor, hier zu wohnen?«

»Nein, mein Herr, ich bin nur auf der Durchreise, auf dem Weg nach Norden«, sagte ich.

»Nach Norden?«, fragte er ein wenig irritiert, aber sarkastisch. Er klappte seine Geldkassette zu und drehte den Schlüssel im Schloss. Und dann, während er die Schatulle in seinem Schrank unterbrachte, sagte er kopfschüttelnd: »Nach Norden, so, so. Nun, dann alles Gute, mein Junge.« Er schnalzte missbilligend mit der Zunge. »Das ist eine sehr alte Straße. Ihr solltet besser sehr früh am Morgen aufbrechen und so schnell reiten, wie Ihr könnt.«

»Ich danke Euch, mein Herr«, sagte ich.

Die Nacht brach herein. Ich eilte in eine schmale Gasse, blieb dort an eine Mauer gelehnt stehen und rang nach Atem, als würde ich verfolgt. Ich ließ das Tässchen fallen,

und es zersplitterte geräuschvoll, so dass der Lärm zwischen den hohen Häusern widerhallte.
Ich war kaum noch bei Verstand. Doch noch im gleichen Moment traf ich eine unabänderliche Entscheidung, obwohl ich mir meiner Situation voll und ganz bewusst und fest von der Wahrheit der entsetzlichen Dinge überzeugt war, die ich herausgefunden hatte.
Meine Herberge bot mir keine Sicherheit, was sollte es also? Ich würde die Sache so in Angriff nehmen, wie ich es für richtig hielt, und würde dann schon sehen.
Und jetzt sage ich Ihnen, was ich tat.
Ohne in das Gasthaus zurückzukehren, ohne offiziell mein Zimmer dort aufzukündigen, wandte ich mich, sobald mir die Dunkelheit ausreichend Schutz bot, hangaufwärts und stieg die sich immer stärker verengenden Gassen hinan, die zu der zerfallenen Festung führten.
Nun hatte ich diese gewaltige Ansammlung von Steinblöcken, die von endgültigem Niedergang kündete, den ganzen Tag vor Augen gehabt, und mir war klar, dass hier alles zerstört und vollkommen verlassen war, abgesehen von ein paar Vögeln; einzig das untere Stockwerk beherbergte vermutlich einige Amtsstuben, wie ich bereits sagte.
Doch zwei aufrecht stehende Türme waren von der Festung übrig geblieben, einer überblickte die Stadt, und der andere, der schon etwas zerfallen war, hing einsam auf dem Rand eines Steilhangs; das hatte ich von weitem gesehen, als ich die Gehöfte besucht hatte.
Nun, ich machte mich zu dem Turm auf, der die Stadt überblickte.

Die Amtsstuben waren natürlich schon verschlossen, und die Nachtwachen würden bald unterwegs sein, und nur aus wenigen Schenken hörte man noch Lärm; das waren offensichtlich die, die ungeachtet der Vorschriften geöffnet hielten.
Der Platz vor der Festung war leer, und da die drei abwärts führenden Straßen sehr kurvenreich waren, konnte ich außer ein paar kümmerlichen Fackeln fast nichts mehr sehen.
Der Himmel war jedoch erstaunlich klar, nur ein paar plustrige, formlose Wolken hoben sich deutlich gegen das dunkle Blau der Nacht ab, und die Sterne schienen ungewöhnlich zahlreich.
Im noch benutzbaren Teil der Zitadelle fand ich eine alte Wendeltreppe, beinahe zu schmal für einen Menschen, die zur ersten steinernen Plattform vor einen der Eingänge zum Turm führte.
Dieser Baustil war mir natürlich nicht neu. Die Steine waren grober behauen als die unserer alten Burg, auch dunkler in der Farbe, aber der Turm war gedrungen und quadratisch und zeitlos massiv gebaut. Seiner Entstehungszeit nach zu urteilen, musste er ein aus Steinen gefügtes Treppenhaus besitzen, das bis in eine beträchtliche Höhe reichte, und so war es auch; doch bald schon endete mein Aufstieg in einem der oberen Gelasse, von wo aus ich die ganze sich unter mir ausbreitende Stadt überblicken konnte. Es gab noch höher gelegene Räume, doch die waren in früheren Zeiten nur mit Hilfe hölzerner Leitern zugänglich gewesen, die man einziehen konnte, damit man den Feind von oben schlagen und

ihm den Weg abschneiden konnte. Dahin vorzudringen war mir natürlich nicht möglich. Ich hörte Geräusche von Vögeln, die dort nisteten und von mir gestört worden waren. Und ich hörte den leichten Wind durch die Mauern streichen.

Aber diese Höhe schien mir gerade recht. Aus den vier engen Fenstern des Turmes konnte ich in alle Himmelsrichtungen schauen. Und am wichtigsten war mir, dass ich von hier oben die Stadt selbst besonders gut im Blickfeld hatte, direkt unter mir; sie hatte die Form eines großen Auges – ein Oval mit spitz zulaufenden Enden –, und hier und da brannten verstreut einzelne Fackeln; auch einige Fenster waren schwach erleuchtet, eine Laterne bewegte sich langsam vorwärts, als jemand gemächlich eine der Hauptstraßen hinabschritt. Aber ich hatte diese Laterne kaum erspäht, da verlöschte sie auch schon. Nun schienen die Straßen vollkommen verlassen. Dann ging auch das Licht hinter den Fenstern aus, und schon bald konnte ich nicht einmal mehr vier Fackeln brennen sehen. Diese Dunkelheit hatte eine beruhigende Wirkung auf mich. Das offene Land draußen versank unter dem Himmelszelt in tiefdunklem Blau, und ich konnte sehen, wo der Wald sich in die bestellten Felder einschnitt und hier und da weiter auf die Höhen emporkroch, wo sich die Hügel einer über den anderen türmten oder steil in die in tiefstes Schwarz getauchten Täler abfielen.

Ich hörte förmlich, wie vollständig leer dieser Turm war. Nichts rührte sich mehr, nicht einmal die Vögel. Ich war ganz allein. Ich hätte noch den leichtesten Fußtritt auf

den Stufen vernommen. Niemand wusste, dass ich hier war. Alles schlief. Hier oben war ich in Sicherheit. Und ich konnte Wache halten.
Mir war zu elend, als dass ich mich geängstigt hätte, und offen gesagt, war ich darauf vorbereitet, Ursula hier an diesem Ort entgegenzutreten, zog ihn sogar den einengenden Zimmern des Gasthofes vor, und ich fürchtete nichts und niemanden, als ich nun meine Gebete sprach und gewohnheitsmäßig die Hand an mein Schwert legte. Was erwartete ich in dieser schlafenden Stadt zu entdecken? *Alles, was auch immer dort passierte.*
Und was konnte das meiner Ansicht nach sein? Ich hätte es nicht zu sagen vermocht. Aber als ich nun in diesem Gelass meine Kreise zog, immer wieder den Blick über die spärlichen, verstreuten Lichtpunkte unten und über die unförmige Masse der abfallenden Wälle gleiten ließ, die sich unter dem glimmenden Abendhimmel erstreckten, da erschien mir diese Stadt Ekel erregend, sie quoll von Täuschungen und Hexenwerk über und zahlte Tribut an den Teufel.
»Ihr denkt, ich weiß nicht, wohin eure ungewollten Kinder kommen?«, murmelte ich wütend. »Ihr glaubt, dass Menschen, die an der Pest daniederliegen, in euren Nachbarstädten mit offenen Armen aufgenommen werden?«
Ich erschrak vor dem Echo meiner leisen Worte, das von den kalten Mauern widerhallte.
»Aber was macht ihr mit ihnen, Ursula? Was hättest du mit meinen Geschwistern gemacht?«
Meine Grübelei zeugte vielleicht von Wahnsinn oder

hätte zumindest manchem so geschienen. Aber ich machte eine Erfahrung: Racheschwüre lenken vom Schmerz ab. Rache ist verlockend, eine gewaltige, zähflüssige Verlockung, selbst wenn sie aussichtslos ist. Ein Hieb mit diesem Schwert, und ihr Kopf ist abgetrennt, dachte ich, und ich kann ihn aus diesem Fenster schleudern, und dann, was ist sie dann noch? Nur ein Dämon, der alle irdische Macht verloren hat? Hin und wieder zog ich das Schwert halb aus der Scheide, schob es wieder zurück oder zückte meinen längsten Dolch und klatschte die flache Klinge in meine Handfläche, aber ich unterbrach meine Schritte nicht.

Während einer meiner eintönigen Runden entdeckte ich plötzlich durch Zufall auf einem entfernt liegenden Hügel – ich wusste nicht, in welcher Richtung, wenn es auch nicht die war, aus der ich gekommen war – eine außergewöhnliche Lichtfülle, die durch das Netzwerk der dunklen Bäume blitzte. Zuerst dachte ich, es könnte ein Brand sein, weil es so hell war, doch als ich die Augen zusammenkniff und angestrengt auf den Punkt schaute, merkte ich, dass es das auf keinen Fall sein konnte. Kein lodernder Feuerschein spiegelte sich auf den wenigen vorhandenen Wolken, und das Licht, so weit gestreut es auch war, hielt sich in einem festen Rahmen, als wenn es von einer riesigen Versammlung ausstrahlte, die sich, mit unzähligen Kerzen versehen, zusammengefunden hatte. Ganz beständig, wenn auch in an- und abschwellendem Pulsieren, glühte diese grelle Lichtorgie!

Eiseskälte kroch mir bei diesem Anblick in die Knochen. Das war eine Wohnstatt! Ich beugte mich über die

Fensterbrüstung. Nun konnte ich den verschachtelten, ausgedehnten Umriss erkennen! Diese einzelne, grandios beleuchtete Burg, die so abseits stand, hob sich von der Landschaft ringsum deutlich ab, und offensichtlich war dieses Spektakel nur von einer Seite der Stadt sichtbar, dieses Schauspiel eines von Wäldern ummantelten Bauwerks, in dem für eine obskure Festlichkeit anscheinend jede Fackel und jedes Wachslicht angezündet und jedes Fenster, jede Wehrbrüstung und jede Nische mit Laternen behängt worden war.

Norden, ja, das war Norden, denn hinter mir fiel die Stadt steil ab, und diese Burg lag im Norden, und das war die Richtung, vor der ich mich in Acht nehmen sollte. Wem in dieser Stadt sollte so ein Ort verborgen geblieben sein, und dennoch hatte auch nicht ein einziger Mensch ein Wort gesagt, außer dem verschreckten Franziskanermönch an meinem Tisch im Gasthaus.

Aber worauf ruhte mein Blick denn? Was sah ich wirklich? Regelrechtes Dickicht, das ja; und was ich noch sah, lag ziemlich hoch oben, versteckt hinter dichtem Wald, durch den das Licht bösartig, bedrohlich, wieder und wieder rhythmisch aufflackerte – aber was war das, was daraus hervorströmte? Was war das, was sich da ungestüm, in der Dunkelheit kaum sichtbar, auf den Hängen fortbewegte, die von dem geheimnisvollen Vorgebirge abfielen?

Bewegte sich da etwas durch die Nacht? Bewegte sich etwas von diesem entfernten Schloss direkt auf die Stadt zu? Unförmige schwarze Dinge, wie große gestaltlose Vögel, die den unregelmäßigen Linien der Landschaft

folgten, aber nicht an die Schwerkraft gebunden schienen? Waren sie auf dem Weg zu mir? War ich in einem Zauber befangen?
Nein, meine Augen täuschten mich nicht. Oder doch? Dutzende kamen dort. Sie kamen immer näher.
Eigentlich waren ihre Umrisse überhaupt nicht groß, eher klein. Die Größe war eine Täuschung, durch die Tatsache verursacht, dass diese Wesen in kleinen Trupps unterwegs waren, die sich nun, kurz vor der Stadt, auflösten, und ich sah die einzelnen Gestalten wie riesige Motten die Mauern gegenüber meinem Beobachtungspunkt hinaufhuschen. Ich drehte mich um und rannte zum Fenster. Sie waren in einem großen Schwarm über die Stadt hergefallen! Ich sah, wie sie von der Mauerkrone sprangen und in der Dunkelheit verschwanden. Unter mir auf dem Platz tauchten zwei schwarze Schatten auf, Männer in fließenden Umhängen, die rennend oder eher noch mit großen Sätzen in den Straßeneinmündungen verschwanden und dabei lautes, kühnes Gelächter ausstießen.
Ich hörte Weinen durch die Nacht dringen, ich hörte Schluchzen. Ich hörte ein dünnes Wimmern und ein ersticktes Stöhnen.
Nirgendwo in der Stadt flammte Licht auf.
Dann tauchten aus der Dunkelheit heraus diese Kreaturen des Bösen wieder oben auf der Stadtmauer auf, rannten direkt an der Kante entlang, dann ein Sprung, und sie waren draußen.
»Gott, ich kann euch sehen! Seid verflucht!«, flüsterte ich.
Unvermittelt tönte ein lautes Geräusch in meinen Ohren,

Bahnen weichen Stoffes fegten über mich hin, und dann ragte die Gestalt eines Mannes vor mir empor.
»Du kannst uns also sehen, mein Junge?« Das war die kräftige Stimme eines jungen Mannes, der sehr erheitert klang. »Mein ach so neugieriger kleiner Junge?«
Für das Schwert war er mir zu nahe. Ich sah nichts als die wehenden Gewänder. Mit voller Kraft, unter Einsatz von Ellbogen und Schulter, stürzte ich mich auf seinen Unterleib. Das Lachen des Mannes hallte in dem Turm.
»Ah, aber das tut mir nicht weh, Kind, und wenn du so neugierig bist, nun, dann nehmen wir dich doch ebenfalls mit, so dass du zu sehen bekommst, was du gerne sehen möchtest.«
Er fing mich in einem Bündel erstickenden Stoffes ein. Und dann spürte ich plötzlich, wie ich in einen Sack gesteckt und hochgehoben wurde, und ich wusste, wir hatten den Turm hinter uns gelassen!
Ich hing kopfüber, und mir war speiübel. Er schien zu fliegen und mich dabei auf dem Rücken zu tragen, und sein Gelächter wurde nun halbwegs vom Winde fortgeweht. Ich konnte meinen Arm nicht freibekommen. Ich spürte zwar mein Schwert, konnte den Griff jedoch nicht fassen. Verzweifelt suchte ich nach dem Dolch, nicht nach dem, den ich wahrscheinlich fallen gelassen hatte, als er mich packte, sondern nach dem anderen in meinem Stiefelschaft, und als ich ihn dann hatte, drehte und wand ich mich, bis ich die grobe Rückseite vor mir spürte, auf der ich unter wütendem Knurren diesen unruhigen Ritt absolvierte. Dann stach ich den Dolch mit Macht immer und immer wieder durch den Stoff.

Er stieß einen wilden Schrei aus. Noch einmal stach ich zu.
Mein Körper wurde mitsamt dem Sack in die Höhe geschleudert, fort von der Kreatur.
»Du kleines Ungeheuer«, kreischte er. »Du elendes, unverschämtes Balg!«
Ein rascher Fall, dann schlug ich heftig auf steindurchsetztem Grasboden auf und rollte ein Stück, während ich mit meinem Messer den Sack zerfetzte, der mir die Sicht raubte.
»Du kleiner Mistkerl!«, fluchte mein Gegner.
»Ach, blutest du etwa, du hässlicher Teufel?«, rief ich. »Du blutest?« Ich zerschlitzte den Sack, der mich immer noch festhielt, rollte und rollte, bis meine bloße Hand Gras fühlte und ich über mir die Sterne erblickte. Dann wurde das Tuch von meinen strampelnden Gliedern gerissen.
Ich lag der Kreatur zu Füßen, aber nur für einen kurzen Moment.

6

Am Hof vom Blutroten Gral

Nichts und niemand hätte mir den Dolch entreißen können. Mit einem tiefen Schnitt schlitzte ich dem Unhold die Beine auf, was ihm erneut wüstes Geschrei entlockte. Er hob mich hoch, schleuderte mich sogar in die Luft, und ganz verblüfft schlug ich auf der taufeuchten Erde auf. Nun endlich konnte ich ihn sehen, wenn auch nur verschwommen. Er wurde von einem Strom rötlichen Lichts übergossen und war wie ein Ritter gekleidet, mit einem Kapuzenumhang und einem langen, altmodischen, glänzenden Kettenhemd mit langen Ärmeln. Er wand sich vor Schmerzen, offensichtlich wegen der Wunden, die ich seinem Rücken zugefügt hatte; sein goldenes Haar hing ihm wirr ins Gesicht, und nun stampfte er mit dem verwundeten Bein auf.

Den Dolch fest im Griff, rollte ich mich zwei Mal herum und bekam mein Schwert so weit frei, dass ich es aus der Scheide ziehen konnte. Dann war ich auf den Füßen, ehe er sich noch rühren konnte, schwang das Schwert mit einer Hand, etwas ungeschickt, doch mit voller Kraft, und hörte, wie es mit einem ekligen feuchten Geräusch in seine Seite schlug. Der Blutschwall, der hervorschoss, erschien in dem grellen Licht abscheulich und ungeheuerlich.

Nun schrie er wirklich ohrenbetäubend. Er fiel auf die Knie.
»Helft mir, ihr Schwachköpfe; das ist ein Teufel!«, kreischte er. Seine Kapuze fiel nach hinten.
Ich warf einen prüfenden Blick auf die riesige Festung zu meiner Rechten: hohe, zinnenbewehrte Türme mit flatternden Wimpeln ragten inmitten der schwankenden Glut unzähliger Lichter, so wie ich es von der fernen Stadt aus gesehen hatte. Es war eine Märchenburg mit Spitzdächern, überschlanken Spitzbogenfenstern und umlaufender Brustwehr, auf der sich nun die Umrisse dunkler Gestalten drängten, die unseren Kampf von dort oben beobachteten.
Über das feuchte Gras rannte eine Gestalt auf mich zu – Ursula, in rotem Gewand ohne Umhang, das Haar mit roten Bändern zu langen Zöpfen geflochten.
»Verletzt ihn nicht, ich befehle es«, rief sie gellend. »Rührt ihn nicht an!«
Eine Schar männlicher Gestalten folgte dicht hinter ihr. Alle waren sie mit den gleichen knielangen, altmodischen Tuniken angetan, deren Ärmel eisengeschmiedet waren, und trugen schmucklose, spitze eiserne Helme. Und hatten geisterhaft bleiche Gesichter.
Mein Gegner sank vornüber auf das Gras, aus seinen Wunden strömte das Blut wie aus einer abscheulichen Quelle, dabei rief er: »Seht nur, was er mir angetan hat!«
Ich steckte den Dolch in meinen Gürtel und packte das Schwert mit beiden Händen, dann stürzte ich mich unter wütendem Gebrüll auf sein Genick, und schon kollerte sein Kopf den Hügel hinab. »Ha, jetzt bist du tot, ver-

dammt tot bist du!«, schrie ich. »Du mörderischer Unhold, du bist tot. Nun hol dir deinen Kopf. Setz ihn dir wieder auf!«

Ursula warf ihre Arme um mich, so dass sich ihre Brüste dicht gegen meinen Rücken pressten; wieder einmal hielt ihre Hand die meine fest umklammert und zwang mich so, die Schwertspitze zu Boden zu neigen. Dabei schrie sie abermals: »Rührt ihn nicht an!« Ihre Stimme klang drohend. »Kommt nicht näher heran, ich befehle es!«

Einer der anderen hatte den zerzausten, blond behaarten Kopf meines Feindes aufgesammelt und hob ihn in die Höhe, während die anderen ihren Blick auf den zuckenden, sich windenden Körper gerichtet hielten.

»Oh, nein, es ist zu spät!«, sagte einer von ihnen.

»Nein, setzt ihn wieder auf den Hals, setzt ihn drauf!«, rief ein anderer.

»Lass mich los, Ursula«, sagte ich. »Lass mich ehrenvoll sterben, tu mir den Gefallen!« Ich sträubte mich gegen ihren Griff. »Lass mich so sterben, wie ich es will. Das mindestens kannst du für mich tun.«

»Nein«, zischte sie wütend in mein Ohr, »das tu ich nicht!«

Gegen ihre Körperkraft war ich absolut machtlos, schienen ihre Brüste auch noch so weich und ihre Finger noch so kühl auf meiner Haut. Sie hatte mich vollkommen in ihrer Gewalt.

Einer der Männer rief nun: »Geht zu Godric!«

Die anderen hatten den kopflosen, um sich schlagenden Körper aufgehoben, und der, der den Kopf hielt, sagte:

»Bringt ihn zu Godric. Nur Godric kann einen Spruch fällen.«
Ursula stieß einen Klageschrei aus: »Godric!« Es klang wie das Heulen des Windes oder wie ein wildes Tier, so schrill, so durchdringend hallte es von den Mauern.
Hoch oben, vor dem aufklaffenden, gewölbten Torbogen der Festung, stand mit dem Rücken zum Licht eine schmale, gebrechliche Gestalt, deren Glieder vom Alter gebeugt waren.
»Bringt sie beide!«, rief er. »Ursula, beruhige dich, sonst erschreckst du noch alle anderen.«
Ich machte einen schnellen Versuch zu entkommen, doch ihr Griff wurde nur noch fester. Dann spürte ich ihre nadelspitzen Zähne in meinen Hals dringen.
»Oh, nein, Ursula, lass mich sehen, was passiert!«, flüsterte ich. Aber schon merkte ich, wie Nebelschwaden um mich aufstiegen, als hätte sich die Luft verdichtet, um mich mit Duft und Klang und sinnlicher Kraft fest zu umfangen.
Ah, ich liebe dich, will dich, ja! Es war so, und ich kann es nicht leugnen. Ich hatte das Gefühl, ich hielte sie an mich gedrückt, auf jener feuchten Bergwiese, und sie läge unter mir, aber das waren nur Träume, und es gab keine wilden roten Blumen, sondern man verschleppte mich irgendwohin, und sie, Ursula, hatte mich nur geschwächt, hatte die Macht, die ihr Herz über mich hatte, genutzt, um mit meinem zu spielen.
Ich wollte sie verfluchen. Rings um uns waren Gras und Blumen, und sie sagte: »Lauf!«, doch das war gar nicht möglich, denn was ich fühlte, war nicht wirklich, nicht

wahr, sondern war nur Fantasie, hervorgerufen durch das Saugen ihres Mundes an meinem Hals und durch ihre schlangengleichen Glieder, die sich um mich wanden.

Eine Burg wie einst in Frankenreich. Es war, als hätte man mich in den Norden versetzt. Ich hatte kurz die Augen aufgeschlagen. Ja, die gesamte Ausstattung glich der eines welschen Adelshofs!

Selbst die gedämpfte, ernste Musik, die ich hörte, erinnerte mich an die alten französischen Lieder, die in einer schon lang vergangenen Kindheit bei unseren abendlichen Mahlzeiten erklangen.

Ich wachte auf und fand mich mit gekreuzten Beinen vornüber gesunken auf einem Teppich hockend. Während ich zu mir kam, rieb ich mir den Hals und suchte meine Kleider verzweifelt nach Waffen ab, doch die waren mir alle weggenommen worden. Ich hätte beinahe das Gleichgewicht verloren und wäre nach hinten umgefallen.

Die Musik, die von einem unter mir liegenden Ort herauftönte, war monoton, schleppend, unterlegt mit dem dumpfen Taktschlag übermäßig vieler Pauken und dem dünnen, nasalen Winseln von Hörnern. Sie hatte überhaupt keine Melodie.

Ich hob den Blick. Französisch, ja, der hohe, schmale, Durchgang mit den Spitzbögen, der zu einer langgestreckten Empore führte, unter der eine größere Festlichkeit stattzufinden schien. Und auch die Wandbehänge, die edle Damen mit hohen, spitzen Hüten neben ihren schneeweißen Einhörnern zeigten, waren französische Mode.

Seltsam altmodisch, erinnerten sie an die Illustrationen in frommen Büchern, auf denen Dichter an Königshöfen aus den langweiligen, langatmigen Romanzen vorlasen oder die Fabeln von Reinecke Fuchs.
Das Fenster war mit blauem Satin verhängt, auf dem ein Lilienmuster prangte. Über dem hohen Türbogen und dem Fenstersturz, soweit er sichtbar war, bröckelte altes, filigranes Stuckwerk. Und die vergoldeten, bemalten Schränke und Vitrinen in dem steifen französischem Stil waren morsch. Ich drehte mich um.
Hinter mir standen die zwei Männer mit ihren plumpen, schweren eisernen Ärmeln, ihre knielangen Tuniken waren blutverschmiert. Sie hatten die spitzen Helme abgenommen und fixierten mich mit eisigen, farblosen Augen. Mit ihren Bärten gaben sie beide ein feierliches Bild ab. Das Licht glitzerte förmlich auf ihrer harten weißen Haut.
Und dort stand Ursula, ein silbergerahmtes Juwel vor dem dämmrigen Hintergrund, und schaute auf mich nieder. Ihr Gewand mit der hohen Taille fiel weich an ihr herunter und war genauso altmodisch wie die Kleidung der Männer, als stammte auch sie aus einem längst vergangenen Frankenreich. Ihre schneeweißen, beinahe bloßen Brüste wurden nur knapp von einem Mieder aus rot und golden geblümtem Samt bedeckt.
An einem Schreibtisch saß der ältere Mann auf einem Stuhl mit gekreuzten Beinen. Sein Alter entsprach der Körperhaltung, die mir zuvor an ihm aufgefallen war, als sich seine Silhouette gegen die beleuchtete Burg abhob. Er war genauso blass wie die anderen, hatte den gleichen

todesbleichen Teint, der schön, aber auch schrecklich und monströs wirkte.
Orientalische Lampions hingen an Ketten von der Decke herab und verbreiteten mit ihren tief im Innern glitzernden Flammen ein Licht, das meinen geblendeten Augen Schmerzen bereitete; gleichzeitig verströmten sie einen Duft nach Rosen und Sommerwiesen, etwas, bei dem man nicht an Glut und Verbranntes dachte.
Der Kopf des Alten war kahl, ein Anblick, der so hässlich war wie der einer ausgegrabenen Iris-Zwiebel, die man umgedreht und von ihren Wurzeln befreit hatte. Und in diesen Schädel eingepflanzt waren zwei glimmende graue Augen und ein großer, schmallippiger Mund, der ernst wirkte und von Geduld und Unvoreingenommenheit zeugte.
»Ah, so«, sagte er mit leiser Stimme zu mir, wobei er eine Augenbraue hob, die nur durch den scharfen Bogen zu erahnen war, den die Runzeln seines vollkommen weißen Fleisches formten. Zwei dicke, zum Kinn verlaufende Furchen bildeten seine Wangen. »Dir ist klar, dass du einen von uns getötet hast, nicht wahr?«
»Das will ich hoffen«, antwortete ich. Ich versuchte, auf die Füße zu kommen, verlor aber beinahe das Gleichgewicht. Ursula streckte die Hand nach mir aus, trat jedoch schnell zurück, als hätte sie sich bei einer Verletzung der Etikette ertappt.
Ich stellte mich aufrecht hin, wobei ich erst sie mit wütenden Blicken bedachte und dann den Alten, der mich mit ungebrochener Ruhe betrachtete.
»Willst du sehen, was du angerichtet hast?«, fragte er.

»Warum sollte ich?«, erwiderte ich. Aber ich sah es schon. Aufgebahrt zu meiner Linken lag der tote blonde Räuber, der mich mit Haut und Haaren in seinen großen Sack gesteckt hatte. Ah, die Schuld war voll und ganz beglichen. Da lag er, bewegungslos, scheußlich verschrumpelt, als wären die Glieder in sich zusammengefallen, und seinen blutleeren weißen Kopf mit den offenen Lidern, die seine starren dunklen Augen sehen ließen, hatte man vor seinen zerhauenen Hals gelegt. Das war mir ein Genuss! Ich starrte auf die skelettartige weiße Hand der Kreatur, die über den Rand der Bahre hing und aussah wie ein am Strand unter gnadenloser Sonne geschrumpftes Meeresgetier.

»Oh, das ist großartig«, sagte ich. »Der Mann, der wagte, mich zu entführen und mich gewaltsam hierher zu bringen, ist tot, so tot, wie es nur geht. Habt Dank für diesen Anblick.« Ich sah den Alten an. »Mehr verlangt die Ehre nicht. Von Vernunft gar nicht zu reden, oder? Und wen habt ihr noch alles aus der Stadt mitgenommen? Den schwachsinnigen alten Mann, der sein Hemd zerriss? Das Kind, das bei der Geburt zu klein war? Die Schwachen, die Gebrechlichen, die Kranken, wen immer die Stadtleute euch geben wollten? Und was gebt ihr ihnen im Gegenzug dafür?«

»Oh, schweig still, du junger Tor«, sagte der ernsthafte Alte. »Du bist mutig über Ehre und Vernunft hinaus, das ist nur zu klar.«

»Nein, das stimmt nicht. Der Frevel, den ihr mir angetan habt, verlangt, dass ich bis zum letzten Atemzug gegen euch kämpfe, gegen euch alle.« Dabei wirbelte ich herum

und heftete meinen Blick auf die offenen Türflügel. Allein das Hämmern der Musik bereitete mir Übelkeit und drohte, mir Schwindel zu verursachen nach all den Schlägen und Stürzen die ich durchgestanden hatte.
»Was für ein Lärm von dort unten! Was seid ihr hier? Ein verfluchter Hofstaat?«
Alle drei Männer brachen in heftiges Gelächter aus.
»Na, da hast du fast Recht«, sagte einer der bärtigen Soldaten mit dunkel brummendem Bass. »Du bist hier am Hofe vom Blutroten Gral, denn eben so nennen wir uns, nur würden wir es gerne hören, dass man die gebührende lateinische oder französische Bezeichnung wählt.«
»Am Hofe vom Blutroten Gral!«, keuchte ich. »Schmarotzer, Parasiten, Blutsauger, das seid ihr alle! Woraus besteht dieser blutrote Gral? Aus Blut?«
Ich wollte mir die nadelscharfen Stiche von Ursulas Zähnen ins Gedächtnis rufen, ohne an den Zauber zu denken, der mich immer zugleich damit übermannt hatte, doch auch jetzt spürte ich ihn wieder, er drohte mich zu verschlingen, dieser Zauber, diese schwebende, duftende Erinnerung an Wiesen und an Ursulas weiche Brüste. Ich schüttelte mich von oben bis unten. »Bluttrinker! Blutroter Gral! Das macht ihr also mit ihnen, mit denen, die ihr mitnehmt? Ihr trinkt ihr Blut?«
Der Alte schaute Ursula bedeutungsvoll an. »Was verlangst du da von mir, Ursula?«, fragte er sie. »Wie kann ich hier eine Entscheidung treffen?«
»Ach, Godric, er ist tapfer und edel und stark«, sagte sie.
»Godric, wenn du nur zustimmst, wird sich niemand dagegenwenden. Niemand wird deine Entscheidung in

Frage stellen. Bitte, Godric, ich bitte dich. Wann hätte ich je etwas erbeten –?«

»Was erbeten?«, verlangte ich zu wissen, während ich meinen Blick von ihrem eifrigen, tieftraurigen Gesicht zu dem des Alten wandern ließ. »Mein Leben? Darum bittest du? Töte mich besser!«

Dem Alten war das bewusst. Ich brauchte es nicht zu sagen. Es gab keine Möglichkeit, mir an diesem Scheideweg Gnade zu schenken. Ich würde mich nur erneut auf sie alle stürzen und versuchen, einen nach dem anderen zu erledigen.

Plötzlich, wie von Ärger und Ungeduld ergriffen, erhob sich diese gebrechliche Gestalt mit erstaunlicher Gelenkigkeit und packte mich am Kragen, als sie in einem Wirbel roter Gewänder an mir vorbeifegte; dann zerrte sie mich, als wäre ich ein Federgewicht, durch den Bogengang bis zum Rand der steinernen Brüstung.

»Schau, da unten, der Hofstaat«, sagte Godric.

Die Halle dort unten war riesig. Die Balustrade, auf der wir standen, zog sich um den ganzen Saal, und darunter gab es kaum einen Fußbreit bloßen Steines, so reich behängt waren die Wände mit goldfarbenen und burgunderroten Draperien. Um die lange Tafel dieses Saales saßen Damen und Herren nebeneinander, alle im vorgeschriebenen Burgunderrot, der Farbe des Blutes – nicht der des Weines, wie ich gedacht hatte, und vor ihnen glänzte das blanke Holz der Tischplatte. Nicht ein Teller mit Speisen noch auch nur ein Becher mit Wein war zu sehen, doch alle waren zufrieden und schauten plaudernd und heiteren Blickes den Tänzern zu, die die große

Halle bevölkerten, wo sie auf dicken Teppichen mit geschickten Schritten ihre Tänze ausführten, als genössen sie das samtige Polster unter ihren weich beschuhten Füßen.
Die Gestalten, die sich zu dem hämmernden Takt der Musik bewegten, bildeten arabeskengleiche, ineinander verschlungene Kreise. Ihre Gewänder waren im Stil der unterschiedlichsten Nationen gehalten, von französischem Chic bis hin zur neuen Florentiner Mode, und überall sah man heitere Runden rot gefärbter Seide oder rot geblümte Flächen oder ein Muster, das ich, wenn ich es auch nicht genau erkennen konnte, für Sterne oder Halbmonde hielt.
Es war ein feierliches, wenn auch quälendes Bild, sie alle in dieser gleichen kräftigen Farbe gekleidet zu sehen, die sich irgendwo zwischen dem eklig schauderhaften Rot von Blut und dem blendenden Glanz von Scharlachrot bewegte.
Mir fielen die Unmengen von Leuchtern und Kerzenhaltern und Fackeln auf. Wie einfach es doch wäre, die Wandteppiche in Brand zu setzen. Ich fragte mich, ob diese Wesen brennen würden, so wie Hexen und Ketzer brannten.
Ich hörte ein scharfes Keuchen von Ursula. »Vittorio, sei klug!«, flüsterte sie.
Auf dieses Flüstern hin sah der Mann in der Mitte der langen Tafel zu mir auf, der den Platz in dem hochlehnigen Ehrensitz einnahm – den Platz, der in unserem Hause meinem Vater zugekommen wäre. Er hatte blondes Haar, so blond wie das der zerzausten Kreatur, die

ich enthauptet hatte, doch diesem hier fielen die langen Locken gepflegt und seidig auf die breiten Schultern. Sein Gesicht trug jugendliche Züge, viel jünger als die meines Vaters, doch um einiges älter als die meinen, und war genauso unmenschlich bleich wie das der anderen Anwesenden. Seine durchdringenden blauen Augen fixierten mich. Dann wandte er sich wieder der Betrachtung des Tanzes zu.

Das ganze Schauspiel schien im Rhythmus mit dem heißen, rauchigen Auf und Ab der Flammen zu vibrieren, von dem meine Augen tränten, doch mit Schrecken bemerkte ich, dass die kleinen Figuren, die in die Wandbehänge gewebt waren, nicht die stummen Damen und die Einhörner darstellten, wie ich sie auf den Gobelins in dem kleinen Studierzimmer gesehen hatte, aus dem wir gekommen waren. Nein, hier waren es Teufel, die in der Hölle tanzten. Und darunter wahrhaft scheußliche, groteske Wesen grobschlächtiger und brutaler Natur, die rings um den unteren Rand der Empore, auf der wir standen, in den Stein gemeißelt waren. Auch an den Kapitellen der sich verzweigenden Säulen, die die Decke trugen, sah man weitere dieser dämonischen, mit Schwingen versehenen Wesen.

Bösartige Grimassen zierten die Wand hinter mir und auch die gegenüber. Auf einem der im unteren Teil hängenden Gobelins türmten sich die Höllenkreise Dantes einer über dem anderen.

Ich konnte meinen Blick nicht von der nackten, glänzenden Tafel wenden. Mir war schwindelig. Gleich würde mir übel werden, ich würde das Bewusstsein verlieren.

»Dich zu einem Mitglied dieses Hofstaates zu machen, das ist Ursulas Verlangen«, sagte der Alte, indem er mich hart gegen die Brüstung drückte; er ließ mich nicht los, ließ nicht zu, dass ich mich abwandte. Seine Stimme war bedächtig und leise und verriet nicht die mindeste Wertung der Angelegenheit.
»Sie möchte, dass wir dich in unseren Hofstaat aufnehmen, als Dank für die Tatsache, dass du einen der Unseren erschlagen hast. Das ist ihre Logik.«
Der Blick, den er mir zuwandte, war nachdenklich, kühl. Seine Hand an meinem Kragen war nicht grausam oder grob, sondern einfach da.
Während halb gestammelte Worte und Flüche aus mir hervorbrachen, merkte ich plötzlich, dass ich fiel. Immer noch fest im Griff des Alten, war ich über die Brüstung gefallen und in Sekundenschnelle auf den dicken Teppichen gelandet, wo ich auf die Füße gezerrt wurde, während die Tänzer rechts und links von uns auswichen.
Wir standen vor dem hohen Herrn auf dem Ehrensitz, und ich sah, dass die ins Holz geschnitzten Figuren – wie konnte es anders sein – Tieren ähnelten, katzenartigen, satanischen.
Der Stuhl bestand ganz aus schwarzem Holz und war so stark poliert, dass man das Öl riechen konnte, dessen Duft sich lieblich mit dem der vielen Lampen mischte. Die Fackeln knisterten leise.
Die Musikanten hatten aufgehört zu spielen, ich hatte sie bisher nicht einmal gesehen. Und als ich die kleine Kapelle endlich entdeckte – noch weiter oben auf einem eigenen kleinen Balkon –, da stellte ich fest, dass auch sie

diese porzellanweiße Haut und die tödlichen, katzengleichen Augen hatten. Alle waren Männer, schlank, einfach gekleidet und anscheinend etwas ängstlich.
Ich starrte den Schlossherrn an. Er hatte sich nicht gerührt, nicht gesprochen. Er war eine edle, königliche Erscheinung, sein dichtes, volles blöndliches Haar war aus der Stirn zurückgekämmt und fiel, wie ich zuvor schon bemerkt hatte, in sorgfältig frisierten Locken auf seine Schultern. Auch sein Gewand kündete von einer längst vergangenen Mode, er trug eine lange, weite Tunika, nicht wie die der Soldaten, sondern etwas, das fast an eine Robe erinnerte, eingefasst mit passendem dunkel gefärbtem Pelz. Darunter schauten wunderbare, ballonartig weite Ärmel hervor, die bauschig bis über die Ellenbogen fielen und sich dann eng um seine schlanken Unterarme und Handgelenke schmiegten. Eine mächtige, aus Medaillen gefügte Kette hing um seinen Hals, und jede der aus schwerem, ziseliertem Gold gefertigten runden Scheiben war mit einem ovalen Edelstein besetzt, einem Rubin, rot wie seine Kleider.
Eine schlanke, bloße Hand lag locker geschlossen auf dem Tisch, ganz unprätentiös. Die andere konnte ich nicht sehen. Er schaute mich aus blauen Augen an. Diese Hand, die so kultiviert und sauber war, hatte etwas Puritanisches, Gelehrtenhaftes an sich.
Quer über die dicke Lage Teppiche eilte Ursula heran und hielt dabei ihre Röcke mit ihren zierlichen Händen gerafft. »Florian«, sagte sie, wobei sie eine tiefe Verneigung vor dem Burgherrn machte. »Florian, ich bitte dich um diesen hier, wegen seines Charakters und seiner See-

lenstärke, nimm ihn um meinetwillen in unseren Hofstaat auf, um meines Herzens willen. Um nichts als das bitte ich.«

Obwohl ihre Stimme ängstlich bebte, klang sie vernünftig.

»Diesem Hofstaat? Hier, diesem Hofstaat soll ich angehören?«, wollte ich wissen. Ich spürte, wie mir die Hitze ins Gesicht stieg. Ich ließ meinen Blick nach rechts und links wandern. Ich starrte sie an, die weißen Gesichter, die dunklen Münder, die vielfach die Farbe frischer Wunden trugen. Ich sah die bleichen, farblosen Mienen, mit denen sie mich begutachteten. Waren diese Augen wirklich von dämonischem Feuer erfüllt, oder lag es einfach daran, dass jeder andere Hinweis von Menschlichkeit aus ihrem Gesichtsausdruck verschwunden war?

Als ich den Blick senkte, sah ich auf meine eigenen Hände, sah die geballten Fäuste, so rosig und menschlich, und mit einem Mal, als wäre es so beabsichtigt, stieg mir der Geruch meines Körpers in die Nase, Geruch nach Schweiß und Straßenstaub, der an mir haftete und sich mit dem Aroma mischte, das schlicht von Menschlichem kündete.

»Ja, richtig; du bist schon ein Leckerbissen für uns«, sagte der Burgherr von seinem Platz an der Tafel aus. »Das bist du wirklich, und der Saal wird von deinen Ausdünstungen überschwemmt. Aber es ist für uns doch noch zu früh zum Schmausen. Wir speisen, wenn die Glocke zwölf schlägt, so ist es unser unumstößlicher Brauch.«

Seine Stimme war schön, volltönend klar und zauberhaft, mit dem Hauch eines französischen Akzents, der an sich schon so verführerisch sein kann. Und mit französischer Beherrschtheit und Würde drückte er sich aus. Er lächelte mich an, und sein Lächeln war freundlich, wie Ursulas Lächeln, aber nicht mitleiderfüllt und bestimmt nicht grausam oder sarkastisch.

Ich hatte kein Auge für die Gesichter links und rechts von ihm; spürte nur, dass es viele waren, sowohl Männer als auch Frauen. Die Frauen trugen den imposanten Kopfputz, wie er in alten Zeiten im Frankenland Mode gewesen war, und aus dem Augenwinkel glaubte ich zu sehen, dass sich ein Mann sogar als Hofnarr herausgeputzt hatte.

»Ursula«, sagte der Burgherr, »eine solche Angelegenheit erfordert gründliche Überlegung.«

»Wirklich?«, rief ich laut. »Ihr habt vor, mich zu einem von Eurem Hof zu machen? Dazu bedarf es keiner Überlegung.«

»Ach, nun komm, mein Junge«, sagte der Fürst mit seiner leisen, beruhigenden Stimme. »Wir unterliegen weder dem Tod noch Alter oder Krankheiten. Du aber windest dich an der Spitze des Hakens, du bist ein aus der See gefischtes Beutetier, schon dem Untergang geweiht, und dir ist noch nicht einmal klar, dass du nicht mehr in dem Leben spendenden Element schwimmst.«

»Mein Herr, ich wünsche nicht Eurem Hofe anzugehören«, sagte ich. »Spart Euch Eure Freundlichkeit und Euren Rat.« Ich blickte um mich. »Und redet mir nicht von Eurem Festmahl.«

Diese Wesen hatten eine unerhört starre Haltung angenommen, wie gefroren betrachteten sie mich, was an sich schon gänzlich unnatürlich und bedrohlich wirkte. Eine Welle des Ekels überrollte mich. Oder war es Panik, Panik, die ich einfach nicht hochkommen lassen wollte, gleichgültig, wie vollständig und hoffnungslos ich von diesen hier eingekreist war und wie allein ich stand?

Die Gestalten an der Tafel hätten genauso gut aus Porzellan sein können, so unbeweglich waren sie. Mir schien sogar, dass ebendiese Haltung Teil ihrer Aufmerksamkeit war.

»Ach, hätte ich nur ein Kruzifix«, seufzte ich leise, ohne über meine Worte nachzudenken.

»Das wäre ohne Bedeutung für uns«, sagte der Burgherr sehr sachlich.

»Ach, das weiß ich nur zu gut; Eure Dame dort kam direkt in unsere Burgkapelle und nahm meinen Bruder und meine Schwester gefangen! Nein, ein Kreuz bedeutet Euch nichts. Aber für mich wäre es jetzt wichtig. Sagt, umringen mich Engel, um mich zu behüten? Seid Ihr selbst immer sichtbar, oder verschmelzt Ihr dann und wann mit der Nacht und verschwindet einfach? Und wenn Euch das möglich ist, könnt Ihr dann auch die Engel sehen, die mich schützen?«

Der Fürst lächelte.

Der Alte, der meinen Kragen losgelassen hatte, wofür ich ihm dankbar war, lachte leise in sich hinein. Aber kein anderer ließ seiner Heiterkeit freien Lauf.

Ich sah Ursula an. Wie liebeglühend und verzweifelt sie wirkte, wie kühn und standhaft, während sie den Blick zwischen mir und diesem Edlen, den sie Florian genannt hatte, hin und her gleiten ließ. Und doch war sie genauso wenig menschlich wie die anderen hier; sie war das Trugbild einer jungen Frau, todbringend, doch mit unbeschreiblichen Gaben, unaussprechlicher Anmut ausgestattet, und gehörte längst nicht mehr den Lebenden an, wie alle anderen auch. Ein hübscher Gral war das, dieser Blutrote Gral!

»Herr, höre, was er wirklich meint, gleichgültig, was er sagt«, bat Ursula. »Es ist so lange her, dass hier in diesen Mauern eine frische Stimme laut wurde, eine, die bei uns bleiben, eine von uns sein könnte.«

»Ja, und beinahe glaubt er an seine Engel, und du hältst ihn für erstaunlich klug«, sagte der Fürst verständnisvoll. »Vittorio, junger Mann, lass dir versichern, dass ich keine Schutzengel in deinem Umkreis wahrnehmen kann. Und wir selbst sind ständig sichtbar, wie du recht gut weißt, denn du hast uns in Hochform gesehen und bei unseren schlimmsten Taten. Nein, vielleicht doch nicht wirklich in unserem höchsten, vollen Glanze.«

»Oh«, sagte ich, »und das kann ich kaum erwarten, edler Herr, denn ich liebe euch alle so sehr und auch die Art, wie ihr Menschen abschlachtet, und dann gibt es da natürlich noch diese Stadt da unten, die ihr ins Verderben stürztet und selbst die Seelen der Priester verführt habt.«

»Schscht, du wirst dich noch in ein tödliches Fieber hineinsteigern«, sagte der Burgherr. »Dein Duft füllt mir die Nase wie ein überkochender Topf. Ich könnte dich verschlingen, Kind, könnte dich zerteilen und die noch pulsierenden Stücke hier an der Tafel verteilen, damit man sie aussaugen kann, solange das Blut noch schön warm ist und deine Augen noch blinzeln.«

Bei diesen Worten glaubte ich verrückt zu werden. Ich dachte an meine toten Geschwister, an den grauenvollen, unmöglich sanften Ausdruck, den die abgetrennten Köpfe gezeigt hatten. Ich konnte das nicht ertragen. Ich schloss die Augen ganz fest. Ich suchte in meinem Innern nach einem Bild, das diese Schrecken bannen würde. Und in meiner Erinnerung fand ich das Gemälde des Fra' Filippo Lippi, das den Engel Gabriel vor der Jungfrau Maria auf Knien liegend zeigt; ja, Engel, ihr Engel, schmiegt eure Flügel um mich, jetzt, oh Gott, sende mir Deine Engel!

»Ich verfluche Euren verdammten Hof, Ihr Süßholz raspelnder Teufel!«, schrie ich. »Wie konnte es geschehen, dass Ihr Euren Fuß in dieses Land setztet! Wie ist es dazu gekommen?« Ich riss die Augen auf, doch ich sah nichts als die Engel Fra' Filippos, die mir in der Erinnerung an seine Werke wild entgegenpurzelten und ein bunt gemischtes Schauspiel darboten, sah strahlende Geschöpfe, in denen sich der warme fleischliche Atem der Erde mit dem Hauch des Himmels mischte. »Ist er zur Hölle gefahren?« Ich schrie noch lauter. »Der, dem ich den Kopf abgeschlagen habe? Brennt er schon?«

Wenn Stille anschwellen und in sich zusammenfallen kann, dann geschah nun genau das mit der Stille in dieser großen Halle, diesem Saal. Ich hörte nichts als mein ängstliches Atmen.

Aber der Burgherr blieb ungerührt.

»Ursula«, sagte er, »man könnte es in Erwägung ziehen.«

»Nein!«, schrie ich. »Niemals! Mich euch anschließen? Einer von euch werden?«

Die Hand des Alten hielt mich mit einem Klammergriff im Nacken. Wenn ich dagegen ankämpfte, machte ich mich nur zum Narren. Er brauchte nur noch etwas fester zuzupacken, und ich wäre tot. Und das wäre vielleicht das Beste. Allerdings hatte ich noch etwas zu sagen:
»Ich will das nicht, niemals. Wie kommt Ihr darauf, dass meine Seele so leicht zu haben ist und Ihr nur danach fragen müsst?«
»Deine Seele?«, fragte der Fürst. »Wie ist deine Seele beschaffen, dass sie es vorzieht, einige kurze Jahre zu genießen, anstatt eine Reise unter den unergründlichen Sternen durch die Jahrhunderte anzutreten? Was ist das für eine Seele, die nicht lieber auf ewig nach der Wahrheit suchen will, sondern nur während der paar armseligen Jahre eines gewöhnlichen Lebens?«
Sehr langsam, unter dem gedämpften Rascheln seiner Gewänder, erhob er sich, und nun erst sah man den langen, weiten Mantel, dessen Saum niedersank und hinter ihm einen großen blutfarbenen Schatten bildete. Er senkte ganz leicht den Kopf; durch den Schein der Lampen wirkte sein Haar wie von schwerem Gold überzogen, und seine blauen Augen wurden sanfter.
»Wir waren schon vor dir und deinem Klan hier«, sagte er. Seine Stimme hielt ihren förmlichen Tonfall. Er selbst blieb höflich und vornehm. »Jahrhunderte bevor ihr in diese Berge zogt, waren wir schon hier. Alle Berge ringsum gehörten damals uns. Ihr, ihr seid die Eindringlinge.« Er unterbrach sich und richtete sich auf. »Deinesgleichen drängen sich näher und näher, bauen Bauernhöfe und Dörfer und Festungen und Burgen, dringen immer weiter

zu uns vor in die Wälder, die uns gehören, so dass wir nun Schläue walten lassen müssen, wo wir früher einfach flink waren, und wir heute gesehen werden, obwohl wir doch wie der sprichwörtliche ›Dieb in der Nacht‹ auftreten sollten.«

»Warum habt ihr meinen Vater und meine Familie getötet?«, verlangte ich zu wissen. Ich konnte einfach nicht mehr schweigen, mich kümmerte nicht, wie verführerisch seine Redegewandtheit war, seine leise geschnurrten Worte, sein wie von einem Zauber überzogenes Gesicht.

»Dein Vater und dessen Vater und der Burgherr davor – sie alle haben die Bäume gefällt, die unser Schloss verdeckten. Und so muss ich also den Wald aus Menschen aus meinem Wald zurückdrängen. Und dabei ist es notwendig, von Zeit zu Zeit mit meiner Axt weit auszuholen – nichts anderes habe ich getan, das war der Grund für die Tat. Dein Vater hätte Tribut zahlen können, und alles wäre beim Alten geblieben. Dein Vater hätte einen geheimen Eid schwören könne, der so gut wie nichts von ihm verlangt hätte.«

»Ihr glaubt doch nicht, dass er euch unsere kleinen Kinder ausgeliefert hätte? Wofür braucht ihr sie? Trinkt ihr ihr Blut oder opfert ihr sie Satan auf einem Altar?«

»Du wirst es nach und nach erfahren«, sagte er, »denn mir scheint, dass du geopfert werden musst.«

Ursula keuchte auf: »Nein, Florian, ich bitte dich.«

»Lasst mich Euch eine Frage stellen, gnädiger Herr«, sagte ich, »da Gesetz und Geschichte Euch so viel bedeuten. Wenn dies ein Hof ist, ein echter Fürstenhof, wo es auch eine Gerichtsbarkeit gibt, warum bekomme ich dann

nicht den Beistand eines menschlichen Verteidigers? Oder überhaupt Gleichgesinnter?«
Die Frage schien ihn zu quälen. Dann sprach er schließlich.
»Wir sind der Hof, mein Sohn. Du bist ein Nichts, und du weißt das. Wir hätten deinen Vater am Leben lassen können, wie man den Hirsch im Wald leben lässt, damit er sich mit der Hirschkuh paart. Es ist uns nicht wichtiger.«
»Sind Menschen hier im Schloss?«
»Keine, die dir helfen könnten«, sagte er schlicht.
»Tagsüber keine menschlichen Wachen?«
»Keine Wachen bei Tag«, sagte er, und zum ersten Mal war sein Lächeln ein wenig stolz. »Glaubst du, wir brauchten welche? Glaubst du, unser kleiner Taubenschlag ist tagsüber nicht still und zufrieden? Du glaubst, wir brauchten Menschen als Wachen?«
»Und ob ich das glaube. Und Ihr seid ein Narr, wenn Ihr denkt, ich würde jemals Mitglied Eures Hofes werden! Keine menschlichen Wachen, obwohl ganz in der Nähe eine Kleinstadt liegt, in der bekannt ist, was ihr seid und wer ihr seid und dass ihr nur nachts erscheint und am Tage nicht dazu in der Lage seid?«
Er lächelte duldsam. »Sie sind nur Ungeziefer«, sagte er ruhig. »Du verschwendest meine Zeit mit deinem Gerede über Leute, die nicht einmal mehr Verachtung wert sind.«
»Hmm, mit diesem harschen Urteil tut ihr Euch selbst Unrecht. Ich glaube, Ihr habt, auf die eine oder andere Art, mehr für sie übrig als das!«
Der Alte lachte und murmelte kaum hörbar: »Für ihr Blut vielleicht!«

Irgendwo im Saal klang ein beklommenes Lachen auf, doch es brach ab, wie ein Splitter von zerbrochenem Porzellan.
Der Burgherr ergriff wieder das Wort: »Ursula, ich will es erwägen, aber ich sehe nicht …«
»Nein, ich will es nicht!«, sagte ich. »Selbst als Verdammter würde ich mich euch nicht anschließen.«
»Halte deine Zunge in Zaum«, warnte mich der Fürst ruhig.
»Ihr seid Narren, wenn ihr glaubt, die Stadtbewohner würden sich nicht gegen euch erheben. Sie werden diese Festung im hellen Tageslicht stürmen und eure Verstecke aufbrechen!«
Man hörte Geraschel und Geräusche in dem riesigen Saal, jedoch keine Worte, zumindest keine, die an mein Ohr drangen, aber mir kam es vor, als ob diese bleichsüchtigen Ungeheuer durch Gedankenkraft miteinander in Kontakt stünden oder einfach nur, indem sie Blicke tauschten, was ihre prunkvollen, wunderbaren Gewänder in leise schwingende Bewegung versetzte.
»Eure Torheit macht euch taub!« erklärte ich. »Ihr gebt euch der ganzen hellen Tageslichtwelt zu erkennen und bildet Euch auch noch ein, dieser Hof vom Blutroten Gral könnte von Dauer sein?«
»Du beleidigst mich«, sagte der Herrscher. Ein leichtes Rosa färbte seine Wangen und ließ ihn göttlich schön aussehen. »Ich bitte dich höflich, zu schweigen.«
»Oh, ich beleidige Euch? Gnädiger Herr, erlaubt mir, Euch einen Rat zu geben. Ihr seid am Tage völlig hilflos; ich weiß, dass es so ist. Ihr schlagt nachts zu, und nur

nachts. Alle Zeichen und alles, was ich gehört habe, weisen darauf hin. Ich erinnere mich daran, wie Eure Horden aus dem Hause meines Vaters flohen. Ich erinnere mich an die Warnrufe: ›Achtet auf den Himmel‹. Gnädiger Herr, Ihr habt zu lange auf dem Lande, in Eurem tiefen Wald gelebt. Ihr hättet dem Beispiel meines Vaters folgen und ein paar Schüler zu den Philosophen und den Geistlichen in die Stadt Florenz schicken sollen.«

»Spotte nicht länger über mich«, sagte er eindringlich, aber immer noch mit derselben wohl erzogenen Haltung. »Du provozierst Ärger in mir, Vittorio, und das kann ich nicht gebrauchen.«

»Euch bleibt nur noch wenig Zeit, alter Dämon«, sagte ich. »Also feiert munter in Eurer antiquierten Burg, solange es noch geht.«

Ursula stieß einen gedämpften Schrei aus, aber ich ließ mich nicht aufhalten. »Ihr mögt vielleicht die alte Generation gekauft haben, diese Schwachköpfe, die im Moment über die Stadt gebieten«, sagte ich, »aber wenn Ihr nicht glauben wollt, dass die neuen Ideen aus Florenz, Mailand und Venedig schneller, als Ihr es verhindern könnt, auf Euch eindringen, dann träumt Ihr. Es sind nicht Männer wie mein Vater, die für Euch eine Bedrohung darstellen, Gnädiger Herr. Es sind die Gelehrten mit ihren Büchern, die Astrologen an den Universitäten und die Alchemisten, die Euch bald einholen werden; das neue Zeitalter ist es, von dem Ihr gar nichts wisst, und das wird Euch in die Enge treiben, Euch zur Strecke bringen, wie man die Ungeheuer in den alten Geschichten zur Strecke bringt. Ihr werdet aus Eurem Unterschlupf in das Licht der Sonne gezerrt werden, man wird euch die Köpfe abschlagen, euch allen …«

»Tötet ihn!« Das war eine weibliche Stimme aus den Zuschauerreihen.

»Vernichtet ihn auf der Stelle«, sagte ein Mann.

»Er ist nicht einmal für den Stall geeignet!«, schrie ein anderer.

»Er ist es nicht wert, auch nur eine Sekunde in den Stall gesteckt zu werden, nicht einmal wert, geopfert zu werden.«

Und dann ereiferte sich ein ganzer Chor und verlangte meinen Tod.

»Nein«, rief Ursula und streckte dem Fürsten aufgeregt ihre Arme entgegen. »Florian, ich bitte dich!«

»Die Folter! Die Folter! Die Folter!«, ertönte ein Sprechchor, zwei, drei, vier, immer mehr fielen ein.

»Mein Herr«, sagte der Alte, aber ich konnte seine Stimme kaum verstehen, »er ist doch noch ein Junge. Wir sollten ihn zu den anderen in die Hürde stecken. Nach ein bis zwei Nächten wird er sich nicht einmal mehr an seinen Namen erinnern. Er wird so zahm und lahm wie die anderen sein.«

»Tötet ihn jetzt«, überschrie eine Stimme alle anderen.

»Macht Schluss mit ihm«, riefen andere, die ihre Wünsche nur noch lauter äußerten.

Ein durchdringender Ruf ertönte, der sofort von anderen aufgenommen wurde: »Reißt ihn in Stücke. Sofort!«

»Ja! Ja! Ja!«, hallte es wie das Dröhnen einer Trommel in der Schlacht.

7

Die Hürde

Godric, der Alte, rief mit schallender Stimme zur Stille auf, genau im richtigen Moment, denn es hatten sich schon zahlreiche gletscherkalte Hände um meine Arme gelegt.

Ja, in Florenz hatte ich einmal gesehen, wie ein Mann vom Pöbel in Stücke gerissen wurde. Ich war dem Schauspiel näher gewesen, als mir lieb war, und wäre bei dem mühsamen Versuch, ihm auszuweichen, beinahe von denen zertrampelt worden, die das Gleiche vorhatten. Es war also nicht reine Fantasie, wenn ich mir das lebhaft vorstellen konnte. Ich fügte mich dieser Art zu sterben ebenso wie jeder anderen Todesart, da ich wohl ebenso fest an meinen Zorn und meine Rechtschaffenheit glaubte wie an den Tod.

Doch Godric befahl den Bluttrinkern, sich zurückzuziehen, und die gesamte bleiche Gesellschaft tat das mit einem höfischen Anstand, der affig und unangenehm wirkte; Köpfe senkten sich oder wandten sich zur Seite, als ob man sich nicht einen Moment zuvor wie der reißende Pöbel gebärdet hätte.

Ich hielt den Blick auf den Burgherrn gerichtet, dessen Gesicht nun solches Feuer zeigte, dass es beinahe menschliche

Züge hatte. Das Blut pochte in den mageren Wangen, und der Mund war trotz seiner gefälligen Form schwarz wie getrocknetes Blut auf einer Narbe. Sein dunkelgoldenes Haar wirkte fast braun, und in seinen blauen Augen spiegelten sich Nachdenklichkeit und Betroffenheit.

»Ich stehe dafür, dass er zu den anderen gebracht wird«, sagte Godric, der kahle Alte.

Daraufhin brach Ursula in Schluchzen aus, als könnte sie sich nun nicht mehr länger zügeln. Ich schaute zu ihr hinüber und sah, dass sie den Kopf hängen ließ und ihre Hände sich mühten, ihr Gesicht zu verdecken, und durch die Lücken zwischen ihren langen, schlanken Fingern rannen Blutstropfen hervor, als bestünden ihre Tränen aus Blut.

»Weine nicht«, sagte ich, ohne mir zu überlegen, ob das klug war. »Ursula, du hast dein Möglichstes getan. Ich bin wirklich unerträglich.«

Godric drehte sich um, eine dickfaltige Braue erhoben, sah er mich an. Jetzt stand er nahe genug, dass ich doch noch einige Haare auf seinem kahlen Schädel erkennen konnte – graue Borsten, dick wie Augenbrauen und hässlich wie alte Holzsplitter.

Ursula zog aus den Falten ihres langen, hochtaillierten Gewandes ein rosenrotes Tuch aus zartem Stoff, der ringsum mit grünen Blättchen und rosa Blümchen bestickt war, und trocknete damit ihre hübschen roten Tränen, dabei sah sie mich an, als würde sie von Sehnsucht verzehrt.

»Meine Lage ist hoffnungslos«, sagte ich zu ihr. »Du hast getan, was du konntest, um mich zu retten. Am liebsten würde ich dich in die Arme schließen, um dich vor dieser

Pein zu schützen, aber es geht ja nicht. Dieses Ungeheuer hier hält mich gefangen.«
Empörtes Keuchen und Murmeln erhob sich aus der schweigenden Gesellschaft in ihrer düsteren Tracht. Und ich ließ meinen Blick schnell, so dass ich alles nur undeutlich erfasste, über die hageren, totenbleichen Gesichter gleiten, die die Tafel rechts und links des Burgherrn säumten – sah Damen, die ihren rosenfarbenen Kopfputz mit dem Schleier auf die typisch alte französische Art trugen, so dass nicht ein Haar ihrer Frisur sichtbar war. Sie wirkten in ihrer fränkischen Art gleichzeitig lächerlich und schrecklich zerbrechlich. Und natürlich waren sie alle Dämonen.
Der kahle Alte, Godric, lachte nur leise in sich hinein.
»Dämonen!«, sagte ich laut. »Eine ganze Ansammlung!«
»In die Hürde, zu den anderen, gnädiger Herr«, sagte Godric, »und dann möchte ich Euch unter vier Augen meine Vorschläge unterbreiten. Und mit Ursula sprechen wir noch. Sie grämt sich allzu sehr.«
»Ja, das stimmt«, rief sie. »Bitte, Florian, und sei es nur, weil ich nie zuvor dergleichen verlangt habe, und das weißt du.«
»Ja, Ursula«, sagte der Fürst so sanft, wie ich ihn bisher nicht hatte sprechen hören, »ich weiß es, meine entzückende Blume. Aber dieser junge Mann ist widerspenstig, und wenn sich einer unserer Angehörigen das eine oder andere Mal beim Jagen zu weit von hier entfernt hatte, hat es seine Familie stets ausgenutzt und hat den Unglücklichen vernichtet. Und das mehr als einmal.«
»Fantastisch!«, rief ich. »Sie waren tapfer, waren wunderbar! Damit macht Ihr mir wirklich ein Geschenk.«

Der Burgherr zeigte Verwunderung und Ärger.
Aber Ursula hastete in einem Wirbel dunklen Samtes zur Tafel und beugte sich über die polierte Fläche dicht zu ihm. Ich konnte nur ihr Haar mit den dicken Flechten sehen, in die kunstvoll rote Samtbänder eingearbeitet waren, und ihre hinreißend geformten Arme, so vollkommen, schlank und doch üppig, bezauberten mich gegen meinen Willen.
»In die Hürde, bitte, mein Herr«, bettelte sie. »Und lasst ihn mir doch wenigstens so viele Nächte, bis mein Herz sich damit ausgesöhnt hat. Erlaubt ihm, der Mitternachtsmesse beizuwohnen, damit er staunen lernt.«
Ich sagte nichts dazu. Aber ich merkte es mir gut.
Zwei der Gesellschaft, glatt rasierte Männer in Hofkleidung, tauchten plötzlich an meiner Seite auf, offenbar als Hilfe für Godric, der mich fortschaffen wollte.
Ehe ich wusste, wie mir geschah, legten sie mir eine weiche Binde über die Augen. Ich konnte nichts mehr sehen.
»Nein, lasst mir die Augen frei!«, schrie ich.
»In die Hürde also, nun gut«, hörte ich die Stimme des Burgherrn, dabei spürte ich, wie ich aus dem Raum geführt wurde, und zwar mit einer Geschwindigkeit, als ob die Füße meiner Eskorte kaum den Boden berührten. Die Musik hub aufs Neue an mit ihrem geisterhaften, pochenden Rhythmus, doch barmherzigerweise entfernte man mich aus ihrer Hörweite. Nur Ursulas Stimme begleitete mich, als ich die Treppen hinaufgetragen wurde, wobei meine Füße immer wieder grob gegen ein paar Stufen schlugen und die Finger, die mich gepackt hatten, mir in ihrer Achtlosigkeit wehtaten.

»Halt still, bitte, Vittorio, wehr dich nicht, sei tapfer und schweig, für mich.«
»Und warum, meine Liebste?«, fragte ich. »Warum hängst du dein Herz an mich? Kannst du mich überhaupt küssen, ohne dass ich deine bohrenden Zähne spüren muss?«
»Ja und abermals ja«, hauchte sie an meinem Ohr.
Ich wurde einen langen Gang entlang gezerrt. Ich vernahm einen Chor lauter, durcheinander hallender Stimmen, gewöhnliche, vulgäre Sprache. Dann spürte ich den Hauch offenen Geländes und vernahm eine völlig andere Art von Klängen.
»Was ist das? Wohin gehen wir?«, fragte ich.
Hinter mir das Geräusch sich schließender Tore, und dann wurde mir die Binde von den Augen gerissen.
»Dies ist die Hürde, Vittorio«, erklärte Ursula, während sie ihren Arm an meinen presste und mir ins Ohr zu flüstern versuchte. »Hier werden unsere Opfer gehalten, bis wir sie brauchen.«
Wir standen ziemlich weit oben auf einem kahlen Podest, von dem eine Treppe bogenförmig auf einen großen Platz hinabführte. Das rege Treiben, das dort herrschte, war so bizarr, dass ich es auf den ersten Blick nicht fassen konnte.
Mir war klar, dass wir uns nicht auf der untersten Ebene der Burg befanden. Der Platz selbst war von allen vier Seiten eingeschlossen, und als ich den Blick nach oben richtete, sah ich, dass die umliegenden Wände mit weißem Marmor verkleidet waren, unterbrochen von den schmalen, zweiflügeligen Spitzbogenfenstern im gotischen Stil. Und der Himmel darüber schimmerte in hellem, pulsie-

rendem Licht, das ohne Zweifel von unzähligen flackernden Fackeln auf den Dächern und Stützpfeilern erzeugt wurde.
Das alles war ziemlich bedeutungslos für mich, außer dass es mir die Unmöglichkeit einer Flucht verdeutlichte, da die nächsten Fenster viel zu hoch lagen und der Marmor viel zu glatt war, als dass man ihn hätte erklimmen können.
In unerreichbarer Höhe ragten viele kleine Balkone über die Mauern hinaus, von denen bleiche, rot gewandete Dämonen auf mich niedersahen, als wäre meine Einführung in diesen Hof ein Schauspiel. Es gab einige sehr große überdachte Vorbauten, und auch dort standen müßige, schadenfrohe Gaffer. Geht doch alle zur Hölle, dachte ich.
Was mich verdutzte und faszinierte, war das wilde Durcheinander aus Menschen und ihren Quartieren auf diesem Platz vor mir.
Zuerst einmal war dieser Ort wesentlich heller beleuchtet als der gespenstische Fürstenhof, wo zuvor über mich Gericht gehalten worden war, wenn man es denn so nennen wollte, und dann war er eine Welt für sich – ein rechteckiger Platz, der mit Dutzenden von Olivenbäumen und anderen blühenden Gehölzen wie Orangen- und Zitronenbäumen bepflanzt war, und in allen Zweigen hatte man Laternen aufgehängt.
Eine Welt, die von offenbar trunkenen, verwirrten Leuten bevölkert wurde. Nackte und halb nackte, teils sogar reich gekleidete Gestalten schlurften, stolperten oder lagen sinnlos herum. Alle waren schmutzig, zerzaust, erniedrigt.

Überall gab es strohgedeckte Hütten, die den Bauernkaten vergangener Zeiten ähnelten, und offene hölzerne Schuppen und kleine gemauerte Unterstände sowie mit Lattenwerk umgebene Beete und dazwischen zahllose verschlungene Pfade. Was sich da unter dem gleißenden Licht zeigte, war ein trunkener, aus den Fugen geratener Irrgarten. Die dichten Obsthaine waren unterbrochen von Rasenflächen, auf denen Leute lagen und zu den Sternen hinaufstarrten, als schliefen sie mit offenen Augen.
Unmengen blühender Kletterpflanzen rankten sich an Drahtzäunen empor, die nur den Zweck zu haben schienen, eine Art intime Abgeschiedenheit zu erzeugen, und es gab riesige Käfige, in denen gemästetes Geflügel hockte, ja, Geflügel! Auf ringsum verstreut eingerichteten Feuerstellen köchelten riesige Kessel über glühenden Kohlebetten vor sich hin und verströmten ein intensives würziges Aroma.
Kessel! Und gefüllt mit Brühe!
Ich sah vier der Dämonen herumlungern, vielleicht waren es auch mehr, dürr und bleich wie ihre Herren und in der gleichen blutroten Kleidung, nur war die ihre formlos und kaum mehr als Lumpenzeug – Bauernkleider. Zwei standen an einem Topf mit kochender Brühe oder Suppe oder was immer es war, während ein weiterer mit einem großen, abgenutzten Besen auskehrte; ein anderer trug gleichgültig ein wimmerndes Kleinkind auf der Hüfte, dessen Kopf auf dem schwachen Hals qualvoll wackelte. Dieser Anblick war viel bizarrer und verstörte mich mehr als der abscheuliche Hof dort oben mit seinen imposanten, leichenhaften, falschen Aristokraten.

»Meine Augen brennen«, sagte ich, »das ist der Qualm aus den Kesseln.« Was daraus aufstieg, war ein durchdringendes köstliches Duftgemisch. Ich konnte einige der kräftigen Gewürze unterscheiden, ebenfalls den Geruch nach Hammel- und Rindfleisch, und es mischten sich noch andere fremdartige Düfte darunter. Überall sah man Menschen in diesem traurigen Dämmerzustand. Kinder, alte Frauen, die berüchtigten Krüppel, die man unten in der Stadt nicht mehr fand, Bucklige und verkümmerte Winzlinge, die nie zu ihrer vollen Größe herangewachsen waren. Riesige, unförmige Klötze von Männern waren darunter, bärtig und speckig, und Jungen meines Alters oder auch älter – sie schlurften umher oder lagerten irgendwo, aber alle waren benommen und wirr. So schauten sie mit flatternden Lidern zu uns empor, hielten inne, als müsste unsere Gegenwart ihnen etwas bedeuten, selbst wenn sie nicht mehr wussten, was. Ich schwankte, und Ursula hielt mich an meinem Arm fest. Als mir die aromatischen Dämpfe in die Nase stiegen, verspürte ich rasenden Hunger. Einen Hunger, wie ich ihn nie zuvor gekannt hatte. Nein, es war Durst, purer Durst auf diese Suppe, als gäbe es für mich nichts anderes als flüssige Nahrung.
Die beiden hageren, reservierten Männer, die bisher bei uns stehen geblieben waren – die beiden, die mir die Augen verbunden und mich hierher geschleift hatten –, wandten sich plötzlich ab und marschierten mit harten Schritten die Treppe hinab, so dass ihre Absätze auf den steinernen Stufen hallten. Aus dem kunterbunten Haufen drangen einzelne aufgeregte Rufe herauf. Köpfe drehten

sich. Schwerfällige Leiber versuchten sich aus dumpfer Apathie hochzurappeln. Die beiden stocksteifen Adelsherren mit ihren fast am Boden schleifenden Ärmeln marschierten Schulter an Schulter wie Blutsverwandte auf den ersten Kessel zu. Ich beobachtete fasziniert, wie trunkene Sterbliche sich aufrafften und auf die rot gewandeten Herren zutaumelten. Was die betraf, schienen sie sich in dieser Geheimnistuerei zu sonnen.
»Was machen sie? Was haben sie vor?« Mir war übel. Ich würde gleich umfallen. Und doch, wie herrlich diese Suppe duftete und was für ein Verlangen ich danach hatte!
»Ursula«, sagte ich. Aber ich wusste nicht weiter, nachdem ich ihren Namen so inständig ausgesprochen hatte.
»Ich halte dich fest, mein Liebster. Das ist die Hürde. Schau, verstehst du?«
Durch einen Nebelschleier sah ich die beiden Aristokraten unter den spitzen, dornenbewehrten Ästen der blühenden Orangenbäume hindurchgehen, die voller Früchte hingen, als ob keines dieser aufgeblähten lethargischen Wesen je Verlangen nach einer frischen, sonnig-saftigen Orange gehabt hätte.
Die Herren stellten sich rechts und links von dem Kessel auf, streckten beide den rechten Arm aus und schlitzten sich mit einem Messer, das sie in der Linken hielten, das Handgelenk auf, so dass sich ein reicher Blutstrom in den Kessel ergoss. Ein schwacher, erfreuter Aufschrei erhob sich aus den Reihen der demütig um sie versammelten Sterblichen.
»Ah, das ist verdammenswert! Natürlich, das Blut macht es!«, flüsterte ich. Ich wäre gestürzt, wenn Ursula mich

nicht festgehalten hätte. »Das Gebräu wird mit Blut gewürzt.«
Einer der Adeligen wandte sich ab, als wäre er von den aufsteigenden Dämpfen und dem Rauch des Feuers angeekelt, trotzdem ließ er nicht ab, sein Blut zu spenden. Dann drehte er sich abrupt, fast ärgerlich auf dem Absatz um und packte mit schnellem Griff einen der dürren, schwachen, weißhäutigen Dämonen im Bauernkittel beim Arm. Er hielt ihn fest und zerrte ihn zu dem Kessel. Der dürre, jämmerliche Dämon bat und winselte darum, losgelassen zu werden, aber im Nu waren seine Handgelenke aufgeschlitzt, und sein Blut floss in einem dicken Strahl in die Brühe, wobei er das knochige Gesicht abwandte.
»Ah, ihr übertrefft mit euren Höllenkreisen selbst Dante! Ist es nicht so?«, sagte ich. Doch es schmerzte mich, Ursula gegenüber einen solchen Ton anzuschlagen. Sie musste mich nun vollends stützen.
»Sie sind nur Bauern, und sie träumen davon, Herren zu sein, und wenn sie gehorsam sind, könnte das für sie wahr werden.«
Nun fiel mir ein, dass die dämonischen Krieger, die mich in dieses Schloss gebracht hatten, gewöhnliche Jägersleute gewesen waren. Wie gut das alles überlegt und organisiert war. Aber sie hier, meine zarte Liebste mit den weichen, hingebungsvollen Armen und dem schimmernden, tränenbefleckten Gesicht, die war eine echte Dame, nicht wahr?
»Vittorio, ich wünsche mir so sehr, dass du am Leben bleibst.«

»Wirklich, Liebste?«, sagte ich. Ich hatte die Arme um sie gelegt, denn ich konnte nicht länger ohne Hilfe stehen. Mein Augenlicht wurde schwächer. Doch wenn ich den Kopf an ihre Schulter lehnte und meine Augen auf die Menge dort unten richtete, sah ich immerhin noch die Leute, die sich um den Kessel drängten und ihre Schüsseln in die Suppe tauchten, möglichst an der Stelle, wo das Blut hineingeflossen war, und dann pusteten sie auf die heiße Flüssigkeit, um sie rascher trinken zu können. Leises, abscheuliches Lachen hallte von den Mauern wider. Ich glaube, es kam von den Zuschauern auf den Balkonen. Dann ein jäher Wirbel roter Farbe, als sinke eine riesige, geblähte Flagge nieder. Doch es war eine der Damen, die sich aus großer Höhe hatte fallen lassen und nun inmitten der sie anbetenden Menge in der Hürde stand. Man neigte sich grüßend vor ihr, rückte aber gleich unter ehrfurchtsvollem Gekeuche wieder von ihr ab, da auch sie sich zu dem Kessel begab, wo sie mit klirrendem, rebellischem Lachen ihr Handgelenk aufschlitzte und das Blut hineinfließen ließ.
»Ja, meine Lieben, meine kleinen Schäfchen«, verkündete sie dabei. Dann blickte sie zu uns auf: »Komm herunter, Ursula, hab Mitleid mit unserer hungrigen, kleinen Welt; sei heute Nacht großzügig. Wenn du auch nicht an der Reihe bist, zu spenden, tu es zu Ehren unseres Neulings.«
Ursula schien sich dieses Schauspiels zu schämen und hielt mich sanft mit ihren schlanken Fingern fest. Ich schaute ihr in die Augen.
»Ich bin betrunken, betäubt von dem puren Duft.«
»Mein Blut ist nur noch für dich bestimmt«, flüsterte sie.

»Dann gib es mir, ich dürste danach, ich bin sterbenskrank vor Schwäche«, murmelte ich. »Oh, Gott, so weit hast du mich gebracht! Nein, das war ich selbst.«
»Schhh, mein Liebster, mein Süßer«, sagte sie.
Ihr Arm schlang sich um meine Mitte, und ihre zarten Lippen saugten an der Haut direkt unter meinem Ohr, als wollte sie ein Liebesmal anbringen; ich spürte ihre warme Zunge und dann die Stiche ihrer Zähne. Es hatte eine delirierende Wirkung auf mich: In einem Land der Fantasie streckte ich die Hände nach ihr aus, während wir gemeinsam über die Wiese liefen, die nur uns beiden gehörte, zu der kein anderer Zutritt hatte.
»Ach, unschuldige Liebe«, murmelte sie, während sie von mir trank. »Ach, du vollkommen unschuldige Liebe.«
Dann fuhr ein plötzliches eisiges Feuer durch die Wunden an meinem Hals, es fühlte sich an wie ein graziler Parasit mit langen Tentakeln, die, einmal in meinen Körper eingedrungen, bis in die fernsten Winkel reichten. Die Wiese breitete sich um uns aus, unendlich weit und kühl und übersät mit weit geöffneten Irisblüten. War sie bei mir? An meiner Seite? Mir schien, dass ich auf einmal allein dastand und sie von weitem rufen hörte, als wäre sie hinter mir zurückgeblieben. Ich wollte mitten in dieser Ekstase, in diesem erfrischenden, flatterhaften Traum von blauem Firmament und zarten, knickenden Stängeln, umkehren und zu ihr zurückgehen. Doch dann sah ich etwas aus dem Augenwinkel, etwas von solchem Glanz und solcher Herrlichkeit, dass meine Seele sich emporgehoben fühlte.
»Sieh doch, ja, du siehst es.«
Mein Kopf sank in den Nacken. Der Traum war vorbei.

Die hohen weißen Marmorwände dieser Gefängnisburg ragten vor meinen schmerzenden Augen auf. Ursula hielt mich im Arm und sah mich entgeistert an; ihre Lippen waren blutig. Sie nahm mich auf den Arm, denn ich war hilflos wie ein Kind. Sie trug mich die Stufen hinab, und ich konnte mit meinen kraftlosen Gliedern nichts dagegen tun. Es kam mir so vor, als bestünde die Welt über mir aus winzigen Gestalten. Aufgereiht auf Balkonen und Wehrgängen standen sie und lachten und zeigten auf mich mit winzigen ausgestreckten Händen, die sich dunkel vor den vielen Fackeln abhoben.

Blut, rotes Blut. Man roch es.

»Aber sag, was war das? Hast du es gesehen, auf unserer Wiese?«, fragte ich Ursula.

»Nein!«, rief sie. Sie sah ganz erschrocken aus.

Ich lag auf einem provisorischen Bett aus aufgehäuftem Heu, und die armen unterernährten Bauernjungen, die sie zu Dämonen gemacht hatten, starrten dümmlich und mit blutunterlaufenen Augen auf mich nieder, und sie, Ursula, weinte mit den Händen vorm Gesicht.

»Ich kann ihn nicht hier lassen«, sagte sie.

Sie war so weit weg. Ich hörte Weinen. Gab es einen Aufstand unter den Betäubten, den Verdammten? Ich hörte Weinen.

»Du wirst ihn hier lassen! Und nun geh zuerst zu dem Kessel und spende dein Blut.«

Wer sagte das?

Ich wusste es nicht.

»… Zeit für die Messe.«

»Ihr werdet ihn heute Nacht nicht nehmen.«

»Warum weinen sie?«, fragte ich. »Hör nur, Ursula, sie haben alle zu weinen angefangen.«
Einer der dürren Jungen schaute mir direkt in die Augen. Er hatte eine Hand hinter meinen Kopf gelegt und hielt einen Becher mit warmer Suppe an meinen Mund. Ich wollte nicht, dass sie mir über das Kinn rann. Ich trank und trank, mein Mund war voll davon.
»Nicht heute Nacht«, hörte ich Ursulas Stimme. Küsse auf meiner Stirn, auf meinem Hals. Jemand riss sie von mir weg. Sie klammerte sich an meine Hand.
»Nun komm, Ursula, lass ihn allein.«
»Schlaf, mein Liebling«, weinte sie an meinem Ohr. Ich fühlte, wie ihre Röcke mich streiften. »Schlaf, Vittorio.«
Der Becher wurde umgestoßen. Dümmlich, in tiefer Betäubung sah ich zu, wie sein Inhalt im Heu versickerte und einen dunklen Fleck hinterließ. Ursula kniete vor mir, ihr weicher, üppiger Mund war geöffnet und leuchtete rot. Sie nahm mein Gesicht zwischen ihre kühlen Hände. Das Blut floss aus ihrem Mund in den meinen.
»Ach, Liebste«, sagte ich. Ich wollte die Wiesen sehen. Doch nichts geschah. »Mach, dass ich die Wiesen sehe. Zeig sie mir.« Doch da war keine Wiese, nur der verwirrende Anblick ihres Gesichts und dann ein langsam verlöschendes Licht; Dunkelheit und Töne umfingen mich. Ich konnte nicht länger kämpfen, ich konnte nicht mehr sprechen. Ich konnte mich an nichts erinnern … Aber jemand hatte genau das gesagt.
Und das Weinen. Es war so traurig. Dieses Weinen, dieses klagende, hilflose Weinen.

Als ich die Augen endlich wieder aufschlug, war es Morgen. Die Sonne stach, und mein Kopf schmerzte unerträglich. Über mir hockte ein Mann und versuchte mir die Kleider vom Leib zu ziehen. Betrunkener Trottel. Ich drehte mich um, mir war schwindlig und übel, übel bis zum Erbrechen. Ich schüttelte den Mann ab und setzte ihn mit einem kräftigen Hieb außer Gefecht. Dann bemühte ich mich aufzustehen, doch es ging nicht. Die Übelkeit war unerträglich. Ringsum verstreut lagen andere im Schlaf. Die Sonne tat mir in den Augen weh. Sie glühte auf meiner Haut. Ich kroch tiefer in das Heu. Doch die Sonne brannte auf meinen Kopf, und als ich mit den Fingern durch mein Haar fuhr, fühlte es sich heiß an. Den pochenden Schmerz in meinem Schädel spürte ich bis in die Ohren.

»Komm hierher, unter das Schutzdach«, sagte jemand. Es war ein altes Weib, das mir unter einem Strohdach hervor zuwinkte. »Komm her, hier ist es kühl.«

»Seid verflucht, ihr alle«, murmelte ich. Dann schlief ich ein und döste im Halbschlaf dahin.

Irgendwann am späten Nachmittag kam ich zu mir. Ich fand mich auf den Knien neben einem der Kessel wieder, wo ich jämmerlich ungeschickt Suppe aus einer Schale schlürfte. Die alte Frau hatte sie mir gegeben.

»Die Dämonen«, sagte ich. »Sie schlafen jetzt. Wir können … wir können …« Doch dann übermannte mich die ganze Vergeblichkeit des Unternehmens. Ich wollte den Becher von mir schleudern, doch stattdessen trank ich das heiße Gebräu.

»Es ist nicht nur Blut, Wein ist auch drin, guter Wein«, sagte die Alte. »Trink, mein Junge, dann spürst du keinen

Schmerz. Sie werden dich noch früh genug töten. Es ist gar nicht so schrecklich.«

Ich merkte, dass es wieder Nacht wurde. Ich rollte mich auf den Rücken und konnte die Augen weit öffnen, ohne dass sie wie zuvor schmerzten.

Ich wusste, dass die Sonne ihren Lauf einmal vollendet hatte und ich es in diesem betäubten, dümmlichen, unseligen Dämmerzustand nicht gemerkt hatte. Ich hatte mich genauso verhalten, wie es den Plänen dieser Monster entsprach. Ich war hilflos gewesen, wenn ich doch hätte versuchen sollen, diese nutzlose Bande hier zu einem Aufstand aufzustacheln. Guter Gott, wie hatte ich das geschehen lassen können! Ach, diese Traurigkeit, diese dumpfe, vage Traurigkeit ... Und die Süße des Schlummers.

»Wach auf, Junge.«

Die Stimme eines Dämonen.

»Sie verlangen heute Nacht nach dir.«

»Ach, und wer verlangt nach mir und wozu?«, fragte ich. Ich schaute auf. Die Fackeln waren angezündet. Alles flackerte und glühte, und über mir raschelte sanft das Laub – scharfer, süßer Duft von Orangenbäumen. Die Welt war ein Gespinst aus tanzenden Flammen und den bezaubernden Mustern der schwarzen Blätter. Die Welt bestand aus Hunger und Durst.

Die Brühe köchelte leise, und ihr Geruch schloss alle anderen Empfindungen aus, und obwohl ich nicht einmal in der Nähe eines Kessels war, öffnete ich verlangend den Mund.

»Ich werde dir etwas geben«, sagte eine Dämonenstimme.

»Aber setz dich zuerst. Ich muss dich aufputzen. Du musst gut aussehen für die heutige Nacht.«
»Wozu?«, fragte ich. »Sie sind alle tot.«
»Wer?«
»Meine ganze Familie.«
»Deine Familie ist nicht hier. Wir sind hier am Hofe vom Blutroten Gral. Du gehörst dem Herrn dieses Hofes. Nun komm, ich muss dich vorbereiten.«
»Wofür willst du mich vorbereiten?«
»Für die Messe, du musst jetzt gehen, steh auf«, sagte der Dämon, der sich, auf seinen Besen gestützt, gelangweilt über mich beugte; sein glänzendes Haar umgab sein Gesicht wie Elfengespinst. »Steh auf, Junge, sie warten auf dich. Es ist beinahe Mitternacht.«
»Nein, nein, noch nicht Mitternacht, nein!«, rief ich. »Nein!«
»Hab keine Angst«, sagte er kalt und gleichgültig. »Das hat sowieso keinen Zweck.«
»Aber du verstehst nicht, es geht mir darum, dass ich meine Zeit verschwendet, meinen Verstand nicht genutzt habe – um die vertanen Stunden, in denen mein Herz zwar schlug, doch mein Hirn schlief! Ich habe keine Angst, du elender Dämon!«
Er drückte mich flach in das Heu und wusch mir das Gesicht.
»Da, sieh an, du bist ein gut aussehender, feiner Bursche. Solche wie dich opfern sie immer sofort. Du bist zu kräftig, dein Körper und deine Glieder sind gut geformt. Und von dir träumt die Dame Ursula und beweint dich. Sie haben sie wegbringen müssen.«

»Ah, aber ich habe auch geträumt …«, sagte ich. Sprach ich etwa zu diesem monströsen Diener, als wären wir Freunde? Wo war das gewaltige, herrliche Gewirk meiner Träume, die unglaubliche, strahlende Pracht, die ich gesehen hatte?

»Du kannst ruhig mit mir sprechen, warum nicht?«, sagte er. »Du wirst in Verzückung sterben, mein hübscher junger Herr. Und du wirst die Kirche hell erleuchtet sehen, und dann die Messe! Du wirst das Opfer sein.«

»Nein, ich habe von den Wiesen geträumt«, sagte ich. »Ich sah dort etwas. Nein, nicht Ursula.« Ich sprach mit mir selbst, mit meinem eigenen kranken, vom Teufel verhexten Verstand, redete ihm gut zu. »Ich habe ein Wesen auf der Wiese gesehen, jemand so … ich kann nicht …«

»Du machst es dir nur selbst schwer«, sagte der Dämon beruhigend. »Da, ich habe all deine Knöpfe und Schnallen ordentlich geschlossen. Was musst du doch für ein feiner Herr gewesen sein.«

Gewesen sein, gewesen sein, gewesen sein …

»Hörst du das?«, fragte er.

»Ich höre nichts.«

»Es ist die Uhr, sie schlägt die Viertelstunde vor Mitternacht. Es ist Zeit für die Messe. Kümmere dich nicht um den Lärm. Das sind die anderen, die auch geopfert werden. Lass dich davon nicht aus der Fassung bringen. Das ist nur das allgemeine Wehklagen.«

8

Requiem oder das heilige Messopfer, wie ich es nie zuvor gesehen hatte

Hatte ich je eine schönere Kapelle gesehen? Hatte weißer Marmor je zuvor eine so wunderbare Wirkung erzielt? Und welchem unerschöpflichen goldenen Quell entsprangen die herrlichen Schnörkel und verschlungenen Verzierungen, die hohen Spitzbogenfenster, die von außen hell beleuchtet wurden, damit die kleinen Rauten aus gefärbtem Glas in ihrer edelsteingleichen Vollkommenheit sichtbar wurden, aus denen die feierlich schlanken und scheinbar frommen Bilder bestanden.

Nur dass es keine frommen Bilder waren.

Ich stand auf der Chorempore hoch über dem Portal, von wo aus man das ganze Kirchenschiff bis hin zum Altar am anderen Ende überblickte. Auch jetzt wurde ich wieder von zwei düsteren fürstlichen Herren eskortiert, die mich in inbrünstiger Pflichterfüllung fest bei den Armen gepackt hielten, damit ich aufrecht stand.

Ich fühlte mich nicht mehr so benommen wie zuvor, dennoch wurde mir noch einmal ein feuchtes Tuch auf Stirn und Augen gedrückt. Das Wasser war kalt, als käme es aus einem Gebirgsbach während der Schneeschmelze.

In meiner Übelkeit, meinem Fieber sah ich alles überdeutlich. Ich sah die Dämonen, die in die blinkenden Fenster eingearbeitet waren, so kunstvoll aus rotem, goldenem und blauem Glas zusammengefügt wie anderswo die Engel oder Heiligen. Ich sah ihre höhnischen Mienen, mit denen sie nach unten auf die Gemeinde blickten, diese Ungeheuer mit ihren Fledermausflügeln und den Klauenhänden.

Dort unten, rechts und links des breiten Mittelganges, hatte sich der gesamte fürstliche Hofstaat in seiner blutroten Pracht eingefunden und richtete den Blick auf das große, über und über mit Schnitzereien versehene Altargitter mit dem Hochaltar dahinter. In der Nische hinter dem Altar hingen Gemälde, die in der Hölle tanzende Dämonen darstellten. So anmutig bewegten sie sich in den Flammen, als badeten sie in den angenehmsten Strahlen; und über ihnen spannten sich wehende Banner, auf denen in goldenen Lettern die Worte des heiligen Augustin prangten, die mir aus meinem Studium so vertraut waren: dass diese Flammen kein echtes Feuer waren, sondern das Symbol für die Entfernung von Gott, nur hatte man hier das Wort »Entfernung« durch das lateinische Wort für »Freiheit« ersetzt. Und »Freiheit« war auch das Wort, das auf Lateinisch auf den weißen Marmorwänden stand. Es zog sich als Fries unter den beiden Emporen rechts und links im Kirchenschiff hin, die sich auf gleicher Höhe mit der Chorempore befanden, auf der ich meinen Platz hatte. Von dort aus verfolgte ein weiterer Teil des Hofstaates das Schauspiel.

Lichter strahlten bis in die höchsten Spitzen der Deckenbögen.

Und was war das für ein Schauspiel?
Der Hochaltar war in karminrote Draperien mit goldenen Fransen gehüllt, die jedoch nur so weit herabhingen, dass noch das in den weißen Stein gearbeitete Relief zu sehen war – es zeigte munter in der Hölle umherstolzierende Wesen. Allerdings könnten mich aus dieser großen Entfernung meine Augen in Bezug auf die Heiterkeit getrogen haben.
Was ich jedoch genau sah, waren die dicken Kerzen, die nicht etwa vor einem Kruzifix standen, sondern vor einem riesigen steinernen Standbild Luzifers, des gefallenen Engels. Seine langen Locken glichen Flammen, und auch sein Gewand war eine Flut lodernden Feuers, in Marmor erstarrt. In den erhobenen Händen hielt er die Symbole des Todes, in der Rechten die Sense des grimmen Schnitters und in der anderen das Schwert des Scharfrichters.
Beim Anblick dieses Bildes sog ich scharf die Luft ein! Ungeheuerlich, es stand genau an der Stelle, wo ich den gekreuzigten Christus erwartet hatte. Und doch, in einer momentanen Verwirrtheit und Aufregung formten sich meine Lippen zu einem Lächeln, und ich hörte, wie ich listig zu mir selbst sagte, dass das Bild des gekreuzigten Gottes an dieser Stelle nicht weniger grotesk gewesen wäre.
Meine Wächter packten mich fester. Hatte ich geschwankt?
Aus der Menge neben und hinter mir, die ich bisher gar nicht beachtet hatte, erhob sich auf einmal das dumpfe Grollen von Pauken, drohend langsam, traurig und schön in seiner abgedämpften Schlichtheit, gefolgt vom

Chor der tief gestimmten Hörner, die sich mit ihren verschlungenen Tonfolgen mühelos in die lieblichen Klänge einfügten. Dies waren nicht die sich öde wiederholenden Sequenzen der Musik vom Vorabend, sondern ein eindringlicher, wehmütiger, flehender Zusammenklang von Melodien, so tieftraurig, dass er mein Herz mit Schmerz erfüllte, es anrührte und mir fast die Tränen in die Augen trieb.

Ach, was ist das? Was ist das für eine volltönende Musik, die mich einhüllt und in das Kirchenschiff strömt? Perfekt moduliert schallte der Widerhall von dem schimmernden Marmor zurück an die Stelle, wo ich stand und verzückt auf die ferne Gestalt des Luzifers starrte.

Zu seinen Füßen waren Blumen in goldenen und silbernen Schalen arrangiert, nur rote Blumen, rote Rosen, rote Nelken, rote Iris und rote Wildblumen, deren Namen ich nicht kannte. Ein belebend wirkender Altar, reich bedeckt mit allem, was diese leuchtende, kräftige Farbe trug, Luzifers glühende Farbe, die einzige Farbe, die ihm geblieben war, die sich aus seiner unentrinnbaren, untilgbaren Finsternis erheben durfte.

Nun stieg das klingende Lied der Schalmeien auf, die kleine Oboe fiel ein, dann die Panflöte und andere Flöteninstrumente, schließlich kam der kräftigere Klang der Messingposaune hinzu, ich glaubte sogar das helle Klingen zu hören, mit dem die Hämmerchen auf die Saiten einer Zimbel schlugen.

Schon allein die Musik mit ihren melodisch verwobenen Motiven, die sich überschnitten, harmonisch miteinander verschlangen und dann wieder trennten, hätte ausgereicht, mich zu fesseln und meine Gefühle überfließen zu lassen. Sie ließ meinen Atem stocken und beanspruchte meine ganze Aufmerksamkeit. Doch die Statuen der Dämonen, die rechts und links von der imposanten Gestalt ihres teuflischen Gebieters aufgereiht waren, sah ich dennoch – wie ähnelten sie den adeligen Herren und Damen an der höfischen Tafel vom Abend zuvor.

Waren das alles Bluttrinker, diese schrecklichen, ausgemergelten Heiligen aus dem Höllenreich? Sie waren aus hartem, mahagonirot schimmerndem Holz gefertigt, die übermäßig stilisierten Gewänder klebten fast an den dürren Leibern, die Augen waren halb geschlossen, die Münder aufgerissen, und an jeder Oberlippe sah man zwei weiße Fangzähne, wie aus winzigen Elfenbeinstückchen eingefügt, um nur keinen Zweifel an der Bestimmung der Ungeheuer aufkommen zu lassen.

Welch eine Kathedrale des Schreckens! Ich versuchte, den Kopf abzuwenden und die Augen zu schließen, und doch schlug mich diese ganze Ungeheuerlichkeit in ihren Bann. Erbärmliche, formlose Gedanken schwebten unausgesprochen auf meinen Lippen.

Der Hörnerklang erstarb, die Hirteninstrumente schwiegen still. Ach, verlasst mich nicht, ihr lieblichen Melodien. Lasst mich nicht allein. Statt ihrer erhob sich jedoch ein Chor lieblicher, weicher Tenorstimmen. Sie sangen lateinische Worte, denen ich nicht folgen konnte, eine Totenklage, ein Gesang über die Unbeständigkeit aller Dinge, und in herrlichem Wohlklang fielen männliche und weibliche Sopranstimmen ein, Bässe und Baritons, die vielstimmig und kraftvoll darauf antworteten:

»Ich gehe nun ein zu meinem Herrn, denn Er hat diesen Geschöpfen der Finsternis erlaubt, mein Flehen zu erhören …«

Worte wie aus einem Albtraum!

Wieder erhob sich der klanggewaltige Stimmenchor, um die Tenöre zu unterstützen:

»Die Werkzeuge des Todes warten auf mich, sie spenden den warmen, inbrünstigen Kuss, und in ihren Leib werden sie nach Gottes Willen mein Blut aufnehmen, meine Verzückung und den Aufstieg meiner Seele werden sie durch ihren eigenen Aufstieg erleben, um in ihrem finsteren Dienst sowohl Himmel als auch Hölle zu erfahren.«

Dann erklang die feierliche Melodie der Rohrflöte.

Nun schritt unter den hoch aufjubelnden, glanzvollen Klängen des Chors ein Strom priesterlicher Gestalten ins Allerheiligste der Kapelle.

Da war der Fürst Florian, er trug ein reich geschmücktes rotes Messgewand, als wäre er der Bischof von Florenz in Person, nur dass das christliche Kreuz auf seiner Robe schamlos zu Ehren des Satans verkehrt herum abgebildet war. Auf seinem ungeschorenen Kopf saß eine edelsteinverzierte goldene Krone, als wäre er sowohl ein fränkischer König als auch der Diener des Herrn der Finsternis.

Die durchdringenden kräftigen Töne der Hörner übernahmen nun die Führung, und die Musik wandelte sich in einen Marschrhythmus. Unterschwellig grummelte der Paukenschlag, gedämpft, aber stetig.

Florian nahm seinen Platz vor dem Altar ein und wandte das Gesicht der Gemeinde zu. Neben ihm stand die zartgliedrige Ursula. Das volle Haar hing lose über ihre

Schultern herab, doch war sie, einer Maria Magdalena gleich, in einen langen scharlachfarbenen Schleier gehüllt, der bis über den Saum ihres Schleppenkleides fiel. Ihr erhobenes Gesicht zeigte in meine Richtung, und ich sah trotz der großen Entfernung, dass ihre wie zum Gebet zusammengelegten Hände zitterten.
Auf der anderen Seite dieses Obersten Priesters stand der kahlköpfige ältere Mann, ein weiterer Hilfspriester; sein Messgewand hatte Spitzenärmel, die zusätzlich dicht mit Stickerei versehen waren. Von beiden Seiten strömten Gehilfen herbei, hoch gewachsene Teufelsjünger mit den bekannten elfenbeinweißen Gesichtszügen; sie trugen die einfachen Überwürfe von Messdienern und stellten sich neben den anderen vor dem langen Altargitter auf.
Wieder rauschte der herrliche Chorgesang auf, Falsettstimmen mischten sich mit echten Sopranen und den vibrierenden Bässen der männlichen Sänger, deren Klang ebenso an dunkle Wälder denken ließ wie die Holzblasinstrumente, und unterlegt war dieses ganze Lautgewebe mit den antreibenden, herausfordernden Tönen der Blechbläser.
Was hatten sie vor? Wie lauteten die Worte des Chorals, den die Tenöre da anstimmten? Und wie war die Antwort, die von den unmittelbar neben mir erklingenden Stimmen gegeben wurde? Unzusammenhängende lateinische Worte, die nur undeutlich an mein Ohr drangen:
»Herr, ich betrete das Tal des Todes, Herr, ich erreiche das Ende allen Kummers, Herr, nach Deinem Willen schenke ich denen Leben, die nutzlos in der Hölle säßen, wäre nicht Dein göttlicher Plan.«

Meine Seele lehnte sich auf. Wie verhasst mir das alles war! Und doch konnte ich meinen Blick nicht von dem Schauspiel dort unten abwenden. Meine Augen überflogen den Kirchenraum, und nun bemerkte ich auch die Piedestale zwischen den Spitzbogenfenstern, auf denen hagere, mit Fangzähnen versehene Dämonen emporragten, und überall glühten auf unzähligen Gestellen kleinere Kerzen.

Abermals dröhnte die Musik auf, und die Tenöre schmetterten feierlich:

»Bringt das Becken herbei, dass die, die sich uns opfern, gereinigt werden.«

Und das geschah.

Eine ganze Schar junger Teufelsanbeter erschien in ihrer Verkleidung als Messdiener. In ihren übernatürlich starken Händen trugen sie ein prachtvolles Taufbecken aus dunkelrosa Carrara-Marmor. Sie stellten es etwa drei Meter von dem Altargitter entfernt auf.

»Ach, wie abscheulich, dass es so schön ist!«, flüsterte ich.

»Still, mein junger Freund«, sagte meine aristokratische Wache. »Schau lieber gut hin, denn was du hier siehst, wirst du zwischen Himmel und Erde nie wieder zu Gesicht bekommen, und da du bald ohne Beichte vor Gott stehen wirst, musst du auf ewig in Finsternis und Höllenfeuer brennen.«

Es hörte sich an, als glaubte er das wirklich.

»Ihr habt nicht die Macht, meine Seele der Verdammnis anheim zu geben«, flüsterte ich. Ich versuchte vergeblich, den Schleier vor meinen Augen zu durchdringen, wollte nicht von ihren stützenden Händen abhängig sein, ob-

wohl mir die Schwäche, die die Ursache dafür war, beinahe lieb geworden war.
»Ursula, leb wohl«, hauchte ich und spitzte meine Lippen zu einem Kuss. Doch in diesem magischen, intimen, winzigen Augenblick sah ich, wie sie, anscheinend von der restlichen Gemeinde unbemerkt, den Kopf mit einer kaum merklichen verstohlenen Geste der Verneinung schüttelte. Niemand sonst sah es, denn alle Augen hatten sich nun auf ein neues Schauspiel gerichtet, das um vieles tragischer war als die überwachten, inszenierten Rituale, die wir gesehen hatten.
Angetrieben von dämonischen Dienern in roten Gewändern, deren Spitzenärmel mit Rot und Gold eingefasst waren, schoben sich die armen, elenden Gestalten den Mittelgang empor, die verlorenen Seelen aus der Hürde – schlurfende alte Frauen, betrunkene Männer und kleine Jungen, Kleinkinder noch, die sich an die dämonischen Gestalten klammerten, die sie dem Tode entgegenführten wie die bemitleidenswerten Opfer eines alten Rechtsbrauchs, wo die Kinder der Verurteilten zusammen mit ihren Eltern zur Hinrichtung gebracht wurden. Wie grauenvoll!
»Seid alle verflucht. Ich verfluche euch. Gott, lass einmal Deine Gerechtigkeit hier walten«, flüsterte ich. »Gott, schenke uns Deine Tränen. Weine für uns, Christus, weil dies geschehen kann!«
Ich verdrehte die Augen. Mir war, als träumte ich, und wieder erschien die frische grüne Wiese vor meinen Augen, und gerade als Ursula vor mir davonlief und ihre lebhafte junge Gestalt über das unter ihren Füßen nach-

gebende Gras, die abknickenden Iris-Blüten dahineilte, erhob sich vor mir wieder ein Wesen, ein mir vertrautes Wesen …

»Ja, ich kann dich sehen!«, rief ich dieser Erscheinung im Halbtraum zu. Aber in dem Moment, als ich sie erkannt, mich auf sie fixiert hatte, verschwand sie. Sie war weg und mit ihr auch jedes rationale Verstehen, jegliche Erinnerung an das edle Antlitz, die hehre Gestalt und ihre Bedeutung, an ihre reine, überwältigende Bedeutung. Die Worte verließen mich.

Ich sah, wie der Fürst Florian erzürnt und stumm heraufblickte. Die Hände, die mich hielten, gruben sich in mein Fleisch.

»Still!«, sagten meine Wächter wie aus einem Munde.

Die erhebende Musik schwoll immer lauter an, als wollten mich die in höchste Höhen ansteigenden Soprane und die dröhnenden Hörner mit ihren verschlungenen Melodien zum Schweigen bringen und nur diesem unheiligen Taufakt ihren Tribut zollen.

Die Taufe hatte begonnen. Das erste Opfer, eine uralte Frau, die krumm und gebeugt war, hatte man ihrer ärmlichen Lumpen entledigt und wusch sie nun, indem man mit den Händen Wasser aus dem Becken über sie goss. Dann wurde sie zum Altargitter geführt. Ach, wie gebrechlich sie war und so völlig allein gelassen, ohne Angehörige, ohne ihre Schutzengel!

Ach, und nun mit zu verfolgen, wie die kleinen Kinder entkleidet wurden, die zarten kleinen Beinchen und nackten Popos, die winzigen Schulterblätter, die aussahen, als sprössen dort die Flügel kleiner Engelchen,

Zeuge zu werden, wie sie gewaschen und weitergereicht wurden, bis sie zitternd in einer Reihe vor der marmornen Balustrade standen.

Alles ging sehr schnell.

»Nein, nicht dem luftigen Element verhaftete Dämonen seid ihr, ihr seid verfluchte Tiere und nichts anderes!«, murmelte ich vor mich hin, während ich mich im Griff der beiden widerlichen Lakaien wand. »Ja, feige Lakaien seid ihr beide, dass ihr teilhabt an diesem sündigen Tun!«

Im Aufrauschen der Musik gingen meine Gebete unter. »Lieber Gott, sende meine Engel zu mir«, flehte ich in meinem tiefsten Innern, »sende meine Racheengel, gib ihnen Dein feuriges Schwert! Gott, dies kann man nicht hinnehmen!«

Alle Opfer standen nun nackt und zitternd an dem Altargitter aufgereiht, und vor dem hellen Marmor und den bleichen Priestern flammte und glühte ihr menschliches Fleisch.

Die Kerzen flackerten um den mächtigen Luzifer mit seinen hautbespannten Flügeln, der über das Geschehen herrschte. Fürst Florian trat vor und nahm das erste Kommunionkind in die Arme, dann beugte er sich nieder, um zu trinken. Die Trommeln dröhnten in heftigem, angenehmem Takt, die Chorstimmen verschmolzen miteinander und schwangen sich himmelwärts. Doch zwischen diesen sich verzweigenden weißen Säulen, diesen steilen Bögen gab es keinen Himmel. Hier gab es nichts als Tod.

Der gesamte Hofstaat stellte sich nun in zwei Reihen auf und marschierte schweigend vor, um hinter das Altargitter zu treten. Dort konnte jeder eines der Opfer, die so

hilflos dastanden, entgegennehmen, und nun wählten Herren und Damen nach ihren Wünschen. Einige teilten sich ein Opfer, oder man reichte es von einem zum andern weiter, und so ging es fort und fort mit dieser Farce, dieser ekligen, räuberischen Kommunion.
Nur Ursula regte sich nicht.
Die Opfer hatten ihr Leben bald ausgehaucht. Einige waren schon tot. Doch nirgends sank eines zu Boden; ihre schlaffen, ausgesaugten Leiber wurden von den dämonischen Messdienern in aller Stille und geschickt aufgefangen und weggeschafft.
Dann wurden neue Opfer gewaschen und zu dem Gitter gebracht. Es nahm kein Ende.
Fürst Florian trank wieder und wieder, ein Kind nach dem andern wurde ihm gereicht, seine schlanken Finger packten den zarten Nacken und hielten ihn fest, während er seine Lippen darauf senkte.
Ich hätte gerne gewusst, welche lateinischen Worte er dabei sprach.
Nach und nach schlüpften die Mitglieder des Hofes aus dem Allerheiligsten, schritten die Seitengänge hinab und nahmen ihren alten Platz wieder ein. Sie waren gesättigt.
Nun konnte man beobachten, wie die rote Farbe des Blutes ihren totenbleichen Teint durchdrang, und dank meiner verschwommenen Wahrnehmung und meines von der lieblichen Musik ganz erfüllten Kopfes schien es mir, als wären sie alle menschlich, menschlich, wenn auch nur für eine kleine Weile.
»Ja«, sagte der Fürst, und seine Stimme reichte weich und sicher über die ganze Länge des Kirchenschiffes bis an

mein Ohr. »Ja, so ist es, menschlich, für diese eine kurze Spanne, mit dem Blut der Lebenden, das in uns Fleisch geworden ist, sind wir das, junger Prinz. Du hast es verstanden.«

»Ah, aber, mein Herr«, flüsterte ich vor Erschöpfung, »ich verstehe es zwar, aber ich verzeihe es nicht.«

Ein Moment des Schweigens senkte sich nieder. Dann stimmten die Tenöre an: »Die Zeit ist reif, und die mitternächtliche Stunde ist noch nicht beendet.«

Die Hände, die mich fest und sicher hielten, drehten mich nun zur Seite. Ich wurde wie durch einen Zauber über eine Wendeltreppe aus weißem Marmor von der Empore nach unten befördert.

Als ich mich, immer noch von ihnen gestützt, aufrappelte und den Mittelgang entlangblickte, sah ich, dass nur das Taufbecken dort stand, alle Opfer waren fort.

Doch man hatte ein mächtiges Kreuz in die Halle gebracht und es *kopfüber* neben dem Altar zum Altargitter hin abgestellt.

Fürst Florian hielt fünf große eiserne Nägel in die Höhe, damit ich sie sah, und winkte mich zu sich.

Das Kreuz wurde so schnell aufgerichtet, als wäre es nicht das erste Mal. Es bestand aus kostbarem Hartholz und war dick, schwer und glatt gehobelt, doch wies es schon Nagelspuren auf und auch Spuren von Blut. Das Ende des Kreuzes fügte sich genau dort an das Gitter, wo es an den marmornen Vorsprung stieß, so dass derjenige, der gekreuzigt werden sollte, für alle Götzendiener sichtbar drei Fuß über dem Boden hing.

»Götzendiener! Ihr widerliches Volk!«, sagte ich verächt-

lich lachend. Gott und allen Engeln sei Dank, dass die Augen meiner Eltern schon ins himmlische Licht schauten und diese rohe Erniedrigung nicht sehen mussten. Der Alte hielt mir zwei goldene Kelche in seinen ausgestreckten Händen entgegen.
Ich wusste, was das bedeutete. Sie sollten das Blut auffangen, das aus den Nagelwunden fließen würde.
Er neigte den Kopf. Man zwang mich den Mittelgang entlang. Die Statue des Luzifers, die hinter der in päpstlicher Pracht glitzernden Gestalt des Fürsten aufragte, wuchs vor meinen Augen ins Riesenhafte. Meine Füße berührten den Marmorboden nicht einmal. In der ganzen Kapelle wandten sich die Köpfe der Gemeinde mir zu, jedoch nur so weit, dass sie den Fürsten nicht aus den Augen verloren.
Vor dem Taufbecken wuschen sie mir das Gesicht. Ich warf den Kopf hin und her, verrenkte mir fast den Hals und schüttelte die Wassertropfen unverschämterweise auf die, die mich reinigen wollten. Die Messgehilfen schienen sich vor mir zu fürchten. Nur zögernd traten sie näher, um nach meinen Spangen und Schnallen zu greifen.
»Entkleidet ihn«, befahl der Fürst, wobei er die Nägel abermals vor mir in die Höhe hielt.
»Ich sehe es nur zu gut, mein feiger Herr«, sagte ich. »Was bedeutet es schon, einen Jungen wie mich zu kreuzigen. Rettet besser Eure Seele, Herr, das solltet Ihr tun! Und Euer gesamter Hofstaat wird staunen …«
Erneut brandete von der Empore Musik auf. Wieder fiel der Chor ein, antwortete und unterstrich die Gesänge der Tenöre.

Für mich gab es jedoch keine Worte mehr; nur Kerzenschein und das Wissen, dass man mir gleich die Kleider ausziehen und das Schreckliche stattfinden würde, diese sündige, verdrehte Kreuzigung, die nie vom heiligen Petrus gesegnet worden war, denn das umgekehrte Kreuz war nicht erst seit heute ein Symbol für den Bösen.

Jäh zogen sich die bebenden Hände der Messgehilfen zurück. Oben auf der Empore spielten die Hörner ihre ergreifendsten Melodien. Die Tenöre schmetterten mit makelloser Stimme ihre Frage in den Saal:

»Kann dieser hier nicht errettet werden? Kann dieser hier nicht erlöst werden?«

Und dann rauschte der Chor in einstimmigem Jubel auf:

»Kann dieser hier nicht erlöst werden aus der Macht Satans?«

Ursula trat vor, löste den bodenlangen roten Schleier von ihrem Haupt und schleuderte ihn von sich, so dass er wie eine rote Wolke um ihre Füße niedersank. An ihrer Seite erschien ein Gehilfe mit einem Schwert – meinem Schwert! – und meinen Dolchen!

Wider erhoben die Tenöre ihre flehenden Stimmen:

»Eine Seele, dem Wahnsinn verfallen, wird in die Welt entlassen, und nur den geduldigsten Ohren kann sie Zeugnis von der Macht Satans geben.«

Der Chor sang, ein Durcheinander an Melodien brach aus ihm hervor, als wäre sein Lied von einer unerwarteten Zustimmung überrascht worden.

»Was, nicht sterben?«, sagte ich. Ich versuchte dem Fürsten ins Gesicht zu sehen, da diese Sache in seiner Hand lag. Doch mein Blick auf ihn war verstellt; Godric, der Alte, hatte sich zwischen uns gestellt. Nachdem er das Tor des Altargitters mit dem Knie aufgestoßen hatte, ging er den Mittelgang entlang auf mich zu. Er drückte mir einen der goldenen Kelche an die Lippen.

»Trink, Vittorio, damit du vergisst, sonst werden wir Ursula verlieren – ihr Herz und ihre Seele.«

»Oh, dann muss es so sein!«

»Nein!«, schrie sie. »Nein!«

Über seine Schulter hinweg sah ich, wie sie Florian drei der Nägel entriss und sie auf den Marmorboden schleuderte. Die Gesänge hallten hoch und kräftig unter den Bögen des Kirchenschiffes, so dass ich die Nägel nicht auf dem Stein aufschlagen hörte.

Die Chorstimmen erhoben sich zu feierlichen Jubelgesängen. Von dem trauervollen Tönen des Requiems war nichts mehr zu hören.

»Nein, mein Gott, wenn Du willst, dass ihre Seele gerettet wird, dann häng mich ans Kreuz, nimm mich!«

Doch der goldene Kelch wurde mir an die Lippen gepresst, Ursula selbst drückte mir die Kiefer auseinander, und die Flüssigkeit ergoss sich in meine Kehle. Bevor ich die Augen schloss, sah ich, wie jemand mein Schwert hob, als höbe er ein Kreuz – da, das lange Heft, der Griff quer dazu.

Leises, spöttisches Gelächter klang auf und mischte sich mit der zauberischen, unbeschreiblichen Schönheit des Chorgesangs.

Ursulas Schleier wirbelte auf, der rote Stoff hob sich vor meinen Augen und sank auf mich nieder wie ein magi-

scher Regen, getränkt mit ihrem Duft, weich wie ihre Zärtlichkeit.
»Ursula, geh mit mir ...«, hauchte ich.
Das waren meine letzten Worte.
»Ausgestoßen!«, rief ein anschwellendes Stimmengewirr.
»Ausgestoßen ...«, klang es von dem riesigen Chor, und der Hofstaat schien mit einzustimmen: »Ausgestoßen ...«, dann schlossen sich meine Augen endgültig, während der rote Schleier mein Gesicht einhüllte und sich wie Hexengespinst über meine sich sträubenden Finger legte und meinen offenen Mund verschloss.
Hörnerklang trompetete die Wahrheit heraus. »Vergeben! Ausgestoßen!«, so sangen die Stimmen.
»Ausgestoßen und dem Wahnsinn verfallen«, flüsterte Godric mir ins Ohr. »Wahnsinn bis ans Ende deiner Tage, dabei hättest du – ja, du – einer von uns sein können.«
»Ja, einer von uns«, kam Florians sanftes, gelassenes Flüstern.
»Was warst du für ein Dummkopf«, sagte Godric. »Du hättest unsterblich sein können.«
»Für immer einer von uns, unsterblich, unbesiegbar, um hier in deiner ganzen Pracht zu herrschen.«
»Unsterblichkeit oder Tod«, sagte Godric, »das wäre eine königliche Wahl gewesen! Du jedoch wirst wahnsinnig und von allen verhöhnt in der Welt umherwandern.«
»Ja, wahnsinnig und verhöhnt«, drang eine kindische Stimme an mein Ohr. Und eine weitere sagte: »Wahnsinnig und verhöhnt.«
»Wahnsinnig«, wiederholte Florian.

Doch der Chor sang weiter und löschte jeden Stachel aus, der ihren Worten anhaftete, seine jauchzende Melodie nahm in meinem Halbschlaf ein immer stärkeres Tremolo an.
»Ein Idiot, der, zum Gespött geworden, durch die Welt streift«, sagte Godric.
Wie geblendet, in die Geschmeidigkeit des Schleiers eingeschlossen und von dem Getränk berauscht, konnte ich ihnen nicht antworten. Ich glaube, ich lächelte. Ihre Worte waren zu sinnlos vermischt mit den vollen, beruhigenden Klängen des Chores. Und dumm, wie sie waren, war ihnen nicht klar, dass das, was sie sagten, schlicht keine Bedeutung hatte.
»Und du hättest unser junger Fürst sein können.« War das Florian an meiner Seite? Der kühle, furchtlose Florian. »Wir hätten dich geliebt, wie sie dich liebt.«
»Ein junger Fürst«, sagte Godric, »der hier mit uns auf ewig herrschen könnte.«
»So werde Hofnarr für Schwarzkünstler und alte Weiber«, sagte Florian, traurig, ernst.
»Ja«, wieder diese kindische Stimme, »dumm von dir, uns zu verlassen.«
Wie wundersam doch diese Hymnen waren, dass sie die Worte in nichts als liebliche kontrapunktische Silben verwandelte.
Ich glaube, ich spürte, dass Ursula mich durch die Seide des Schleiers küsste. Ich glaube es. Mir schien, dass sie in leisestem Flüstern ganz unzeremoniell und sehr schlicht sagte: »Mein Liebster.« Und daraus sprach ihr Triumph und ihr Lebewohl.

Ich sank und sank und sank, bis der tiefste, gütigste Schlaf mich umfing, den Gott nur schenken kann. Die Melodien schenkten meinem Leib seine Gestalt, meinen Lungen die Luft zum Atmen, als alle anderen Sinne mich verlassen hatten.

9

Engelsstimmen klangen in der Höhe

Es goss in Strömen. Nein, der Regen hatte aufgehört. Aber sie konnten mich immer noch nicht verstehen. Ich war von Männern umringt. Wir waren in der Nähe von Fra' Filippos Werkstatt. Ich erkannte die Straße. Ich war doch mit meinem Vater hier gewesen, vor knapp einem Jahr.

»Sprich doch langsamer! Agrrh … bwb … man kann es einfach nicht verstehen!«

»Hör doch, wir wollen dir helfen«, sagte ein anderer. »Sag, wie heißt dein Vater? Sprich langsam.«

Sie schüttelten die Köpfe. Ich dachte, ich spräche ganz vernünftig, ich konnte es doch verstehen, Lorenzo di Raniari, warum konnten sie es nicht deutlich hören? Und ich war doch sein Sohn, Vittorio di Raniari. Aber ich spürte, dass meine Lippen geschwollen waren und glühten. Und mir war klar, dass ich durch die Nässe ganz verdreckt war.

»Hört, bringt mich in Fra' Filippos Werkstatt. Ich kenne die Maler dort«, sagte ich. Mein berühmter Maler, mein leidenschaftlicher, gequälter Maler, seine Lehrlinge würden mich erkennen. Er nicht, aber seine Gehilfen, die damals gesehen hatten, wie ich über seinem Werk in Tränen aus-

gebrochen war. Und dann, dann würden mich diese Männer zum Haus Cosimos bringen, in die Via del Largo.
»Fiii … fiii??«, sagten sie, indem sie meine ungeschickten Sprechversuche nachmachten. Es hatte wieder nicht geklappt.
Ich hielt meinen Blick auf die Werkstatt gerichtet. Ich taumelte und wäre beinahe gestürzt. Das hier waren ehrliche Männer. Ich hatte immer noch die Satteltasche über die Schulter geschlungen, und mein Schwert schlug klappernd gegen meine Hüfte, so dass es mich fast aus dem Gleichgewicht brachte. Die hohen Mauern von Florenz schienen näher zu kommen, beinahe wäre ich auf die Steine geschlagen.
»Cosimo!«, brüllte ich mit voller Lautstärke.
»Wir können dich in diesem Zustand nicht zu Cosimo bringen. Er wird dich nicht empfangen.«
»Ah, ihr habt mich verstanden, ihr könnt mich hören!«
Aber der Mann spitzte nun die Ohren. Ein ehrlicher Händler, sein einfacher grüner Anzug bis auf die Haut durchnässt, und zweifellos alles meinetwegen. Ich hatte nicht aus dem Regen heraus unter ein schützendes Dach gewollt. Ganz unvernünftig. Sie hatten mich gefunden, als ich im strömenden Regen mitten auf der Piazza della Signoria gelegen hatte.
»Er kommt zu sich, er spricht klarer.«
Ich sah den Eingang zu Fra' Filippos Werkstatt direkt vor mir. Die Läden waren herabgelassen. Nun, da das Gewitter nachgelassen hatte, begann man sie wieder zu öffnen; das Wasser trocknete schon auf dem Straßenpflaster. Die Leute begaben sich wieder ins Freie.

»He, ihr Männer da drinnen!«, rief ich.
»Was? Was sagt Ihr da?«
Ringsum nur Schulterzucken, aber sie wollten mir helfen. Ein alter Mann stützte mich am Ellenbogen.
»Wir sollten ihn ins Kloster San Marco bringen, sollen sich die Mönche um ihn kümmern.«
»Nein, nein, nein, ich muss mit Cosimo sprechen!«, rief ich. Wieder zuckten sie die Schultern und schüttelten die Köpfe.
Unvermittelt blieb ich stehen. Ich schwankte hin und her und suchte festen Stand, indem ich grob nach der Schulter eines der jüngeren Männer griff. Ich schaute und schaute und konnte den Blick nicht von der Werkstatt wenden. Die Straße war hier kaum mehr als eine Gasse, kaum breit genug, um Reiter durchzulassen, ohne dass sie einen Fußgänger verletzten, und die steinernen Häuserfassaden standen so dicht, dass sie den schiefergrauen Himmel über uns fast gänzlich ausschlossen. Fenster öffneten sich, und es schien, als könnte eine Frau in einem der oberen Stockwerke mit der Hand das Haus auf der gegenüberliegenden Seite berühren.
Aber schaut, was da unmittelbar vor der Werkstatt war? Ich sah sie. Ich sah zwei von ihnen! »Schaut!«, sagte ich abermals. »Seht ihr sie auch?«
Die Männer sahen nichts. Mein Gott, die beiden Gestalten mit der rosigen Haut und den lose gegürteten Gewändern, die vor der Werkstatt standen, strahlten, als käme das Licht aus ihrem Innern.
Die Satteltasche über meiner Schulter hielt ich immer noch fest, aber eine Hand legte ich an mein Schwert, ich

konnte aufrecht stehen, aber meine Augen müssen groß wie Untertassen gewesen sein, als ich, blind für alles andere, beobachtete, was ich vor der Werksatt sah.

Da stritten sich gerade zwei Engel! Zwei Engel, deren Schwingen kaum merklich im Takt mit ihren Worten und Gesten mitschwangen, diskutierten miteinander, dort, direkt vor der Werkstatt.

Sie standen da, ohne die Menschen wahrzunehmen, die an ihnen vorbeigingen und sie nicht sehen konnten, und sie stritten sich, die beiden Engel, beide blond, beides Engel, die mir bekannt waren. Ich erkannte sie! Ich kannte sie aus den Gemälden des Fra' Filippo, und ich konnte ihre Stimmen vernehmen. Den einen erkannte ich an den Locken, die sich wie Kränze um sein Haupt zogen, gekrönt von einem weiteren Kranz aus wunderbar dazu passenden Blümchen, außerdem an dem weiten karminroten Mantel und dem klaren himmelblauen Untergewand mit der goldenen Borte.

Und den anderen, den erkannte ich ebenfalls, sein bloßes Haupt und das weiche, etwas kürzere Haar, den goldenen Kragen und die Insignien auf seinem Umhang, dazu die breiten Zierbänder an seinen Handgelenken.

Aber vor allen Dingen erkannte ich ihre Gesichter, die unschuldsvollen, rosig getönten Gesichter, ihre ruhevollen, großen, aber mandelförmigen Augen.

Das Licht, das immer noch düster und stürmisch war, zerfloss langsam, obwohl die Sonne hinter den grauen Wolken brannte. Meine Augen begannen zu tränen.

»Seht nur ihre Schwingen«, flüsterte ich. Doch die Männer konnten nichts sehen.

»Ich kenne die Flügel. Ich kenne diese beiden. Da, der Engel mit dem blonden Haar, mit der Haartracht aus lauter Lockenkränzen, es ist der aus der *Verkündigung,* und seine Schwingen, die sind wie Pfauenfedern, strahlend blau, und der andere, dessen Federn sind wie in reinsten Goldstaub getaucht.«
Der Engel mit der Blumenkrone gestikulierte aufgeregt; bei einem Menschen hätten die Gesten und die ganze Haltung Ärger ausgedrückt, doch hier ging es bei weitem nicht so hitzig zu. Der Engel bemühte sich nur darum, seinen Standpunkt verständlich zu machen.
Ich rührte mich langsam, löste mich von dem freundlichen Helfer, der nicht sehen konnte, was ich sah!
Was glaubten sie wohl, worauf ich so fasziniert starrte? Auf die Werkstatt mit ihrer klaffenden Tür, die Lehrlinge in dem dunklen Innenraum, die Fitzelchen von halb fertigen bemalten Leinwänden und Paneelen, den gähnenden Schlund, hinter dem die Arbeit fortging?
Der andere Engel schüttelte ernst den Kopf. »Ich stimme dem nicht zu«, sagte er mit ruhiger, singender Stimme. »So weit können wir nicht gehen! Glaubst du denn, das macht mich nicht auch traurig?«
»Was?«, rief ich. »Was macht dich traurig?«
Beide Engel wandten sich um. Sie betrachteten mich. Gleichzeitig legten sie die dunklen, in allen Farben schimmernden Schwingen dicht um sich, als wollten sie sich dadurch unsichtbar machen, aber ich sah sie trotzdem, sie glänzten, und beide waren so licht, so unverkennbar. Ihre Augen blickten verwundert, als sie mich ansahen. Waren sie über meinen Anblick erstaunt?

»Gabriel!«, rief ich laut und zeigte auf ihn. »Ich kenne dich, ich kenne dich aus der *Verkündigung*. Ihr seid beide Gabriel, ich kenne die Gemälde. Gabriel und Gabriel, wie kann das sein?«

»Er kann uns sehen«, sagte der Engel, der vorher so eifrig gestikuliert hatte. Seine Stimme war gedämpft, aber ihr sanfter Klang schien mühelos bis an mein Ohr zu dringen. »Er kann uns hören«, sagte der andere, und das Staunen in seinem Gesicht wurde noch intensiver. Aber vor allem wirkte er unschuldsvoll und geduldig und von freundlichstem Mitgefühl bewegt.

»Was, im Namen Gottes, sagst du da, Junge?«, fragte der alte Mann neben mir. »Nun nimm aber deinen Verstand zusammen. Du trägst ein Vermögen in deinen Taschen herum. Deine Hände sind mit Ringen bedeckt. Nun rede vernünftig. Ich werde dich zu deiner Familie bringen, wenn du mir nur endlich sagst, wo ich sie finden kann.«

Ich lächelte, ich nickte, aber ich hielt meine Augen fest auf die zwei erschrockenen, staunenden Engel gerichtet. Ihre Gewänder wirkten fein, beinahe durchscheinend, als wäre das Gewebe genauso wenig irdisch wie ihre hell leuchtende Haut. Ihre ganze Aufmachung war durchlässig, wie von Licht durchwoben.

Wesen der Luft, voller Entschlossenheit, aus dem Jetzt und ihrem Tun entstanden – fielen mir da die Worte des Thomas von Aquin aus seiner *Summa Theologiae* ein, anhand derer ich Latein gelernt hatte?

Oh, wie wundersam schön sie doch waren, diese Engel, und so sicher abgetrennt von ihrer gesamten Umgebung, wie sie da gebannt in stiller, staunender Schlichtheit in der Gasse standen und mich grübelnd, voller Mitgefühl und Interesse betrachteten.

Einer der beiden trat vor, es war der mit dem Blumenkranz, der mit den himmelblauen Ärmeln, der, dem mein Herz zugeflogen war, kaum dass ich ihn auf der *Verkündigung* erblickt hatte, damals mit meinem Vater. Im Näherkommen wurde er breiter und größer, nur wenig größer und raumfüllender als ein normaler Mensch, und wie er sich da in seinen weiten, anmutig schwingenden Gewändern herbewegte, strahlte er eine solche Liebe aus und wirkte so unkörperlich und doch so übermächtig fassbar, dass er der vollkommene Ausdruck von Gottes Schöpfung zu sein schien, vollkommener, als ein Wesen aus Fleisch und Blut sein könnte.

Er schüttelte den Kopf und lächelte. »Nein, das nicht, denn du bist ja selbst die edelste unter Gottes Schöpfungen«, sagte er mit leiser Stimme, die sich ihren Weg durch das Geplapper ringsum erst bahnen musste. Er bewegte sich wie ein menschliches Wesen, doch seine Füße blieben auf dem nassen, schmutzigen Pflaster der florentinischen Straßen ganz rein. Die Männer, die ihn sowieso nicht sehen konnten, nahm er gar nicht wahr, als er nun dicht vor mir stand und seine Flügel spreizte und wieder eng schloss, so dass ich nur die gefiederten Bögen über seinen jugendlich geformten Schultern aufragen sah. Sein Gesicht war glänzend rein und genauso leuchtend rosig getönt, wie es von Fra' Filippo gemalt worden war. Als er lächelte, begann ich vor reiner Wonne am ganzen Körper heftig zu beben.

»Bin ich wahnsinnig, Erzengel?«, fragte ich. »Hat ihr

Fluch sich bewahrheitet, und habe ich diese Erscheinung, während ich hier lallend stehe und den Spott gebildeter Männer auf mich ziehe?« Ich lachte laut auf.
Ich erschreckte die werten Herren, die währenddessen versucht hatten, mir zu helfen. Sie waren ziemlich verstört. »Was? Was redet er da wieder?«
Aber in einem einzigen glanzvollen Augenblick kam mir eine Erinnerung und erhellte mir mit einem Schlag Herz, Seele und Verstand gleichermaßen, als wenn die Sonne plötzlich eine finstere Zelle mit ihren Strahlen überflutet hätte. »Du warst das, dich habe ich gesehen, dort in dem Wiesengrund, als sie mein Blut trank.«
Er sah mir in die Augen, dieser kühle, gefasste Engel mit seinen makellosen Lockenreihen und den glatten, ruhevollen Wangen.
»Gabriel, der Erzengel«, sagte ich ehrfürchtig. Tränen rannen mir aus den Augen, und ich schwankte zwischen Lachen und Weinen.
»Mein Junge, mein armer, elender Junge«, sagte der alte Kaufmann. »Hier steht kein Engel vor dir. Nun hör doch einmal zu, bitte.«
»Sie können uns nicht sehen«, vertraute mir der Engel an. Wieder lächelte er dieses weiche, unbeschwerte Lächeln. In seinen Augen fing sich das Licht des aufhellenden Himmels, während er in mich, in meine Augen sah, als erlangte er mit jedem suchenden Blick eine tiefere Einsicht.
»Ich weiß«, antwortete ich. »Sie haben keine Ahnung!«
»Aber ich bin nicht Gabriel, du darfst mich nicht so nennen«, sagte er sehr höflich und beruhigend. »Mein Junge,

ich bin bestimmt nicht der Erzengel Gabriel. Ich bin Setheus, und ich bin nur ein Schutzengel.«
Er war so duldsam, nahm mein Weinen so geduldig hin, wie er die um uns versammelten Männer hinnahm, die ihm gegenüber so blind und meinetwegen so betroffen waren.
Er stand so dicht bei mir, dass ich ihn hätte berühren können, aber ich wagte es nicht.
»Mein Schutzengel?«, fragte ich. »Ist das wahr?«
»Nein«, antwortete er, »nicht dein Schutzengel. Die musst du dir selbst suchen. Du siehst hier die Schutzengel eines anderen, wenn ich auch nicht weiß, wieso und warum du uns siehst.«
»Nun hör auf zu beten«, sagte der alte Mann neben mir gereizt. »Sag uns lieber, wer du bist, Junge. Du hast vorhin schon einen Namen genannt – wer ist dein Vater, sag!«
Der andere Engel, der stehen geblieben war, als wäre er zu verblüfft, um sich zu rühren, gab plötzlich seine Zurückhaltung auf und trat wie der andere zuvor auf mich zu, barfuß, schweigend und ebenso unberührt von Nässe und Schmutz und grobem steinernem Untergrund.
»Kann daraus Gutes entspringen, Setheus?«, fragte er. Aber seine hellen, irisierenden Augen sahen mich mit der gleichen liebevollen Aufmerksamkeit an, mit dem gleichen hingerissenen, verzeihenden Interesse.
»Und du«, sprach ich ihn an, »du bist auf dem anderen Gemälde abgebildet. Auch dich erkenne ich, ich liebe dich aus tiefstem Herzen.«
»Sohn, zu wem sprichst du da?«, fragte der jüngere Mann. »Wen liebst du aus tiefstem Herzen?«

»Ah, könnt ihr endlich hören, was ich sage?« Ich drehte mich zu dem Mann um. »Ihr könnt mich verstehen!«

»Ja, und nun sag uns, wie du heißt.«

»Vittorio di Raniari«, erklärte ich, »Freund und Verbündeter der Medici, Sohn des Lorenzo di Raniari, von der Festung Raniari in der nördlichen Toskana, und mein Vater ist tot und alle meine Verwandten. Aber …«

Die beiden Engel standen unmittelbar vor mir nebeneinander, die Häupter einander zugeneigt, während sie mich betrachteten, und es schien, als ob die Sterblichen in ihrer ganzen Blindheit den Engeln doch nicht die Sicht verstellen könnten oder sich zwischen sie und mich drängen könnten. Wenn ich doch nur den Mut aufbringen würde. Ich hätte sie zu gerne berührt. Die Flügel desjenigen, der zuerst gesprochen hatte, hoben sich nun, und es kam mir so vor, als fiele glitzernder Goldstaub von den sich rührenden Federn, diesen bebenden, funkelnden Federn, aber das war nichts gegen die versonnene, erstaunte Miene des Engels.

»Lass dich von denen da ins Kloster San Marco bringen«, sagte der Engel, der Setheus hieß, »lass dir helfen. Diese Männer meinen es gut; man wird dir bei den Mönchen eine Zelle geben, sie werden sich um dich kümmern. Du könntest nicht besser untergebracht sein, denn das Kloster steht unter Cosimos Schirmherrschaft, und du weißt doch, dass Fra' Giovanni die Zellen dort mit eigener Hand ausgeschmückt hat, auch die, in der man dich unterbringen wird.«

»Setheus, das weiß er«, sagte der andere Engel.

»Ja, aber ich will ihn ein wenig beruhigen«, sagte der erste

Engel mit einem kleinen Schulterzucken, wobei er seinen Gefährten verwundert ansah. Das deutlichste Charakteristikum ihrer Züge war dieses gedämpfte Staunen.

»Aber du«, sagte ich, »Setheus – darf ich dich so anreden? –, lässt es zu, dass sie mich von euch fortführen? Das kannst du doch nicht. Bitte, verlasst mich nicht. Ich bitte euch. Verlasst mich nicht.«

»Wir können nicht anders«, sagte der andere Engel. »Wir sind nicht deine Schutzengel. Warum kannst du nur deine eigenen Engel nicht sehen?«

»Warte, ich kenne deinen Namen. Ich kann ihn hören.«

»Nein«, sagte der etwas Strengere der beiden, dabei erhob er den Zeigefinger vor mir, als schelte er ein Kind. Aber ich ließ mich nicht zum Schweigen bringen. »Ich weiß deinen Namen. Ich habe ihn bei eurem Streit aufgeschnappt, und jetzt, da ich dir ins Gesicht sehe, klingt er mir wieder im Ohr. Ramiel, so heißt du. Und ihr beide, ihr seid Fra' Filippos Schutzengel.«

»Das ist eine Katastrophe«, flüsterte Ramiel mit zutiefst unglücklicher Miene. »Wie konnte das nur geschehen?«

Setheus schüttelte nur den Kopf und lächelte abermals sein großzügiges Lächeln. »Das muss doch etwas Gutes bedeuten, das kann nicht anders sein. Wir müssen mit ihm gehen. Das ist klar.«

»Jetzt? Jetzt hier weggehen?«, fragte Ramiel, und auch in diesem Moment war trotz der Dringlichkeit kein Ärger zu verspüren. Man hatte den Eindruck, als wären all ihre Gedanken völlig befreit von niederen Gefühlsregungen, und natürlich stimmte das, es stimmte haargenau.

Setheus beugte sich dicht zu dem alten Mann, der ihn

natürlich weder sehen noch hören konnte, und dann flüsterte er ihm ins Ohr: »Bringt den Jungen ins Kloster San Marco; lasst ihn in einer ordentlichen Zelle unterbringen, denn er hat genug Geld; dort sollen sie ihn gesund pflegen.«

Dann sah er mich an. »Wir werden mit dir gehen.«

»Das geht nicht«, wandte Ramiel ein. »Wir können unseren Schutzbefohlenen nicht im Stich lassen; das geht nicht, nicht ohne Erlaubnis!«

»Es soll so sein. Und das ist so gut wie eine Erlaubnis. Ich weiß das«, sagte Setheus. »Siehst du nicht, was passiert ist? Er hat uns gesehen, er hat uns gehört, er hat sogar deinen Namen aufgefangen, und er hätte auch meinen entdeckt, wenn ich ihn nicht schon vorher genannt hätte. Armer Vittorio, wir sind bei dir.«

Ich nickte und brach fast in Tränen aus, weil er mich persönlich angesprochen hatte.

Um diese großen, stillen, blühenden Gestalten in ihren fein gesponnenen, lichtdurchwebten Gewändern war die gesamte Gasse trüb, gedämpft und undeutlich geworden. Der Stoff strich leise um ihre Glieder, als wäre dieses himmlische Gespinst unsichtbaren Luftströmungen ausgesetzt, die ein Mensch nicht spüren konnte.

»Das sind nicht unsere richtigen Namen!«, sagte Ramiel missbilligend, aber in freundlichem Ton, als schelte er mit einem Kinde.

Setheus lächelte. »Du kannst uns ruhig so nennen, Vittorio«, sagte er.

Plötzlich sagte der Mann, der die ganze Zeit neben mir gestanden hatte: »Ja, komm, wir bringen ihn nach San

Marco. Die Mönche werden das in die Hand nehmen.« Damit drängten sie mich eilig zur Mündung der Gasse.
»Man wird dich in San Marco ausgezeichnet betreuen«, sagte Ramiel, als ob er mir damit Lebewohl sagen wollte, aber die beiden Engel blieben an unserer Seite, fielen nur ein weniges zurück.
»Lasst mich nicht allein, ihr beiden, das könnt ihr nicht machen!«, sagte ich zu ihnen.
Sie schienen verblüfft, doch sie hielten mit uns Schritt. Ihre in herrlichen Falten herabfallenden spinnwebdünnen Gewänder waren unbefleckt vom Regen, die Säume blitzsauber, als hätten sie das Pflaster nicht einmal berührt, und ihre nackten Füßen boten einen köstlich zarten Anblick.
»Es ist schon gut, Vittorio«, sagte Setheus beruhigend, »hab keine Sorge, wir kommen mit.«
»Wir können unseren Schutzbefohlenen nicht einfach wegen eines anderen Menschen verlassen, das geht einfach nicht.« Ramiel protestierte immer noch.
»Es ist Gottes Wille, wie könnte es anders sein?«
»Und Mastema? Müssen wir nicht Mastema fragen?«, wollte Ramiel wissen.
»Warum sollten wir Mastema fragen? Warum sollten wir ihm Sorgen bereiten? Er muss es doch schon wissen!«
Und nun war es wieder so weit, abermals waren sie in eine Diskussion verstrickt, während ich eilig durch die Stadt geführt wurde. Das Stahlblau des Himmels leuchtete hell, verblasste und wandelte sich schließlich in Blau, als wir einen großen, offenen Platz erreichten. Die Sonne versetzte mir einen Schock und verursachte mir Übelkeit,

und doch, wie innig wünschte ich mir Sonnenschein, wie sehnte ich mich danach, und trotzdem stieß er mich ab und schien mich zu verbrennen wie die Striemen einer Peitsche.
Wir waren nicht mehr weit von dem Kloster entfernt. Meine Beine würden gleich unter mir nachgeben. Ich schaute mich immer wieder um. Die beiden glanzvollen, goldstrahlenden Gestalten folgten uns schweigend, doch Setheus bedeutete mir weiterzugehen und sagte: »Wir sind ja da, wir sind bei dir.«
»Ich weiß nicht so recht, ich weiß es nicht!«, wandte Ramiel abermals ein. »Filippo ist noch nie zuvor in einer solchen Klemme gewesen, noch nie zuvor war er einer solchen Versuchung ausgesetzt, einer solchen Erniedrigung ...«
»Weshalb wir nun abberufen worden sind, damit wir uns nicht in das einmischen, was Filippo widerfahren soll. Wir wissen doch, dass wir kurz davor standen, in große Schwierigkeiten zu geraten wegen Filippo und seiner Taten. Ach, Filippo! Jetzt wird es mir klar, jetzt erkenne ich den zu Grunde liegenden Plan.«
»Wovon sprechen sie?«, wollte ich von den Männern wissen. »Sie sagen etwas über Fra' Filippo.«
»Ach, wer sollte denn da reden, wenn ich fragen darf?«, sagte der Alte kopfschüttelnd, während er mich die Straße entlangführte, mich, den jugendlichen Wahnsinnigen mit dem klappernden Schwert, den er in seine Obhut genommen hatte.
»Sei jetzt still, mein Junge«, sagte der andere Mann, der die schwerere Last an mir zu tragen hatte. »Wir verstehen

deine Worte nun zwar sehr gut, aber dafür redest du unvernünftiger als zuvor. Jetzt sprichst du schon mit Leuten, die gar nicht da sind.«

»Fra' Filippo, den Maler meine ich, Was ist mit ihm?«, drängte ich. »Da gibt es doch Schwierigkeiten.«

»Ach, es ist nicht auszuhalten«, sagte der Engel Ramiel in meinem Rücken. »Es ist undenkbar, dass das geschehen sollte. Und wenn man mich fragt, was aber keiner tut, dann glaube ich, dass Cosimo de' Medici seinen Maler davor bewahren würde, wenn Florenz nicht mit Venedig im Krieg läge.«

»Aber vor was denn bewahren?«, wollte ich wissen. Ich sah dem Alten direkt in die Augen.

»Sohn, gehorch mir«, sagte der Alte nur, »geh aufrecht und lass dein Schwert nicht ständig gegen meine Seite stoßen, ich sehe auch so, dass du ein echter Signore bist, und der Name Raniari klingelt mir in den Ohren, so laut hallt er aus den fernen toskanischen Bergen! Und das Gold an deiner rechten Hand allein wiegt mehr als die Mitgift meiner beiden Töchter zusammen, ganz zu schweigen von den Juwelen. Aber hör auf, mich anzuschreien!«

»Es tut mir Leid. Es war keine Absicht. Es ist nur so, dass die Engel mir nichts Genaues sagen wollen.«

Der zweite meiner freundlichen Begleiter, der mir ohne den geringsten Versuch, mich zu bestehlen, beim Tragen der kostbaren Satteltaschen behilflich war, setzte zum Sprechen an:

»Wenn es um Fra' Filippo geht – der steckt bis zum Hals in Schwierigkeiten. Man will ihn der Folter unterziehen. Er liegt auf der Streckbank.«

»Nein, das kann nicht sein, nicht Filippo Lippi!« Ich blieb ruckartig stehen und rief: »Wer würde das einem so großen Maler antun?«
Ich drehte mich nach den beiden Engeln um, die jäh ihre Gesichter verbargen, mit den gleichen zarten Gesten, wie ich sie bei Ursula gesehen hatte, und dann begannen sie zu weinen. Ihre Tränen waren wie schimmernde Kristalle vollkommen klar. Sie schauten mich nur an. Ach, Ursula, dachte ich schmerzlich, wie schön sind diese Geschöpfe, und in welch einer Gruft schläfst du nun unter dem Hofe vom Blutroten Gral, dass du sie nicht sehen kannst, nicht sehen kannst, wie sie sich still und geheimnisvoll durch die Straßen bewegen?
»Es stimmt«, sagte Ramiel nun, »es ist die schreckliche Wahrheit. Was waren wir für Hüter, dass Filippo sich in solche Schwierigkeiten bringen konnte mit seiner Streitsucht und seinen Betrügereien? Und warum sind wir so hilflos?«
»Wir sind nur Engel«, sagte Setheus. »Ramiel, wir dürfen Filippo nicht anklagen: Wir sind keine Ankläger, wir sind Hüter, und um des Jungen willen, der ihn liebt, sage solche Dinge nicht.«
»Sie können doch Fra' Filippo nicht foltern«, rief ich aus. »Wen hat er denn betrogen?«
»Er hat sich das ganz allein zuzuschreiben«, erklärte der Alte. »Er hat jemanden betrogen. Er hatte einen Auftrag und hat die Arbeit verkauft, aber jeder weiß, dass einer seiner Gehilfen den größten Teil davon gemalt hat. Deshalb haben sie ihn auf die Streckbank gespannt. Aber man hat ihm keine allzu großen Schmerzen zugefügt.«

»Keine allzu großen Schmerzen?! Er ist ein so großartiger Maler!«, ereiferte ich mich. »Ihr sagt mir, sie foltern ihn? Warum überhaupt, wie kann man eine solche Dummheit überhaupt rechtfertigen, eine solche Beleidigung; es ist eine Beleidigung für die Medici.«

»Still, Kind, er hat gestanden«, mischte sich der jüngere Mann ein. »Er hat es schon so gut wie überstanden. Das ist mir vielleicht ein Mönch, dieser Fra' Filippo; wenn er nicht gerade hinter den Weibern her ist, dann ist er in eine Rauferei verwickelt.«

Wir hatten San Marco erreicht und standen auf der Piazza direkt vor den Toren des Klosters, die, wie es überall in Florenz üblich war, auf gleicher Ebene mit der Straße lagen – als würde der Arno nie über die Ufer treten! Und ich war überglücklich, diesen schützenden Hort zu sehen. Aber in meinem Geist tobte es. Jede Erinnerung an Dämonen und grausame Morde war von der schrecklichen Vorstellung überdeckt, dass der Künstler, den ich mehr als alles andere schätzte, auf die Streckbank gespannt worden war wie ein gewöhnlicher Schurke.

»Er … nun, er benimmt sich manchmal wie ein gewöhnlicher … Schurke!«, murmelte Ramiel.

»Er wird aus der Sache rauskommen«, sagte der Alte, »er zahlt eben einfach eine Strafe.« Er klingelte an der Klosterpforte. Dabei tätschelte er mich mit seiner müden, trockenen Hand. »Hör auf zu weinen, Kind, hör auf. Filippo ist nun einmal ein Ärgernis, das weiß man doch. Es könnte gar nicht schaden, wenn er ein bisschen von der Heiligkeit des Fra' Giovanni an sich hätte, nur ein bisschen!«

Fra' Giovanni. Natürlich, damit meinten sie den großen Fra' Angelico, den Maler, vor dessen Werken man in zukünftigen Jahrhunderten vor Ehrfurcht erstarrt niedersinken würde. Und hier, in diesem Kloster, da lebte und arbeitete er, denn er schmückte im Auftrag Cosimos die Zellen der Mönche mit seinen Gemälden aus.

Was sollte ich sagen? »Ja, ja, Fra' Giovanni, aber dem … dem … gehört meine Liebe nicht.« Doch, ich liebte ihn schon, ich verehrte ihn und seine wunderbaren Arbeiten, aber das konnte man nicht mit der tiefen Liebe vergleichen, die ich für Filippo hegte, den ich doch nur einmal gesehen hatte. Wie konnte man so etwas Seltsames erklären?

Plötzlich überfiel mich eine scheußliche Übelkeit. Ich wandte mich schnell von meinen Begleitern ab, und dann ergoss sich auch schon mein Mageninhalt auf die Straße – widerliche Überreste dessen, was jene Teufelsbrut mir eingeflößt hatte, ein ekliges, halb verdautes Gemisch aus Blut und Wein, das sich stinkend auf der Straße ausbreitete und zwischen den Pflastersteinen versickerte.

In diesem Augenblick wurde mir aufs Neue das ganze grausame Geschehen am Hofe vom Blutroten Gral bewusst. Hoffnungslosigkeit nahm Besitz von mir, in meinen Ohren tönte das Flüstern der Dämonen, *wahnsinnig, verhöhnt,* das hatten sie gesagt, und Zweifel stiegen in mir auf, Zweifel an allem – an dem, was ich gesehen hatte, an mir selbst, an dem, was mir gerade erst widerfahren war.

In einem Traumwald ritten mein Vater und ich und sprachen über Filippos Malerei; ich war ein eifriger Student,

ein junger Fürst, und die Welt lag mir zu Füßen, und meine Nase sog den heimeligen Geruch der Pferde ein, der sich mit dem Duft der Wälder mischte.
Wahnsinnig, *verhöhnt*, obwohl du unsterblich hättest sein können.
Nachdem ich mich wieder aufgerichtet hatte, lehnte ich mich gegen die Kostermauern. Der blaue Himmel war so grell, dass ich die Augen schließen musste, doch genoss ich die Wärme. Während mein Magen sich langsam beruhigte, versuchte ich, ganz starr geradeaus zu sehen. Ich kämpfte gegen den Schmerz, den das helle Licht mir verursachte, denn eigentlich sollte ich das Licht doch lieben, mich auf seine Wohltat verlassen können. Das Antlitz des Engels Setheus schob sich vor meine Augen, so dicht, dass es mein Gesichtsfeld ausfüllte. Er betrachtete mich mit tiefer Anteilnahme.
»Lieber Gott, du bist ja wirklich hier«, hauchte ich.
»Ja«, antwortete er, »ich hatte es dir versprochen.«
»Du verlässt mich doch nicht, oder?«, fragte ich.
»Nein«, bestätigte er.
Über seine Schulter hinweg nahm Ramiel mich in Augenschein, als wenn er mich nun zum ersten Mal gründlich, mit Muße und Anteilnahme, begutachten könnte. Sein kürzeres, locker fallendes Haar ließ ihn jünger erscheinen, obwohl eine solche Unterscheidung eigentlich bedeutungslos war.
»Ganz bedeutungslos«, flüsterte er, dabei lächelte auch er, zum ersten Mal. Dann sagte er:
»Tu, was diese Männer dir sagen. Lass dich ins Kloster bringen, und dann musst du schlafen, wie es die Natur

von dir verlangt, und wenn du wieder aufwachst, werden wir bei dir sein.«

»Aber es ist so grausam, die ganze Geschichte ist grauenvoll«, flüsterte ich. »Solche Gräuel hat Filippo nie gemalt.«

»Wir sind nichts Gemaltes«, sagte Setheus. »Was Gott für uns vorgesehen hat, werden wir gemeinsam herausfinden, du und Ramiel und ich. Und nun musst du hineingehen. Da kommen die Mönche. Wir übergeben dich ihrer Pflege, und wenn du erwachst, werden wir an deiner Seite sein.«

»Wie in dem Gebet«, flüsterte ich.

»Oh, ja, genau so«, sagte Ramiel. Er hob die Hand. Ich sah den Schatten seiner Hand und spürte die seidige Berührung seiner Finger, als er mir die Augen schloss.

10

In dem ich mit den unschuldsvollen, mächtigen Söhnen Gottes ein Gespräch führe

Ja, ich schlief, und zwar sehr tief, aber erst eine ganze Zeit später. Zunächst einmal hatte ich nur verschwommene, traumgleiche Eindrücke von einer wundersam behüteten Umgebung.

Es hätte in ganz Florenz keinen besseren Ort für mich geben können – außer vielleicht das Haus Cosimos – als das Dominikanerkloster San Marco.

Nun kenne ich in Florenz eine Menge hervorragender Bauwerke und solche Herrlichkeiten, dass ich mir selbst damals, als Knabe, die ganzen Kostbarkeiten gar nicht merken konnte. Aber nirgendwo gab es ein friedvolleres Kloster als San Marco, das vor nicht allzu langer Zeit erst von dem Künstler Michelozzo, einem höchst demütigen und anständigen Mann, auf Cosimo des Älteren Behuf hin renoviert worden war. Es hatte eine lange, ehrwürdige Geschichte, aber erst seit kurzem war es den Dominikanern übergeben worden, die bestimmte Auflagen erfüllen mussten wie sonst kein Kloster. Ganz Florenz wusste, dass Cosimo ein ganzes Vermögen über San Marco ausgeschüttet hatte, vielleicht als Wiedergutmachung für den Geldsegen, an den er durch Wucherei gekommen war, denn als Geldverleiher nahm er natürlich

Zinsen, die sicher manchmal an Wucher grenzten; da wir Geld in seine Bank gesteckt hatten, waren wir, so gesehen, auch Wucherer. Wie immer der Fall lag, Cosimo, unser *capo*, unser Oberhaupt, hatte dieses Kloster geliebt und es mit vielen Schätzen ausgestattet, und der größte davon bestand sicherlich in den wunderbar konstruierten neuen Gebäuden.

Cosimos Kritiker, die ewig Jammernden, die selbst nie etwas Großes zu Stande bringen, die, denen alles verdächtig ist, was sich nicht in einem permanenten Zustand des Zerfalls befindet, sagten allerdings über ihn: »Selbst auf dem Abtritt der Mönche lässt er noch sein Wappen anbringen!«

Sein Wappen ist übrigens ein Schild mit fünf vorstehenden Rundungen, deren Bedeutung man sehr unterschiedlich interpretiert, aber was seine Feinde mit der Bemerkung eigentlich sagen wollten, war: Cosimo habe seine Eier auf dem Abtritt der Mönche ausgestellt. Ha, was nun? Seine Feinde wären wahrscheinlich froh gewesen, solche Abtritte zu haben oder solche Eier.

Es wäre von seinen Gegnern viel klüger gewesen, darauf hinzuweisen, dass Cosimo häufig mehrere Tage, in Meditation und Gebet versunken, in dem Kloster verbrachte und dass der frühere Prior des Klosters, Fra' Antonino, ein guter Freund und Ratgeber Cosimos, nun Erzbischof von Florenz war.

So viel zu den Ignoranten, die selbst heute noch, fünfhundert Jahre später, Lügen über Cosimo verbreiten.

Als ich die Schwelle überschritt, dachte ich: Was um Himmels willen soll ich den Leuten hier in diesem Haus Gottes erzählen?

Der Gedanke war noch kaum meinem schläfrigen und, ich fürchte, drogenbetäubten Mund entsprungen, da vernahm ich Ramiels Lachen an meinem Ohr. Ich versuchte zu sehen, ob er an meiner Seite war. Aber ich schluchzte wieder, und mir war übel und schwindelig, und ich merkte kaum etwas, außer dass wir eine wunderbar stille, heitere Klosteranlage betreten hatten.

Die Sonne brannte mir so heftig in den Augen, dass ich nicht in der Lage war, Gott für die Schönheit des grünen Gartenquadrates im Zentrum dieser Anlage zu danken, aber ich nahm die niedrigen runden Bogengänge, die von Michelozzo stammten, sehr deutlich und voller Entzücken wahr, diese Bögen, die sich so weich und blass und demütig über mir wölbten.

Und die gelassene Ruhe, die allein schon die Säulen mit ihren kleinen eingerollten ionischen Kapitellen hervorriefen, verstärkte das Gefühl noch, sicher und friedvoll untergebracht zu sein. Michelozzo besaß die große Gabe, perfekte Proportionen zu schaffen. Er brach mit seinem Baustil die Räume auf, öffnete und weitete sie. Und diese weiten, geräumigen Innenhöfe waren sein Markenzeichen.

Nichts könnte die Erinnerung an die hochragenden, dolchscharfen gotischen Spitzbögen in mir auslöschen, an diese altfränkische Burg mit den filigranen steinernen Spitzen, die voller Feindseligkeit auf den Allmächtigen zu zeigen schienen. Und obwohl mir klar war, dass ich diesen Architekturstil und seine Absicht falsch beurteilte – denn er war für die Deutschen und die Franzosen ein Symbol für die Hinwendung zu Gott, ehe Florian

und sein Hof vom Blutroten Gral sich dieses Stils bemächtigt hatten –, so konnte ich doch das verhasste Bild nicht aus meinem Geiste verbannen.
Während ich diese florentinischen Bauwerke betrachtete, entspannte ich all meine Glieder in dem krampfhaften Bemühen, mich nicht schon wieder zu übergeben.
Der riesige Mönch, ein Bär von einem Mann, der mich mit steter, unveränderter Freundlichkeit anstrahlte, trug mich auf seinen stämmigen Armen durch das Kloster, durch den glühend heißen Garten, während andere in ihren wehenden schwarzen und weißen Kutten herbeiliefen und uns, noch im Laufen, zu umringen schienen. Ich konnte meine Engel nicht mehr sehen, doch diese Männer mit ihren schmalen, strahlenden Gesichtern kamen Engeln so nahe, wie es auf Erden nur möglich ist.
Da ich das Kloster schon früher besucht hatte, merkte ich schnell, dass man mich nicht in das Hospital brachte, wo an die Kranken von Florenz Medikamente ausgeteilt wurden, aber auch nicht in die Unterkünfte für die Pilger, in denen es ständig von Opfernden und Betenden wimmelte, sondern man brachte mich ins obere Stockwerk, direkt in die Halle, von der die Zellen der Mönche abgingen.
In einem Anflug von Übelkeit überwältigte mich plötzlich die Schönheit und zog mir die Kehle zusammen, als ich am Kopfende des Flures über die Wand ausgebreitet Fra' Giovannis Fresco *Die Verkündigung* erblickte.
Mein Gemälde! *Die Verkündigung!* Mein auserwähltes Gemälde, das Gemälde, das mir mehr bedeutete als jedes andere religiöse Motiv. Nein, es war natürlich nicht mein

genialer, chaotischer Filippo Lippi, nein, aber es war *mein* Gemälde, und sicherlich war das doch ein Omen dafür, dass kein böser Geist eine Seele durch das Gift aufgezwungenen Blutes der Verdammnis anheim geben konnte.

Ist dir Ursulas Blut denn aufgezwungen worden? Abscheulicher Gedanke! Verbanne die Erinnerung daran, wie sich ihre weichen Finger von dir lösen mussten, du Tor, du trunkener Tor, verbanne die Erinnerung an ihre Lippen, an die langen Küsse, durch die sie das dickflüssige Blut in deinen Mund träufeln ließ.

»Seht euch das an!«, rief ich aus und zeigte mit einem unsicheren Arm auf das Gemälde.

»Ja, ja, es gibt hier so viele davon«, sagte der große, lächelnde, bärenhafte Mönch.

Natürlich hatte das Fra' Giovanni gemalt. Wer hätte das nicht auf den ersten Blick sehen können? Außerdem kannte ich es. Und Fra' Giovanni – und ich will Sie noch einmal daran erinnern, dass er später als Fra' Angelico bekannt war – hatte beide, Engel und Jungfrau, sehr ernst, sanft, zärtlich, aber auch sehr schlicht dargestellt, durchdrungen von Demut und bar jeder Ausschmückung; und die Szene spielte zwischen tiefen Rundbögen, wie sie auch hier in diesem Kloster zu finden waren.

Während der kräftige Mönch mit mir auf dem Arm in den breiten Gang einbog – und breit war der Gang, so herrlich glänzend und streng und schön in meinen Augen –, versuchte ich Worte zu finden, denn das Bild dieses gemalten Engels haftete in meinem Gedächtnis. Sollten sie noch um mich sein, wollte ich Ramiel und Setheus erklären: Seht, Gabriels Schwingen bestehen nur aus einfachen bunten Streifen, und seht, sein Gewand fällt ganz symmetrisch in ordentlichen Falten. All das konnte ich sehr gut erkennen, wie ich auch die übermächtige Hoheit meiner beiden Engel erkannte, doch ich faselte nur wieder unverständliches Zeug.

»Die Heiligenscheine«, sagte ich. »Ihr zwei, wo seid ihr? Über eurem Haupt schweben auch Heiligenscheine. Ich habe es gesehen. Bei euch draußen in der Gasse wie auch auf dem Gemälde. Aber auf dem Bild von Fra' Giovanni ist der Heiligenschein flach, eine feste goldene Scheibe, direkt auf die glatte Leinwand gemalt.«

Die Mönche lachten. »Mit wem sprecht Ihr, junger Signore di Raniari?«, fragte einer. Und der riesenhafte Mönch sagte mit dröhnender Bassstimme, deren Vibrationen ich durch seine gewölbte Brust hindurch spürte: »Sei ruhig, Kind. Du bist bei uns gut aufgehoben. Und nun musst du still sein, denn dort, siehst du, ist die Bibliothek. Siehst du dort die Brüder arbeiten?«

Darauf waren sie stolz, nicht wahr? Trotz der Gefahr, dass ich mich auf unserem Weg über den Gang möglicherweise mitten auf den makellosen Boden übergab, hielt der Mönch inne, um mir einen Blick durch die geöffnete Tür zu gönnen, wo in einem lang gestreckten Raum voller Bücher viele Mönche bei der Arbeit waren. Was ich jedoch ebenfalls sah, war das von Michelozzo entworfene Deckengewölbe, das nicht steil aufstrebend emporragte, sondern sich sanft über die Köpfe der Mönche legte und Licht und Luft um sie aufsteigen ließ.

Offenbar hatte ich Erscheinungen. Ich sah Gestalten

doppelt und dreifach, wo nur eine sein konnte, und in einem kurzen Aufblitzen sah ich ein Durcheinander von Engelsflügeln, mir zugewandte schmale Gesichter, die mich hinter einem Schleier übernatürlicher Heimlichkeit betrachteten.

»Seht Ihr?«, war alles, was ich sagen konnte. Ich musste in diese Bibliothek, ich musste Texte finden, in denen diese Dämonen erklärt würden. Ja, ich hatte noch nicht aufgegeben! Oh, nein, noch war ich kein brabbelnder Idiot. Gottes Engel persönlich standen mir zur Seite. Ich würde Ramiel und Setheus mit in die Bibliothek nehmen und ihnen die Schriften zeigen.

Wir wissen Bescheid, Vittorio, befreie deinen Geist von diesen Bildern, wir sehen sie ja.

»Wo seid ihr?«, rief ich.

»Still«, befahl der Mönch.

»Aber werdet ihr mir behilflich sein, dorthin zurückzugehen und sie zu töten?«

»Was brabbelst du da?«, sagten die Klosterbrüder.

Cosimo war der Schirmherr dieser Bibliothek. Als der alte Niccolo de' Niccoli starb, der berühmt für seine Büchersammlung gewesen war und mit dem ich in Vespasianos Buchladen oft gesprochen hatte, da hatte Cosimo dessen religiöse Schriften und Bücher allesamt diesem Kloster hier gespendet. Und deshalb würde ich sie hier finden, in dieser Bibliothek, und ich würde bei dem heiligen Augustin oder bei Aquin Beweise dafür finden, was das für Teufel waren, mit denen ich gekämpft hatte.

Nein, ich war nicht wahnsinnig, ich hatte noch nicht auf-

gegeben. Ich war kein sabbernder Idiot. Wenn nur die Sonne, die selbst in die hoch gelegenen kleinen Fenster dieses luftigen Plätzchens drang, mir nicht mehr die Augäpfel kochen und die Hände versengen würde.
»Ruhig, ganz ruhig«, murmelte der riesenhafte Mönch, immer noch lächelnd. »Du brabbelst wie ein Baby. Aggel, gaggel, grrrr, hörst du? Nun pass auf, in der Bibliothek ist viel zu tun. Sie ist heute für die Bürger geöffnet. Alle sind sehr beschäftigt.«
Er ging an der Bibliothek vorbei und brachte mich in eine Zelle, die nur ein paar Schritte entfernt lag. »Da unten …«, fuhr er fort, als wollte er mit seinen Worten ein unruhiges Baby beschwichtigen, »… nur ein paar Schritte von uns entfernt, ist die Zelle des Priors, und rate, wer just in dieser Minute dort ist. Der Erzbischof!«
»Antonino«, flüsterte ich.
»Ja, ja, du hast es genau richtig gesagt. Einst unser Antonino. Nun, er ist hier, und rate, warum.«
Ich war zu erschöpft, um zu antworten. Jetzt scharten sich die anderen Mönche um mich. Sie wuschen mich mit kühlen Tüchern und strichen mir das Haar zurück.
Sie hatten mich in ein großes, sauberes Gemach gebracht. Ach, wenn nur die Sonne nicht mehr schiene! Was hatten diese Dämonen mit mir gemacht? Hatten sie mich schon zur Hälfte in einen Dämon verwandelt? Konnte ich es wagen, um einen Spiegel zu bitten?
Als man mich erst einmal auf ein weich gepolstertes Bett gesetzt hatte, verlor ich die Kontrolle über den ganzen Körper, und mir wurde abermals übel. Die Mönche hielten mir ein silbernes Becken vor.

Gleißend flimmerte die Sonne auf einem Fresco und ließ die abgebildeten Figuren aufleuchten, doch ich war nicht in der Lage, sie in diesem Licht, das mir solche Schmerzen bereitete, zu betrachten. Es kam mir so vor, als wären noch mehr Wesen in dieser Zelle. Waren es Engel? Ich sah durchscheinende Wesen, die dahintrieben, sich rührten, aber ich konnte die Umrisse nicht klar erkennen. Nur das Fresco mit seinen in die Mauer eingebrannten Farben schien mir fest, beständig, real zu sein.

»Werden sich meine Augen nie mehr erholen?«, fragte ich. Ich glaubte, ich hätte einen Blick auf eine engelhafte Gestalt im Eingang der Zelle erhascht, aber es war weder Setheus noch Ramiel. Hatte das Wesen etwa Fledermausflügel? Wie die Dämonen? Ich fuhr erschreckt auf. Aber es war fort. Geraschel, Flüstern. Wir wissen es.

»Wo sind meine Engel?«, rief ich weinend. Ich sprach den Namen meines Vaters und meines Großvaters vor mich hin, und aller di Raniari, an die ich mich erinnern konnte.

»Schhhh«, machte ein junger Mönch, »man hat Cosimo gesagt, dass du hier bist. Aber heute ist ein schrecklicher Tag. Wir können uns an deinen Vater erinnern. Nun komm, wir wollen dir diese schmutzigen Kleider ausziehen.«

In meinem Kopf verschwamm alles. Das Gemach war verschwunden. Trunkener Schlaf, ein Blick auf sie, meine Retterin Ursula. Sie lief über die blühenden Wiesen. Wer verfolgte sie, wer war das? Wer vertrieb sie aus dem nickenden, wogenden Blumenmeer? Purpurne Iris brachen unter ihren Füßen. Sie drehte sich um. Nein, Ursula,

nein! Dreh dich nicht um. Siehst du nicht das Flammenschwert?
Als ich erwachte, saß ich in einem warmen Bad. War das das verfluchte Taufbecken? Nein. Ich sah das Fresco, verschwommen erkannte ich die heiligen Gestalten, dann deutlicher die echten, lebendigen Klosterbrüder, die auf dem Steinboden knieten, ihre weiten Ärmel aufgerollt hatten und mich mit dem parfümierten Wasser wuschen.
»Ah, Francesco Sforza ...« Sie unterhielten sich auf Lateinisch. »Mailand zu stürmen und das Herzogtum in Besitz zu nehmen! Als ob Cosimo nicht schon ohne Sforza genug Ärger hätte.«
»Tatsächlich? Hat er Mailand eingenommen?«, fragte ich.
»Was hast du gesagt? Ja, mein Sohn, so ist es. Er hat den Frieden gebrochen. Und deine ganze Familie, deine armen Verwandten, alle von Freibeutern ermordet! Glaub nur nicht, sie werden ungestraft bleiben, diese verdammten Venezianer, die sich hier wie die Wilden aufführen ...«
»Nein, nicht! Ihr müsst es Cosimo sagen! Es hatte mit dem Krieg nichts zu tun, was meiner Familie widerfahren ist. Das waren keine menschlichen Wesen ...«
»Still, Kind.«
Züchtige Hände ließen das Wasser aus einem Schwamm über meine Schultern rinnen, während ich erschöpft an dem warmen Metall der Wanne lehnte.
»... di Raniari, sie waren immer treu«, sagte einer der Mönche. »Und dein Bruder sollte schon bald hier bei uns seine Studien aufnehmen, dein lieber Bruder Matteo ...«
Ich stieß einen entsetzlichen Schrei aus. Eine freundliche Hand verschloss mir den Mund.

»Sforza wird sie eigenhändig bestrafen. Er will das Land von solchen Schurken befreien.«
Ich weinte, ich konnte gar nicht mehr aufhören. Niemand verstand mich. Keiner wollte mir zuhören. Die Mönche stellten mich auf die Füße und zogen mir ein langes, bequemes Leinengewand an. Es kam mir vor, als würde ich für eine Hinrichtung zurechtgemacht, aber diese Gefahr war schon an mir vorübergegangen.
»Ich bin nicht wahnsinnig!«, sagte ich deutlich.
»Nein, natürlich nicht, der Kummer hat dich verwirrt.«
»Ihr versteht, was ich sage!«
»Du bist müde.«
»Dein Bett ist schön weich, wir haben es extra für dich herbringen lassen. Nun sei ruhig, lass die Fantasien.«
»Dämonen haben es getan«, flüsterte ich. »Es waren keine Söldner.«
»Ich weiß, mein Sohn, ich weiß. Krieg ist etwas Schreckliches. Krieg ist Teufelswerk!«
Aber es hatte nichts mit dem Krieg zu tun gehabt! Hört mir doch endlich zu!

Pst, ich bin's, Ramiel, direkt neben dir; sagte ich dir nicht, dass du schlafen sollst? Wir haben deine Gedanken und deine Worte gehört!

Ich legte mich bäuchlings lang ausgestreckt auf das Bett. Die Mönche kämmten und trockneten mir das Haar. Es war so lang geworden! Unfrisiertes Haar, wie der Landadel es trug. Aber es tat so unsäglich gut, gebadet und herrenmäßig sauber zu sein.

»Ist das Kerzenlicht? Ist die Sonne untergegangen?«, fragte ich.
»Ja«, antwortete der Mönch, der neben mir saß. »Du hast geschlafen.«
»Kann ich mehr Kerzen bekommen?«
»Sicher, ich bringe sie gleich.«
Ich lag im Dunkeln. Ich blinzelte und versuchte, die Worte für ein *Ave* zusammenzubringen. In der Tür erschienen Lichter, sechs oder sieben auf einmal, und jedes bildete ein perfekt geformtes Flämmchen; als der Mönch näher kam, flackerten sie leise. Ich sah ihn ganz klar, als er niederkniete, um den Kandelaber neben mein Bett zu stellen. Er war lang und dünn wie ein junger Baum, und seine Kutte hing an ihm herab wie die Zweige an einer Trauerweide. Wie sauber geschrubbt seine Hände waren!
»Du hast eine besondere Zelle bekommen. Und Cosimo hat Leute ausgeschickt, deine Verwandten zu beerdigen.«
»Gott sei Dank dafür«, sagte ich.
»Ja.«
Also konnte ich wieder ordentlich sprechen!
»Da unten reden sie immer noch, dabei ist es schon spät«, sagte der Mönch. »Cosimo macht sich Sorgen. Er wird über Nacht hier bleiben. In der Stadt laufen venezianische Aufrührer herum und wiegeln das Volk gegen ihn auf.«
»Und nun schlaf«, sagte ein anderer Bruder, der plötzlich auftauchte. Er bückte sich und hob meinen Kopf an, um mir ein weiteres Kissen darunter zu schieben. Welch eine Wohltat! Mir fielen die Gefangenen in der Hürde ein. »Was für ein Graus! Es ist Nacht. Sie warten jetzt auf diese schauerliche Kommunion.«

»Wer, Kind? Was für eine Kommunion?«
Wieder sah ich Gestalten durch den Raum schweben, sie drückten sich in den dunklen Zimmerecken herum Aber schnell waren sie wieder verschwunden.
Ich musste mich schon wieder übergeben. Wo war das Becken? Die Mönche halfen mir und hielten meine Haare hoch. Sahen sie bei diesem Kerzenlicht das Blut? Fäden puren Blutes, und es stank so verdorben!
»Wie kann man einen solchen Giftanschlag überleben?«, flüsterte ein Mönch dem anderen zu. »Können wir es wagen, ihn zur Ader zu lassen?«
»Das wird ihm nur Angst machen. Sei ruhig. Er hat ja kein Fieber.«
»Ha, ihr habt euch schwer geirrt! Ihr dachtet, ihr könntet mir den Verstand rauben«, verkündete ich plötzlich. Ich schleuderte es Florian und Godric und dem ganzen Dämonenpack entgegen.
Die Mönche warfen mir äußerst verwunderte Blicke zu. Ich lachte auf. »Ich habe die gemeint, die mich erledigen wollten!«, sagte ich und sprach jedes einzelne Wort ganz besonders deutlich und betont aus.
Der magere Mönch mit den sauber geschrubbten Händen kniete neben mir und strich mir über die Stirn. »Und deine hübsche Schwester, die, die bald heiraten sollte, ist sie auch …?«
»Bartola! Was, sie sollte heiraten? Das wusste ich nicht. Nun, der Freier kann ihren Kopf mit ins Brautbett nehmen.« Ich begann zu weinen. »Im Finstern sind schon die Würmer am Werk. Und die Dämonen tanzen oben auf dem Berg, und die Stadt tut gar nichts.«

»Was für eine Stadt?«

»Du fantasierst schon wieder«, sagte ein Mönch aus einer dunklen Ecke. Wie deutlich er zu sehen war, obwohl er nicht im Umkreis der Kerzen stand. Seine Schultern hingen ein wenig, er hatte eine Hakennase und schwer herabhängende Augenlider. »Komm, armes Kind, hör auf mit den Fantastereien.«

Ich wollte protestieren, doch jäh erschien eine riesige, weiche Schwinge über mir, deren Federn alle mit Gold bestäubt waren, und hüllte mich ein. Am ganzen Leib spürte ich das sachte Kitzeln der Federn. Ramiel fragte: Was müssen wir tun, damit du endlich schweigst? Filippo braucht uns im Moment; wirst du uns endlich etwas Ruhe gönnen, damit wir uns um ihn kümmern können? Zu seinen Hütern hat uns Gott bestellt! Du brauchst gar nicht zu antworten. Gehorche mir! Die Schwinge löschte alles aus, meine Sicht und meinen Kummer. Schattig bleiche Dunkelheit. Gleichmäßig und vollständig. Die Kerzen standen hinter mir hoch oben auf einem Bord.

Ich erwachte und stützte mich auf die Ellenbogen. Mein Kopf war klar. Gleichmäßig brennende Kerzen, die nur ganz unmerklich flackerten, tauchten die Zelle in ein angenehmes Licht. Der Mond schien in das hoch gelegene Fenster. Seine Strahlen fielen auf das Fresco an der Wand, das eindeutig von Fra' Giovannis Hand stammte. Ich konnte es erstaunlich gut erkennen. Wirkte da schon das Dämonenblut? Ein seltsamer Gedanke kam mir. Er hallte durch mein Bewusstsein wie das helle Klingen einer goldenen Glocke: Ich selbst hatte keine Schutz-

engel! Meine Engel hatten mich verlassen! Sie waren gegangen, weil meine Seele verdammt war. Ich hatte keine Engel. Und Filippos Engel konnte ich sehen, weil mir die Dämonen diese Fähigkeit verliehen hatten, und aus noch einem weiteren Grund: Filippos Schutzengel hatten ständig Meinungsverschiedenheiten! Und deshalb hatte ich sie sehen können. Mir fielen ein paar Textstellen wieder ein. Von Aquin mussten sie sein, oder eher Augustin? Als ich Latein lernte, hatte ich von beiden so viel gelesen, denn ihre endlosen Erörterungen dieses Themas hatten mich immer entzückt. Da hieß es auch, dass Dämonen immer von Leidenschaften besessen seien, Engel jedoch nicht.
Aber diese beiden Engel waren sehr lebhaft. Und dadurch hatten sie den Schleier, der sie verhüllte, gelüftet.
Ich stieß die Bettdecke zurück und setzte meine Füße auf die nackten Fliesen, die so herrlich kühl, aber auch angenehm waren, denn da der Raum tagsüber die Sonnenwärme aufgesogen hatte, war er immer noch warm. Nicht die leiseste Zugluft wehte über den glänzenden, makellosen Boden.
Ich stellte mich vor das Wandgemälde. Mir war weder schwindelig noch übel, noch war ich unsicher auf den Füßen. Ich war wieder der Alte.
Fra' Giovanni musste wirklich eine unschuldige, unbeschwerte Seele gewesen sein. Nicht eine seiner Figuren zeigte eine Spur von Schlechtigkeit. Da war die Gestalt Jesu Christi am Fuße eines Berges abgebildet, sein goldener Heiligenschein war mit einem kleinen roten Kreuz verziert. Neben ihm standen dienstbare Engel. Einer reichte ihm Brot, der andere, von dem ein Teil fehlte,

weil an der Stelle des Bildes die Zimmertür eingelassen war, dieser andere Engel, dessen Flügelspitzen nur knapp zu sehen waren, hielt Wein und Fleisch in seinen Händen.
Weiter oben war Christus noch einmal abgebildet. Diesmal stand er auf dem Berg. Offensichtlich zeigte das Fresco eine Folge von biblischen Szenen. Er trug das gleiche blassrote, fließende, vielfach gefältelte Gewand, aber hier war er aufgebracht, soweit Giovanni das darstellen konnte, und er hatte die linke Hand wie im Zorn erhoben. Eine andere Gestalt floh vor ihm, das war der Teufel. Er war abscheulich dargestellt, mit diesen Fledermausflügeln, die ich wohl zuvor schon einmal gesehen hatte, und mit Auswüchsen an den Fersen seiner Füße und Haut zwischen den Zehen. Missmutigen Gesichts, in schmutziges Grau gekleidet, so floh er vor Christus, der sich dort in der Wüste standhaft weigerte, der Verlockung des Teufels nachzugeben. Und erst nach dieser Auseinandersetzung kamen die dienstbaren Engel, wie man auf dem folgenden Bild sah, und Christus setzte sich mit gefalteten Händen nieder.
Entsetzt sog ich die Luft ein, als ich auch hier die Abbildung eines Dämons erblickte. Doch dann durchfuhr mich eine solche Erleichterung, dass meine Haarwurzeln kribbelten und auch meine Füße, die ich fest gegen den glänzenden Boden gedrückt hatte. Ich hatte die Dämonen vertrieben! Ich hatte ihre Gabe, die Unsterblichkeit, abgelehnt! Obwohl sie mir mit Kreuzigung gedroht hatten!
Ich begann zu würgen, es war so heftig und schmerzhaft,

als hätte mir jemand in den Magen getreten. Suchend drehte ich mich um. Da war das Becken! Blitzblank gesäubert stand es auf dem Boden. Ich sackte auf die Knie, und aus meinem Magen kam abermals diese eklige, dickflüssige Masse. Gab es hier kein Wasser? Ich schaute mich um. Dort stand ein Krug mit schon gefülltem Becher. Als ich ihn an die Lippen setzte, verschüttete ich etwas, aber das Wasser schmeckte schal, ja sogar schlecht, und ganz scheußlich. Ich warf den Becher fort.

»Ihr Ungeheuer, ihr habt mich für alle normalen Dinge verdorben! Aber ihr werdet nicht gewinnen!«

Mir zitterten die Hände. Ich hob den Becher wieder auf, füllte ihn erneut und versuchte zu trinken. Doch ich empfand den Geschmack als unnatürlich. Wie soll ich es beschreiben? Es schmeckte nicht so ekelhaft wie Urin; es war eher wie Wasser, in dem sich Mineralien und Metalle in großen Mengen gelöst hatten, so dass auf der Zunge ein Kalkbelag zurückblieb, der irgendwie erstickend war. Es war einfach schlecht!

Ich stellte den Becher weg. Nun gut denn. Zeit also, das Studium anzugehen. Zeit, die Kerzen aufzunehmen, was ich auch tat.

Ich trat aus der Zelle. Die Halle davor war leer und schimmerte in dem matten Licht, das durch die Fensterluken oberhalb der niedrig gehaltenen Zellen fiel. Ich wandte mich nach rechts und gelangte zu den Türflügeln der Bibliothek. Sie waren unverschlossen. Mit dem Kandelaber in der Hand ging ich hinein. Auch hier wieder schenkte mir der stille Frieden, den Michelozzos Konstruktion ausstrahlte, eine tief empfundene Wärme, eine allumfassende Gläubigkeit, ein tiefes Vertrauen. Zwei Reihen aus Rundbögen und ionischen Säulen verliefen in der Mitte des Saales und bildeten einen langen Gang hin zu einer Tür am entgegengesetzten Ende. Rechts und links davon standen die Arbeitstische, und an den Wänden aufgestellt waren Regale über Regale mit alten Handschriften und Pergamentrollen.

Glücklich, ganz allein hier zu sein, schritt ich auf meinen nackten Füßen über den im Fischgrätmuster gepflasterten Boden, dabei hielt ich die Kerzen hoch über dem Kopf, damit die Helligkeit auch die Deckenwölbung ausfüllte. Durch Fenster auf beiden Seiten fielen bleiche Lichtstreifen zwischen den unzähligen, im Raum verstreuten Bücherborden hindurch. Doch ganz himmlisch und ruhevoll waren die hohen Decken. Wie kühn Michelozzo zu Werke gegangen war! Er hatte die Bibliothek wie eine Basilika gestaltet.

Wie hätte ich in meiner kindlichen Unwissenheit ahnen können, dass dieser Stil in ganz Italien nachgeahmt werden würde. Ach, damals gab es so viel Wundersames, nicht nur für die Menschen jener Zeit, sondern für alle Zeiten bestimmt.

Und? Was bin ich? Lebe ich überhaupt? Oder schreite ich stets Seite an Seite mit dem Tod, in Liebe zur dahinfließenden Zeit entbrannt?

Ich blieb stehen. Wie sehr meine Augen das glänzende Mondlicht liebten. Wie sehr ich mich danach sehnte, für immer hier stehen zu können, traumversunken, mit geistigen und seelischen Werten beschäftigt und ohne Erinnerung an die elende, in ihren Ketten schmachtende

Stadt auf dem verfluchten Berg mit der nahen Burg, die vielleicht gerade in diesem Augenblick wieder ihr gespenstiges, garstiges Licht verströmte.
Durfte ich die Ordnung dieses Bücherreichtums stören? Der Mönch, der diese Bibliothek katalogisiert hatte, ebendieser Gelehrte, war nun Nicholas V., Papst über die gesamte Christenheit.
Ich ging mit erhobenem Leuchter an den Borden zu meiner Rechten entlang. Standen die Bücher in alphabetischer Reihenfolge? Ich dachte mir, Aquin wäre der Richtige, denn seine Werke waren mir geläufiger, doch dann stieß ich auf den heiligen Augustin. Ich hatte seine Schriften schon immer gemocht, seinen lebhaften, spannenden Stil und seine exzentrischen Vorstellungen.
»Ah, du hast ausführlicher über Dämonen geschrieben, du bist viel passender!«, murmelte ich.
Vom Gottesstaat! Da war es, mehrere Kopien hintereinander, außerdem mehrere Auslegungen dieses Meisterwerkes, ganz zu schweigen von den anderen Schriften dieses berühmten Heiligen, die *Bekenntnisse*, die mich mindestens so sehr gefesselt hatten wie ein römisches Drama, wenn nicht mehr. Einige dieser Bücher waren sehr alt, aus dickem, grob geschnittenem Pergament hergestellt, andere hatten einen aufwendigen Einband, aber es gab auch einfache, ganz neue Ausgaben.
Aus wohlwollender Rücksichtnahme heraus sollte ich besser das Werk mit dem robustesten Einband nehmen, selbst wenn ich in Kauf nehmen musste, dass es vielleicht einen Fehler enthielt, und Gott weiß, wie sehr die Mönche sich bemühten, beim Kopieren keine Fehler zu ma-

chen. Ich wusste, wonach ich suchen musste. Den Band über Dämonen hatte ich nämlich faszinierend und recht lustig gefunden und gedacht, dass da doch ein ziemlicher Unsinn stand. Ach, was war ich für ein Narr gewesen!
Ich nahm das schwere, fette Buch herunter, legte es in meine Armbeuge, ging zum nächsten Pult und stellte dann den Leuchter sorgfältig vor mir auf, so dass er genug Licht gab, aber keinen Schatten auf die Seiten warf; dann schlug ich das Buch auf.
»Es steht alles da drin!«, flüsterte ich. »Nun zeig mir, Augustin, was das für Wesen waren, damit ich Ramiel und Setheus überzeugen kann, dass sie mir helfen müssen. Oder zeig mir, wie ich diese Florentiner Bürger überzeugen kann, die zurzeit nichts anderes im Kopf haben, als gegen die Söldner der Republik Venedig Krieg zu führen. Hilf mir, Heiliger, bitte!«
Ah, Kapitel zehn, Band neun, das kam mir bekannt vor …
Augustin zitierte beziehungsweise erklärte hier Plotin:

… dass der Leib des Menschen sterblich ist, ist allein dem Mitleid Gottes zu verdanken, der uns nicht in Ewigkeit dem Elend dieses irdischen Lebens aussetzen wollte. Da aber die Dämonen derart der Sünde verfallen sind, befand er sie dieses Mitleids nicht wert, und da ihr Zustand ein so elender ist und ihre Seele so sehr den Leidenschaften anheim gegeben, hat Gott ihnen den sterblichen Leib versagt, den er dem Menschen schenkte, sondern ihnen einen unsterblichen Leib gegeben.

»Ah, ja!«, nickte ich. »Und den hat Florian mir geboten, denn er prahlte damit, dass sie nicht altern oder verfallen und keine Krankheit ihnen etwas anhaben kann; ich hätte wie sie ewig leben können. Sündig ist das, sündig. Nun, das ist ein Beweis, hier ist er, ich kann ihn den Mönchen vorlegen.«
Ich las weiter, überflog die Seiten, um weitere wichtige Punkte zu finden, die meine Behauptung unterstützen würden. Ah, da, in Kapitel elf:

Apuleius sagt auch, dass die Seelen der Menschen Dämonen sind. Wenn sie den sterblichen Leib verlassen, verwandeln sie sich in Laren, sofern sie sich zuvor als gut erwiesen hatten, und wenn sie dem Bösen angehangen hatten, so werden sie zu Lemuren oder Larvae.

»Ja, Lemuren, das Wort kenne ich. Lemuren oder Larvae – verpuppte Ungeheuer! Und hat Ursula nicht gesagt, dass auch sie einst jung war, jung wie ich? Auch die anderen waren einst Menschen, und nun sind sie zu Lemuren geworden.«
Erregung hatte mich gepackt. Ich brauchte Papier und Feder. Ich musste die Stellen markieren. Ich musste mir aufschreiben, was ich da gefunden hatte, und dann weitersuchen. Denn der nächste Schritt bestand ganz klar darin, Ramiel und Setheus zu überzeugen, dass sie sich auf das größte –
Meine Gedanken wurden jäh unterbrochen. Ein Wesen hatte hinter meinem Rücken die Bibliothek betreten. Ich hörte schwere Schritte, die allerdings irgendwie gedämpft

wirkten, und hinter mir verdunkelte sich der Raum, als wenn die zarten, verstohlenen Strahlen des Mondes, die in den gegenüberliegenden Gang fielen, irgendwie unterbrochen worden wären.

Ich wandte langsam den Kopf und blickte über die Schulter.

»Und warum wählst du die Linke?«, fragte dieses Wesen, das Schwingen trug und riesenhaft vor mir aufragte. Sein Antlitz schien hell im flackernden Kerzenschein zu strahlen, und die leicht angehobenen Brauen waren so gerade, dass sie einen strengen Ausdruck hervorriefen. Die Erscheinung hatte ungebärdiges goldenes Haar, wie der Pinsel Fra' Filippos es gemalt hatte, das sich unter einem mächtigen roten Streithelm lockte. Die Flügel an ihrem Rücken waren in schweres Gold getaucht. Sie trug eine Rüstung mit verziertem Harnisch und großen Spangen auf den Schultern, und um ihre Mitte wand sich eine Schärpe aus blauer Seide. Das Schwert steckte in der Scheide, und an einem Arm hing locker ein Schild mit rotem Kreuz darauf. Einen Engel wie ihn hatte ich noch nie gesehen.

Aber ich erklärte sofort: »Ich brauche dich!« Dabei stand ich auf und stieß die Bank zurück, packte sie aber mit einem schnellen Griff, um zu vermeiden, dass sie unter Geklapper umfiel. Ich schaute dem Wesen ins Gesicht.

»Du brauchst mich?«, sagte er mit unterdrückter Empörung. »Tatsächlich? Du, der du Ramiel und Setheus von Fra' Filippo abgelenkt hast? Du brauchst mich? Weißt du, wer ich bin?«

Seine Stimme war überwältigend, volltönend, seidig, wild und durchdringend, aber tief.

»Weil du ein Schwert hast«, sagte ich erklärend.
»Ah, ja, und wozu?«
»Um sie alle zu töten, alle!«, sagte ich. »Um mich zu dieser Burg zu begleiten, am hellen Tage. Weißt du, wovon ich spreche?«
Er nickte. »Ich weiß von deinen Träumen und deinem Geplapper; ich weiß, was Ramiel und Setheus deinem fiebrigen Geist entnehmen konnten. Natürlich weiß ich Bescheid. Du sagst, du brauchst mich? Dabei liegt Fra' Filippo mit einer Hure im Bett, die seine vor Schmerzen brennenden Glieder leckt, und eins besonders, das ihretwegen brennt!«
»Und so redet ein Engel!«, sagte ich vorwurfsvoll.
»Mach dich nicht über mich lustig, oder du bekommst einen Klaps«, sagte er. Seine Flügel hoben und senkten sich leicht, als wollten sie ein Seufzen ausdrücken oder eher ein aufgebrachtes Aufkeuchen.
»Dann schlag mich!«, sagte ich. Meine Augen weideten sich an seiner glitzernden Schönheit, an seinen glatten, ernsthaften Wangen, an dem roten Umhang, der mit Spangen an der Stelle seiner Tunika befestigt war, die über der Rüstung hervorschaute. Dann fuhr ich drängend fort: »Aber begleite mich zu dem Berg und töte sie.«
»Warum erledigst du das nicht selbst?«
»Glaubst du, das könnte mir gelingen?«, wollte ich wissen.
Seine Züge glätteten sich. Seine Unterlippe schob sich kaum merklich vor, während er nachdachte. Sein Kiefer und sein Nacken zeugten von großer Kraft, waren viel mächtiger als bei Ramiel und Setheus, deren Äußeres

insgesamt jugendlicher wirkte; er schien der bewundernswerte ältere Bruder zu sein.
»Du bist nicht der gefallene Engel, nicht wahr?«, fragte ich.
»Wie kannst du es wagen!«, flüsterte er und fuhr aus seiner ruhigen Versunkenheit auf. Seine Miene verdüsterte sich erschreckend.
»Dann bist du Mastema, genau der! Die beiden nannten deinen Namen, Mastema.«
Er nickte und lächelte höhnisch. »Natürlich haben sie meinen Namen genannt!«
»Und hat das etwas zu bedeuten, erhabener Engel? Dass ich dich anrufen kann? Dass ich die Macht habe, dir zu befehlen?« Ich drehte mich um und angelte nach dem Buch.
»Leg das Buch fort!«, sagte er ungeduldig, aber kühl. »Hier steht ein Engel vor dir, Junge, sieh mich an, wenn ich mit dir spreche!«
»Ah, du redest wie Florian, der Dämon aus der fernen Burg. Du hast die gleiche Beherrschung und den gleichen Tonfall. Was willst du von mir, Engel? Warum bist du gekommen?«
Er schwieg, als fehlte ihm die Antwort darauf. Dann schoss seine Frage hervor: »Was denkst du denn?«
»Weil ich gebetet habe?«
»Ja«, sagte er kalt. »Ja! Und weil die hier deinetwegen zu mir gekommen sind.«
Ich riss die Augen auf. Licht drang in sie ein, doch verursachte es mir keinen Schmerz. Leise, süße Klänge hallten in meinen Ohren. Links und rechts von ihm waren

Ramiel und Setheus erschienen und richteten ihre milden, viel sanfteren Blicke auf mich. Mastema schaute mit hochgezogenen Augenbrauen auf mich nieder.
»Fra' Filippo ist betrunken«, bemerkte er. »Und wenn er erwacht, wird er noch mehr trinken, bis er keine Schmerzen mehr hat.«
»Was für eine Dummheit, einen berühmten Maler zu foltern!«, sagte ich. »Aber du weißt schließlich, wie ich darüber denke.«
»Ha, und auch, wie alle Weiber in Florenz darüber denken«, sagte Mastema, »und sämtliche großen Männer, die für seine Bilder zahlen, nur dass ihre Gedanken nun auf den Krieg gerichtet sind.«
»Ja«, stimmte Ramiel zu, während er beschwörend zu Mastema herüberschaute. Sie waren gleich groß, aber da sich Mastema nicht umdrehte, trat Ramiel ein wenig vor, als wollte er seinen Blick auffangen.
»Das ganze Leben ist Krieg«, sagte Mastema. »Ich habe dich schon einmal gefragt, Vittorio di Raniari, weißt du, wer ich bin?«
Ich war verunsichert, nicht durch die Frage, sondern weil die drei nun gemeinsam hier standen, weil ich, das einzige menschliche Wesen hier, vor ihnen stand und die übrige Menschenwelt zu schlafen schien. Warum war noch kein Mönch den Gang entlanggekommen, um zu sehen, was da in der Bibliothek für ein Gewisper herrschte? Warum war noch keine Nachtwache erschienen, um nachzusehen, wieso Kerzenschein in den Fluren aufflackerte und warum der Junge, den sie in ihrer Obhut hatten, murmelte und fantasierte?

War ich doch wahnsinnig?
Ganz plötzlich kam mir der groteske Gedanke, dass ich, wenn ich Mastema die richtige Antwort geben könnte, eindeutig nicht wahnsinnig wäre. Diese Idee entlockte ihm ein kleines, weder freundliches noch unfreundliches Lachen.
Setheus betrachtete mich mit offenkundigem Mitgefühl. Ramiel sagte nichts, schaute jedoch abermals Mastema an.
»Du bist der Engel«, sagte ich, »dem der HERR erlaubt, dieses Schwert zu führen.« Er reagierte nicht darauf, also fuhr ich fort: »Du bist der Engel des HERRN, der die Erstgeborenen der Ägypter schlug.« Wieder keine Antwort. »Du bist der Engel … der Engel, dem erlaubt ist, Rache zu üben.«
Er stimmte zu, aber eigentlich nur mit den Augen. Seine Lider senkten sich und hoben sich dann wieder. Setheus schob sich an ihn heran und flüsterte ihm ins Ohr: »Hilf ihm, Mastema! Wir sollten ihm gemeinsam helfen. Filippo kann mit unserem Rat zurzeit nichts anfangen.«
»Und warum nicht?«, verlangte Mastema von dem Engel an seiner Seite zu wissen. Er schaute mich an. »Gott hat mir nicht die Erlaubnis gegeben, diese Dämonen zu strafen. Nie hat Gott je zu mir gesagt: ›Mastema, geh und erschlage die Vampire, die Lemuren, die Larven, die Bluttrinker.‹ Niemals hat Gott zu mir gesprochen und gesagt: ›Hebe dein mächtiges Schwert und reinige die Welt von diesen da.‹«
»Ich bitte dich darum«, sagte ich. »Ich, ein sterblicher Knabe, bitte dich darum. Töte sie, säubere das Nest dieser Unholde mit deinem Schwert.«

»Das darf ich nicht.«
»Doch, Mastema, das darfst du!«, behauptete Setheus.
Ramiel ergriff das Wort: »Wenn er sagt, er darf es nicht, dann geht es nicht! Warum hörst du nie zu?«
»Weil ich weiß, dass man ihn rühren kann«, antwortete Setheus seinem Gefährten, ohne zu zögern. »Ich weiß, man kann ihn rühren, wie man Gott rühren kann.«
Setheus stellte sich kühn vor Mastema auf.
»Nimm das Buch, Vittorio«, sagte er und trat vor. Im gleichen Moment blätterten sich die großen Pergamentseiten, so schwer sie auch waren, wie von selbst um. Er legte das Buch in meine Hand und zeigte auf die Stelle, wobei sein heller Zeigefinger kaum die dicke schwarze Schrift berührte.
Ich las laut vor:

Und darum verschmäht Gott, der die sichtbaren Wunder des Himmels und der Erde gemacht hat, es nicht, im Himmel und auf der Erde auch sichtbare Wunder zu wirken, und damit ruft er die Seele, die bis zu dem Zeitpunkt mit sichtbaren Dingen beschäftigt ist, dazu auf, IHN anzubeten.

Seine Finger bewegten sich über die Seite, und meine Augen folgten ihm. Da stand über Gott:

Für IHN macht es keinen Unterschied, uns beten zu sehen oder unseren Gebeten zu lauschen, denn selbst wenn seine Engel uns lauschen, so lauscht ER uns doch in ihnen.

Ich brach ab, Tränen standen mir in den Augen. Er nahm das Buch fort, damit meine Tränen nicht darauf tropften. Geräusche drangen zu unserem kleinen Kreis vor. Mönche waren unterwegs. Ich hörte sie draußen im Gang flüstern, und dann öffnete sich die Tür, und sie kamen in die Bibliothek.

Ich weinte, und als ich den Blick hob, sah ich ihre Blicke auf mich geheftet; zwei Mönche, die ich noch nie gesehen hatte oder an die ich mich nicht erinnern konnte.

»Was ist denn, junger Mann? Warum sitzt du hier ganz allein und weinst?«, fragte der erste.

»Komm her, wir bringen dich zurück ins Bett. Wir werden dir etwas zu essen bringen.«

»Nein, ich kann nichts essen«, sagte ich.

»Das stimmt, er kann noch nichts essen«, bestätigte der erste. »Ihm wird immer noch übel davon. Aber er kann ruhen.« Dabei sah er mich an. Ich schaute mich um. Die drei Engel betrachteten schweigend die Mönche, die keine Ahnung von ihrer Gegenwart hatten, da sie nicht in der Lage waren, sie zu sehen!

»Lieber Gott im Himmel, sagt mir bitte, bin ich wahnsinnig geworden? Haben die Dämonen über mich gesiegt, haben ihr Blut und ihr Gebräu mich derart verseucht, dass ich Wahnvorstellungen habe, oder geht es mir wie Maria, die zum Grabe ging und einen Engel sah?«

»Komm zu Bett«, sagten die Mönche nur.

»Nein«, sprach Mastema still zu einem der Mönche, die ihn weder hörten noch sahen. »Lasst ihn hier bleiben. Lasst ihn lesen, damit sich sein Geist beruhigen kann. Der Junge ist gebildet.«

»Nein, nein«, sagte der Mönch unter Kopfschütteln und schaute seinen Mitbruder an. »Wir sollten ihn hier in Ruhe lassen. Er ist ein gebildeter Junge. Er kann still hier sitzen und lesen. Cosimo hat gesagt, er soll alles bekommen, wonach er verlangt.«

»Geht«, sagte Setheus sanft, »lasst ihn in Frieden.«

»Pssst«, sagte Ramiel, »überlass das Mastema.«

Ich war so überwältigt von Kummer und Glück gleichzeitig, dass ich gar nicht reagierte. Ich schlug die Hände vors Gesicht, und dabei musste ich an meine arme Ursula denken, die auf ewig an ihren dämonischen Hof gebunden war, und daran, wie sie um mich geweint hatte. »Wie konnte das sein?«, flüsterte ich hinter meinen Händen.

»Weil sie einst selbst ein Mensch war und ein menschliches Herz hat«, sagte Mastema zu mir in die Stille hinein.

Inzwischen huschten die beiden Mönche aus der Bibliothek. Für einen kurzen Moment waren die drei Engel durchscheinend wie Licht, so dass ich durch sie hindurch die beiden davoneilenden Gestalten sehen konnte, ehe sich die Türflügel hinter ihnen schlossen.

Mastema schaute mich mit seinem ruhigen, kraftvollen Blick an. »Dein Gesichtsausdruck ist undurchdringlich«, sagte ich.

»Das ist bei den meisten Engeln so«, antwortete er.

»Ich bitte dich«, sagte ich, »komm mit mir. Hilf mir. Leite mich an. Tu, was du gerade auch mit den Mönchen gemacht hast! Wenigstens das darfst du doch, oder?«

Er nickte.

»Aber weißt du, mehr als das ist nicht möglich«, sagte Setheus.

»Das soll ihm Mastema sagen!«, warf Ramiel ein.
»Geh doch zurück in den Himmel!«, sagte Setheus zu ihm.
»Bitte, ihr beiden, seid still!«, sagte Mastema. »Vittorio, ich kann sie nicht erschlagen. Ich habe nicht die Erlaubnis. Das musst du tun, mit deinem eigenen Schwert.«
»Aber ihr werdet mich begleiten?«
»Ich werde dich dorthin bringen«, sagte er. »Wenn die Sonne aufgeht, wenn sie unter ihrer steinernen Festung schlafen. Aber erschlagen musst du sie, du musst sie dem Tageslicht aussetzen, und du musst die elenden Gefangenen befreien. Du musst den Städtern entgegentreten oder diese verkrüppelte Schar in die Freiheit entlassen und fliehen.«
»Ich verstehe.«
»Wir können die Steinplatten von ihren Schlafplätzen abheben, das geht doch?«, sagte Setheus. Er hob die Hände, um Ramiel zum Schweigen zu bringen, ehe er noch protestieren konnte. »Das müssen wir sogar tun!«
»Ja, das können wir«, bestätigte Mastema. »So wie wir verhindern können, dass Filippo ein Balken auf den Kopf fällt. Das ist möglich. Aber wir dürfen sie nicht niedermachen. Und du, Vittorio, wir können dich nicht zwingen, die Sache zu Ende zu bringen, wenn deine Nerven oder deine Willenskraft versagen.«
»Glaubt ihr nicht, dass mir dieses Wunder, euch wahrgenommen zu haben, Kraft gibt?«
»Wird es dir Kraft geben?«, fragte Mastema.
»Du spielst auf *sie* an, nicht wahr?«
»Meinst du?«, fragte er.

»Ich werde es zu Ende bringen, aber du musst mir eines sagen …«
»Was muss ich dir sagen?«
»Ihre Seele, wird sie zur Hölle fahren?«
»Das kann ich dir nicht sagen«, antwortete Mastema.
»Du musst es mir sagen!«
»Nein, ich muss gar nichts, außer das, wozu mich der Herrgott geschaffen hat, und das tue ich. Aber die Geheimnisse zu lösen, über denen der heilige Augustin ein ganzes Leben lang gegrübelt hat, nein, das muss ich nicht tun und sollte ich nicht tun und will ich nicht tun.«
Mastema nahm das Buch auf. Wieder bewegten sich die Seiten nach seinem Willen. Ich spürte den Luftzug des Umblätterns. Dann las er vor:

Die beflügelte Auseinandersetzung mit der Schrift ist dem Geiste sehr einträglich.

»Du brauchst mir das nicht vorzulesen, es ist nicht sehr hilfreich!«, sagte ich. »Kann sie erlöst werden? Kann sie ihre Seele retten? Hat sie überhaupt noch eine Seele? Ist sie so mächtig wie du, der Engel? Könntest du fallen? Kann der Teufel sich wieder Gott anschließen?«
Er legte das Buch mit einer raschen, leichten Bewegung ab, der ich kaum folgen konnte.
»Bist du bereit für diese kleine Schlacht?«, fragte er.
»Am Tage liegen sie wehrlos in ihren Verstecken«, sagte Setheus zu mir. »Auch sie, Ursula. Auch sie kann sich nicht wehren. Du musst die Steinplatten über ihnen entfernen, und dann weißt du, was zu tun ist.«

Mastema schüttelte den Kopf. Er wandte sich um und bedeutete den anderen, aus dem Weg zu gehen.
»Nein, bitte, ich bitte dich!«, sagte Ramiel. »Tu es für ihn. Bitte, tu es. Filippo ist für unsere Hilfe im Moment sowieso nicht zugänglich.«
»Das weißt du nicht!«, sagte Mastema.
»Können nicht meine Engel zu ihm gehen? Habe ich selbst denn keine Schutzengel, die man zu ihm schicken könnte?«
Ich hatte das noch nicht ganz ausgesprochen, als ich bemerkte, dass noch zwei weitere Wesenheiten Gestalt angenommen hatten; sie standen unmittelbar neben mir, zu meiner rechten und linken Seite. Wandte ich den Blick nach rechts oder links, konnte ich sie sehen, doch sie waren nur schwach sichtbar und wirkten irgendwie unnahbar. Sie hatten nicht die flammende Lebendigkeit von Filippos Schutzengeln. Da war eine unbestreitbare Präsenz und Willenskraft, aber irgendwie verhalten und nicht ganz offen sichtbar.
Ich betrachtete sie lange, erst den einen, dann den anderen, doch ich fand in meinem Geiste nichts, womit ich sie hätte beschreiben können. Ihre Mienen schienen ausdruckslos, geduldig und still. Sie waren groß und besaßen Flügel, ja, so viel kann ich sagen, aber mehr auch nicht, denn ich war nicht in der Lage, ihnen Farbe oder Glanz oder Individualität zu geben, es war nichts an ihnen, weder ihre Gewänder noch die Art ihrer Bewegungen, das mich dazu verleitet hätte, sie zu lieben.
»Was ist das? Warum wollen sie nicht mit mir sprechen? Warum sehen sie mich so an?«

»Sie kennen dich«, sagte Ramiel.
»Du bist erfüllt von Rachegedanken und Verlangen«, erklärte Setheus. »Das wissen sie, sie waren immer an deiner Seite. Sie kannten das Maß deines Schmerzes und deines Zorns.«
»Guter Gott, diese Dämonen haben meine ganze Familie getötet!«, erklärte ich. »Weiß auch nur einer von euch, was aus meiner Seele wird?«
»Natürlich nicht«, sagte Mastema. »Wenn wir das wüssten, was sollten wir dann noch hier? Keiner von uns wäre hier, wenn das Schicksal deiner Seele vorherbestimmt wäre.«
»Wissen sie nicht, dass ich lieber dem Tode ins Auge geschaut habe, als das Blut der Dämonen anzunehmen? Hätte eine echte Vendetta nicht verlangt, dass ich das Blut von meinen Feinden entgegennehme und sie dann vernichte, sobald ich die gleichen Fähigkeiten habe wie sie?«
Meine Engel rückten näher an mich heran.
»Ach, wo wart ihr, als ich dem Tode nahe war?«, fragte ich.
»Tadele sie nicht. Du hast nie richtig an sie geglaubt.« Das war Ramiel. »Du liebtest uns erst, als du unsere Erscheinung sahst. Und als das Blut der Dämonen in dir floss, da sahst du, was dir liebenswert erschien. Darin liegt nun die Gefahr. Kannst du töten, was du liebst?«
»Ich werde sie alle vernichten«, sagte ich. »So oder so, ich schwöre es tief in meiner Seele.« Ich blickte auf meine farblosen, unnachgiebigen, jedoch vorurteilslosen Schutzengel, dann zu den anderen, die sich so flammend vor dem

Dämmerlicht der riesigen Bibliothek abhoben, vor den dunklen Tönen der Borde mit den dichten Bücherreihen.
»Ich werde sie alle vernichten«, schwor ich. Ich schloss die Augen. Ich stellte mir vor, wie Ursula hilflos dort lag, ich sah mich selbst, wie ich mich niederbeugte und ihre kalte weiße Stirn küsste. Ich schluchzte verhalten, zitterte am ganzen Körper. Wieder und wieder nickte ich beschwörend, ja, ich würde sie töten, ich würde es tun, ganz bestimmt.
»Wenn die Sonne aufgeht«, sagte Mastema, »werden die Mönche dir schon frische Kleider hingelegt haben, einen Anzug aus rotem Samt; deine Waffen werden glänzen, und deine Stiefel werden sauber sein. Alles wird bereit sein. Versuche nicht, etwas zu essen. Es ist noch zu früh, das Blut der Dämonen wütet noch in dir. Mach dich bereit, und wir werden dich nach Norden bringen für das Werk, das nur bei Tage vollbracht werden kann.«

11

Und das Licht scheinet in der Finsternis,
und die Finsternis hat's nicht ergriffen.
– Johannesevangelium 1,5 –

Kloster erwachen frühzeitig, wenn sie denn überhaupt je zur Ruhe kommen.

Abrupt schlug ich die Augen auf, und erst als ich sah, dass das Fresco ins helle Licht des Morgens getaucht war, als ob sich ein Schleier gelüftet hätte, erst da merkte ich, wie tief ich geschlafen hatte.

Mönche machten sich in meiner Zelle zu schaffen. Sie hatten die samtene Tunika gebracht, rot, wie Mastema sie beschrieben hatte, und legten sie nun zusammen mit roten Beinkleidern aus feiner Wolle und einem Hemd aus goldfarbener Seide ordentlich hin. Dazu gehörte noch ein weißes Seidenhemd, das darüber getragen wurde, und ein fester neuer Gürtel für die Tunika. Meine Waffen waren, wie vorausgesagt, blank poliert – das schwere, juwelenbesetzte Schwert glänzte, als ob mein Vater es eigenhändig einen ganzen Abend lang beim Kaminfeuer voller Muße bearbeitet hätte. Und auch die Dolche lagen bereit.

Ich kletterte aus dem Bett, sank zum Gebet auf die Knie und schlug das Kreuz: »Gott, gib mir die Kraft, diejenigen, die vom Tode anderer leben, Deinen Händen zu übereignen.«

Geflüsterte lateinische Worte.
Einer der Mönche berührte meine Schulter und lächelte. War das Silenzium noch nicht vorbei? Ich wusste es nicht so recht. Er zeigte aber auf einen Tisch, wo man etwas zu essen angerichtet hatte – Brot und Milch. Auf der Milch stand noch Schaum.
Ich nickte und schenkte ihm ein Lächeln, dann verließ er mit den anderen Brüdern unter einer kleinen Verneigung die Zelle.
Ich drehte mich ein paar Mal im Kreis.
»Ihr seid alle hier, das weiß ich«, sagte ich, aber ich hielt mich nicht damit auf. Wenn sie nicht herkamen, dann hatte ich wohl meinen Verstand wiedererlangt. Aber das stimmte genauso wenig, wie es stimmte, dass mein Vater noch lebendig war.
Auf dem Tisch, neben den Speisen, lagen unter dem schweren Kandelaber eine Reihe Dokumente in verschnörkelter Schrift und gerade erst ausgestellt und gesiegelt. Ich las sie eilig durch. Es waren Empfangsbescheinigungen für Geld und Edelsteine, die ich in den Satteltaschen mit mir geführt hatte, als ich ankam. Alle Schriftstücke trugen das Siegel der Medici.
Außerdem lag dort eine gefüllte Börse für den Gürtel. Auch meine Ringe waren da, gereinigt und poliert, so dass die glatten ovalen Rubine strahlten und die Smaragde ihre makellos tiefe Farbe zeigten. Das Gold glänzte wie seit Monaten nicht mehr, da ich es sehr vernachlässigt hatte.
Als ich mein Haar bürstete, fand ich es doch lästig, dass es so lang und dicht war; ich hätte es lieber etwas kürzer

als schulterlang getragen, aber für einen Barbier blieb keine Zeit. Immerhin war es seit einer Weile schon so lang, dass man es über die Schultern und aus der Stirn streichen konnte. Und es war so wunderbar sauber.
Ich zog mich schnell an. Die Stiefel waren ein wenig knapp, da sie nach dem Regen am Feuer getrocknet worden waren. Aber sie drückten nicht über den dünnen Füßlingen des Beinkleides. Ich richtete alle Schnallen und Spangen und legte das Schwert an. Die rote Tunika war an den Rändern mit Gold- und Silberfäden versehen und auf der Brust über und über mit silbernen Lilien bestickt, die seit alters her das Wappen der Stadt Florenz zieren. Als ich den Gürtel festgezurrt hatte, reichte sie mir kaum noch halb über die Schenkel. Auf die Art zeigte man seine ansehnlichen Beine.
Diese ganze Ausstattung war für eine Schlacht natürlich übermäßig elegant, aber würde das überhaupt eine Schlacht? Es würde ein Massaker! Ich legte den kurzen, glockigen Umhang um, der zu den Kleidern gehörte, und befestigte ihn mit goldenen Spangen. Für die Stadt war er wohl ein wenig zu warm, denn er war mit weichem, dunklem Eichhörnchenfell gefüttert. Den Hut ignorierte ich. Doch ich band die Börse an meinen Gürtel und legte meine Ringe an, einen nach dem andern, bis meine Hände gespickt damit waren und so schwer, dass sie einer Waffe gleichkamen. Darüber zog ich die weich gefütterten Handschuhe. Ich fand einen Rosenkranz, den ich zuvor nicht bemerkt hatte. Seine Perlen waren aus dunklem Bernstein, und ein goldenes Kreuz war daran befestigt, das ich küsste, ehe ich ihn in die Innentasche meiner Tunika schob.

Ich hatte meinen Blick zu Boden gerichtet und sah nackte Füße neben meinen eigenen stehen. Ich blickte langsam nach oben. Da standen meine Engel, meine eigenen Schutzengel, in langen, fließenden Gewändern von dunklem Blau, die aus etwas zu bestehen schienen, das leichter als Seide war, wenn auch nicht so durchscheinend. Ihr Teint war elfenbeinweiß und schimmerte schwach, und ihre großen Augen wirkten wie Opale. Ihr Haar war dunkel und offenbar stetig in Bewegung, als wäre es aus Schatten gemacht.
Sie standen vor mir und blickten mich an. Die Köpfe hatten sie aneinander gelehnt. Es sah aus, als stünden sie in schweigender Verbindung miteinander. Sie überwältigten mich nachgerade. Mir schien es von ungeheurer Intimität, sie so lebendig und aus solcher Nähe zu sehen und zu wissen, dass es die beiden waren, die von jeher an meiner Seite geweilt hatten – das nahm ich jedenfalls an. Sie überragten die Menschen in der Größe ein wenig, wie es auch bei den anderen Engeln der Fall war, die ich gesehen hatte. Allerdings hatten sie nicht den lieblichen Ausdruck jener, sondern ihre Züge waren im Ganzen etwas glatter und derber, und ihr Mund war größer, wenn auch edel geschnitten.
»Und glaubst du noch immer nicht an uns?«, flüsterte der eine.
»Nennt ihr mir eure Namen?«, fragte ich.
Beide schüttelten gleichzeitig in schlichter Verneinung den Kopf.
»Liebt ihr mich?«, wollte ich wissen.
»Wo steht geschrieben, dass wir dich lieben müssen?«,

antwortete der, der bisher noch nichts gesagt hatte. Seine Stimme war tonlos und weich wie ein Flüstern, aber artikulierter. Ihre beiden Stimmen schienen gleich zu sein.
»Liebst du uns?«, fragte der andere.
Ich fragte zurück: »Warum seid ihr meine Hüter?«
»Weil wir dazu bestellt sind und deshalb bis zu deinem Tode an deiner Seite sein werden.«
»Ohne Liebe?«, fragte ich.
Wieder schüttelten sie verneinend die Köpfe.
Allmählich wurde es heller im Raum. Ich drehte mich hastig zum Fenster um, denn ich dachte, es wäre die Sonne. Die Sonne kann mir nichts anhaben, dachte ich. Aber es war nicht die Sonne, sondern Mastema, der hinter mir aufragte wie eine goldene Wolke, und rechts und links von ihm standen meine beiden Wortfechter, meine fürsprechenden Anwälte, meine Streiter – Ramiel und Setheus. Der Raum schimmerte und schien geräuschlos zu vibrieren, und es war, als ob meine Engel abwechselnd in glitzerndem Weiß und Dunkelblau erstrahlten.
Alle Augen waren auf den helmbewehrten Mastema gerichtet.
Ein überwältigendes melodisches Rascheln erfüllte die Zelle, ein hell klingendes Geräusch, als ob eine ganze Schar winziger, goldkehliger Vögelchen erwachte und aus den Zweigen ihrer sonnenüberglänzten Bäume ins Firmament aufstiege.
Ich musste wohl die Augen geschlossen haben. Ich verlor das Gleichgewicht, die Luft kühlte sich ab, und mir

schien der Blick von Staub vernebelt. Ich schüttelte verwirrt den Kopf und sah mich um.

Wir standen mitten in der Burg. Es war feucht und sehr dunkel hier. Lichtstreifen sickerten durch die Ritzen der Zugbrücke, die natürlich aufgezogen und verzurrt war. Auf beiden Seiten erhoben sich rohe Steinmauern, mit enormen rostigen Haken und Ketten versehen, die seit Ewigkeiten nicht mehr benutzt worden waren. Ich wandte mich um und betrat einen düsteren Innenhof, wo es mir jäh den Atem verschlug, so hoch waren die Mauern, die mich nun umgaben und hinauf zu dem quadratischen Stückchen strahlend blauen Himmels strebten.

Das hier im Eingangsbereich war bestimmt nur einer von vielen Höfen, denn vor uns ragte drohend ein weiteres doppelflügeliges Tor, groß genug, dass der größte Heuwagen, den man sich vorstellen konnte, hindurchpasste oder sogar irgendeine neumodische Kriegsmaschine. Der Boden war verschmutzt. Und auf allen Seiten waren Fenster eingelassen, Reihe um Reihe zogen sie sich hin mit ihren doppelten Spitzbögen. Und alle waren mit eisernen Gitterstäben versehen.

»Jetzt brauche ich dich, Mastema«, sagte ich. Wieder schlug ich das Kreuz. Ich zog den Rosenkranz hervor, und indem ich meinen Blick einen Moment lang auf dem winzigen verkrümmten Leib unseres gequälten Herrn Christus ruhen ließ, küsste ich das Kruzifix.

Die riesigen Tore vor mir brachen auf. Ein lautes Knarren, dann das Splittern metallener Bolzen, und das Tor öffnete sich ächzend zu einem fernen, sonnenhellen Innenhof, der wesentlich größer war als dieser hier. Die

Mauern, durch die wir nun schritten, waren neun oder zehn Meter tief, die auf beiden Seiten eingelassenen bogenförmigen Türen aus dickem, behauenem Stein. Hier sah ich zum ersten Mal, seit wir eingedrungen waren, Anzeichen sorgfältiger Pflege.

»Diese Geschöpfe kommen und gehen nicht wie normale Menschen«, sagte ich. Ich beschleunigte meinen Schritt, um bald wieder ins helle Sonnenlicht des Innenhofes zu kommen. In dem Durchgang mit seinen fauligen Ausdünstungen war mir die Bergluft zu kühl und feucht.

Und als ich mich nun hier aufrichtete, sah ich Fensterreihen, wie ich sie in Erinnerung hatte, mit reich bestickten Bannern behängt und mit Laternen, die abends angezündet wurden. Hier sah ich Gobelins achtlos über Fenstersimse geworfen, als könnte der Regen ihnen nichts anhaben. Und viel weiter oben sah ich die gezackten Zinnen und Mauerkronen aus feinem weißem Marmor.

Aber das war noch nicht der große Hof der inneren Burg. Diese Mauern waren zu grob gearbeitet. Das verschmutzte Pflaster war seit Jahren nicht mehr betreten worden. Wasser hatte sich in Pfützen gesammelt, und aus den Mauernischen wucherte Unkraut, aber, ah, dort wuchsen hübsche Wildblumen, und bewegt betrachtete ich sie und berührte sie zart mit dem Finger, verwundert, dass sie überhaupt hier wachsen konnten. Ein anderes Tor erwartete uns, seine beiden Flügel – riesenhafte, mit Eisen verstärkte hölzerne Flügel, die hoch oben in dem tiefen marmornen Torbogen zusammenliefen – gaben nach und führten uns durch weitere Gemäuer hindurch.

Oh, welch ein Garten empfing uns hier! Noch während

wir abermals eine dunkle Strecke von zehn Metern Länge durchquerten, sah ich vor uns weite Orangenhaine und hörte Vogelrufe. Ich fragte mich, ob die Vögel hier unten in Gefangenschaft gehalten wurden oder ob sie sich bis über die Mauerkronen erheben und fortfliegen konnten. Ja, offensichtlich. Es war genug Raum da. Und hier fand ich auch die feinen weißen Marmorverkleidungen, an die ich mich erinnerte und die bis ganz oben an die Mauerkrone reichten.
Während ich diesen Garten betrat, meinen Schritt über den ersten der Marmorpfade lenkte, die zwischen Beeten mit Veilchen und Rosen hindurchführten, sah ich die umherfliegenden Vögel. In weiten Kreisen stiegen sie in diesem Hof auf, bis sie über die Türme hinwegfliegen konnten, die so majestätisch in den fernen Himmel ragten.
Aus allen Ecken wehte mir Blumenduft entgegen. Lilien und Iris standen dicht beieinander, und die Orangen an den Zweigen waren reif und beinahe schon rötlich gefärbt. Die Zitronen waren allerdings noch hart und hatten grüne Stellen. Büsche und Kletterpflanzen schmiegten sich an die Mauern.
Die Engel scharten sich um mich. Nun erst merkte ich, dass ich selbst die ganze Zeit über vorangegangen war, dass ich die Richtung vorgegeben hatte und ich es war, der uns alle hier inmitten dieses Gartens festhielt. Sie standen abwartend da, während ich mit geneigtem Kopf lauschte.
»Ich dachte, ich könnte die Gefangenen hören«, sagte ich. »Aber ich höre nichts.«
Ich schaute zu den verschwenderisch verzierten Balkonen

und doppelten Fensterflügeln mit ihren Spitzbögen auf, fand hier und da einen lang gezogenen Erker, alle in eben jenem filigranen, fremden Stil, wie wir ihn bei uns nicht kannten. Flaggen flatterten, alle hatten die dunkle, blutrote, vom Tod gefärbte Tönung. Zum ersten Mal blickte ich bewusst auf meine eigenen leuchtend roten Kleider.

»Wie frisches Blut«, hauchte ich.

»Kümmere dich um das, was Vorrang hat«, sagte Mastema. »Wenn du zu den Gefangenen gehst, darf es ruhig schon dämmern, aber über deine Beute musst du dich nun hermachen!«

»Wo sind sie? Wirst du es mir sagen?«

»Sie liegen – und dieser Frevel ist beabsichtigt – unter den Steinen der Kapelle, in Todesstarre versunken, wie seit alters her.«

Es gab ein helles, sirrendes Geräusch. Mastema hatte sein Schwert gezogen. In den Sonnenstrahlen, die von den marmorverkleideten Mauern reflektiert wurden, flammte sein roter Helm, als er mit abgewandtem Antlitz das Schwert auf eine Tür richtete. »Dort, die Tür und dann die Treppe dahinter. Die Kirche liegt im dritten Stockwerk links von uns.«

Ich steuerte ohne weiteres Zögern auf die Tür zu und hastete die Stufen hinauf, Stockwerk um Stockwerk. Meine Stiefel klapperten auf den Steinen, und ich achtete nicht einmal darauf, ob die Engel mir folgten oder wie sie es anstellten. Aber dass sie bei mir waren, das wusste ich, denn ich spürte ihre Gegenwart, als könnte ich ihren Atem auf meiner Haut spüren, obwohl sie nicht atmeten.

Endlich erreichten wir den breiten Gang, der rechts zum Hof hin offen war. Vor uns erstreckte sich endlos ein schmaler Teppich mit persischem Blumenmuster auf tiefblauem Grund, der nicht ein bisschen ausgeblichen war. Und am Ende des Ganges sah man in einem vollkommenen Rahmen den Himmel und ein zerklüftetes Fleckchen grüner Hügel.

»Warum bleibst du stehen?«, fragte Mastema.

Sie hatten sich materialisiert und umringten mich nun mit ihren stets leise bebenden Flügeln, während ihre Gewänder kaum merklich um sie strichen.

»Dies ist das Portal zur Kapelle, das weißt du.«

»Ich sehe mir nur den Himmel an, Mastema«, sagte ich, »nur den blauen Himmel.«

»Und denkst an was?«, fragte einer meiner Schutzengel in seinem klaren, tonlosen Flüstern. Er hängte sich plötzlich an mich, so dass ich seine pergamentfarbenen Finger sehen konnte, die sich schwerelos auf meine Schulter legten. »Denkst an eine Wiese, die es nie gab, und an ein junges Weib, das tot ist?«

»Bist du ganz erbarmungslos?«, fragte ich ihn. Ich drängte mich so dicht an ihn, dass meine Stirn ihn berührte, und ich staunte über das Gefühl, staunte darüber, seine opalisierenden Augen so deutlich vor mir zu sehen.

»Nein, nicht erbarmungslos. Nur jemand, der dich immer und immer und immer wieder erinnert.«

Ich wandte mich dem Portal der Kapelle zu. Ich ergriff die beiden riesigen Haken und zog daran, bis ich das Schloss schnappen hörte, dann öffnete ich zuerst den einen, dann den anderen Flügel sperrangelweit, obwohl

mir nicht klar war, warum ich mir einen so breiten Fluchtweg schuf. Vielleicht sollte es auch nur ein breiter Durchgang für meine mächtigen Helfer sein.
Vor mir erstreckte sich das große, leere Kirchenschiff, in dem sich ohne Zweifel in der vergangenen Nacht der muntere, blutgetränkte Hofstaat getummelt hatte. Und dort, über meinem Kopf, war die Chorempore, von der herab die ätherischen Klänge gekommen waren.
Die Sonne stach erbarmungslos auf die mit dämonischen Abbildungen geschmückten Fenster ein. Beim Anblick der unnatürlich geflügelten Wesen, die so riesenhaft aus glitzernden, gewölbten Glasstückchen in die Scheiben eingearbeitet waren, schnappte ich erschrocken nach Luft. Das Glas war so dick, seine Facetten so zahlreich, und diese düsteren Monster mit ihren Fledermausschwingen grinsten höhnisch auf uns herab, als wollten sie hier im hellen Tageslicht zum Leben erwachen und uns am Fortkommen hindern!
Doch was blieb mir anderes übrig, als meinen Blick von ihnen loszureißen. Stattdessen überflog ich mit den Augen den sich vor mir ausbreitenden Marmorboden. Und da sah ich den Haken, sah ihn, als läge der Boden der Kapelle meines Vaterhauses vor mir, denn genauso flach war er in eine ringförmige Vertiefung des Steins eingelassen. Ein goldener Haken, glatt geschliffen und in gleicher Höhe mit dem Boden, so dass niemand mit Zeh oder Absatz daran hängen bleiben konnte. Er hatte keine Abdeckung. Er kennzeichnete nur deutlich die Lage des großen Zugangs zu den unterirdischen Gewölben. Ein schmales, langes Marmorrechteck im Zentrum des Kir-

chenbodens. Meine Absätze hallten laut durch das leere Kirchenschiff, als ich vorwärts marschierte, um den Haken zu lösen.
Was hielt mich auf? Ich sah den Altar vor mir. Gerade in diesem Moment fiel die Sonne auf das Standbild des Luzifers, dieses riesigen feuerfarbenen Engels, zu seinen Füßen die unzähligen roten Blüten, die nicht weniger frisch waren als in der Nacht, da man mich selbst dorthin gebracht hatte. Ich sah ihn, ah, seine wilden, brennenden gelben Augen – edle Steine, in den roten Marmor eingelassen –, und ich sah die weißen Fangzähne aus Elfenbein, die aus der hochgezogenen Oberlippe ragten. Und ich sah die fangzahnbewehrten Dämonen an der Wand rechts und links von ihm. Ihre Juwelenaugen wirkten gierig und funkelten im Licht.
»Die Krypta!«, mahnte Mastema.
Ich zog an dem Haken, aber der Marmorblock rührte sich nicht von der Stelle. Kein Mensch hätte das geschafft, man hätte ein ganzes Pferdegespann gebraucht. Selbst als ich die Hände fester um den Haken schloss und mit aller Kraft zog, geschah nichts. Ich hätte genauso gut versuchen können, die Mauern zu verschieben.
»Hilf ihm!«, bat Ramiel. »Wir machen es für ihn.«
»Es ist eine Kleinigkeit, Mastema, du hast auch die Tore geöffnet.«
Mastema schob mich sanft zur Seite, so dass ich eine Sekunde schwankte, bis ich mich gefangen hatte. Die lange, schmale Marmorfalltür hob sich langsam. Ihr Gewicht verblüffte mich doch! Sie war mehr als zwei Fuß dick, und der Marmor war nur eine Verkleidung, ansonsten

bestand sie aus einem schwereren dunklen Stein. Nein, die hätte kein Mensch aufheben können.
Plötzlich kam aus dem Schlund dort unten ein Speer geflogen, wie von einer verborgenen Feder abgeschossen. Ich machte einen Satz nach hinten, obwohl ich eigentlich nicht nah genug gestanden hatte, um gefährdet zu sein. Mastema kippte die Falltür zurück, so dass ihre Angeln unter dem eigenen Gewicht zerbrachen. Licht fiel in den Schacht. Weitere Speere lauerten dort, glitzerten in den Sonnenstrahlen: Sie standen alle schräg, so als wären sie in einem parallel zur Treppe verlaufenden Winkel angebracht. Mastema trat an die Treppe heran. »Versuch die Speere zu entfernen, Vittorio«, sagte er.
»Das schafft er nicht; wenn er stolpert und fällt, wird er gleich von mehreren aufgespießt«, sagte Ramiel. »Du musst sie entfernen, Mastema.«
»Lass mich das machen«, bot sich Setheus an.
Ich zog mein Schwert und schlug auf den obersten Speer ein, bis ich seine eiserne Spitze abgeschlagen hatte, nur der hölzerne Schaft blieb zurück. Dann machte ich den ersten Schritt in das Gewölbe und spürte sofort, wie Kälte aufstieg und sich um meine Beine legte. Ich schlug auf den Speerschaft ein und brach erneut ein Stück ab. Dann wollte ich daran vorbeigehen, doch mit der linken Hand berührte ich ein weiteres Paar Speere, die das ungleichmäßige Licht vor mir verborgen hatte. Wieder hob ich das Schwert, sein Gewicht zerrte an meinem Arm. Aber mit einigen geschickten Streichen trennte ich auch hier die eisernen Spitzen vom Schaft, so dass sie klirrend davonflogen. Ich betrat die Stufen, hielt mich aber mit

der rechten Hand gut fest, um auf den schlüpfrigen Stufen nicht auszugleiten, doch plötzlich strauchelte ich und trat mit einem lauten Aufschrei ins Leere, denn hier endete die Treppe im Nichts. Mit der rechten Hand packte ich den abgebrochenen Speerschaft, an dem ich mich schon mit der anderen Hand festgehalten hatte. Mein Schwert flog unter Klappern und Klirren in die Tiefe.
»Es reicht, Mastema«, sagte Setheus. »Kein Mensch kann das schaffen!«
Ich klammerte mich mit beiden Händen an das splittrige Holz und starrte hinauf zu ihnen, wie sie sich da um die Öffnung scharten. Wenn ich fiele, wäre das ohne Zweifel mein Ende, denn es ging tief genug hinunter. Und selbst wenn mich der Fall nicht tötete, würde ich nie wieder lebendig herauskommen. Schweigend wartete ich ab, obwohl meine Arme teuflisch schmerzten. Plötzlich glitten die Engel, geräuschlos, wie sie alles taten, in einem Wust von Seide und Federn in die Öffnung hinab, und gemeinsam umfassten sie mich und trugen mich in weichem Sinkflug bis zum Grund des Gewölbes, wo sie mich sofort losließen. Ich tastete in der Dunkelheit umher, bis ich mein Schwert fand. Da war es! Ich umklammerte es fest, während ich mich keuchend erhob und zu dem scharf umrissenen, lichtgefüllten Rechteck aufblickte. Ich schloss die Lider und senkte den Kopf. Ich wollte meine Augen an die feuchte Düsternis hier unten gewöhnen. Offensichtlich war diese Krypta auf einem in die Burg hineinragenden Teil des Berges angelegt, denn das Gewölbe war zwar sehr groß, schien aber nur von bloßer Erde umgeben. Zumindest die rohe Wand vor mir

zeigte nichts anderes. Und dann, als ich herumschwang, erblickte ich meine Beute, wie Mastema es so feinsinnig genannt hatte.

Die Vampire, die Larven – sie lagen ohne Sarg, ohne schützendes Dach, offen nebeneinander am Boden und schliefen, und jeder einzelne edel gekleidete Körper war in ein hauchdünnes Leichentuch aus gesponnenem Gold gehüllt. An drei Wänden des Gewölbes waren sie aufgereiht. Am äußersten Ende hing die abgebrochene Treppenkonstruktion ins Leere. Ich blinzelte und kniff die Augen zusammen, und das Licht schien sich stärker auf sie zu fokussieren. Ich näherte mich der ersten Gestalt so weit, dass ich ihr tief burgunderrotes, leichtes Schuhwerk und das Beinkleid von tiefstem Kastanienrot erkennen konnte, über das sich zartestes Gewebe spannte, als ob Seidenraupen das Leichentuch jede Nacht aufs Neue für sie spännen, so dicht und vollkommen und fein war es. Aber, ach, dergleichen Zauberdinge gab es hier nicht; es war nur das Beste, was Gottes Kinder herstellen konnten. Menschen erzeugten es auf ihren Webstühlen, und den Saum hatten sie mit feiner Stickerei versehen.

Ich riss das dünne Gewebe fort. Als ich mich näher an den angewinkelten Arm der Kreatur heranschob, merkte ich zu meinem jähen Entsetzen, dass sich ihre schlafbetäubte Miene belebte. Ihre Augen öffneten sich, und ein Arm schlug gewalttätig nach mir aus. Gerade rechtzeitig wurde ich aus dem Umkreis dieser klammernden Finger gezerrt, und als ich mich umblickte, sah ich, dass Ramiel mich gepackt hatte. Er schloss die Augen und drückte seine Stirn gegen meine Schulter. »Nun kennst du ihre

Tricks. Sei auf der Hut. Sieh, das Geschöpf nimmt seine alte Stellung wieder ein. Es wägt sich in Sicherheit. Es schließt die Augen.«

»Was mache ich nun? Ha, ich werde es töten!«, beschloss ich.

Während ich die Hülle mit einer Hand wegriss, hob ich mit der anderen das Schwert, und als sich nun der Arm wieder ausstreckte, fing ich ihn mit dem Tuch ein und ließ gleichzeitig das Schwert niedersausen, wie der Henker es am Richtblock tut. Der Kopf des Geschöpfs rollte über den Boden und gab einen grässlichen Ton von sich, der nicht einmal unmittelbar aus der Kehle zu kommen schien. Der Arm fiel herab. Offensichtlich konnten diese Wesen bei Tage nicht so gut kämpfen wie nachts – wie damals bei meinem ersten Kampf, als ich meinen Angreifer enthauptet hatte. Ha, ich hatte gesiegt!

Ich packte mir den Schädel, dessen Augen nun geschlossen waren, wenn sie sich überhaupt zwischendurch geöffnet hatten; aus dem Mund kam noch Blut, doch ich schleuderte ihn in die Mitte der Kammer direkt ins Tageslicht unter dem Schacht. Sofort begann die Sonne das Fleisch zu versengen.

»Seht nur, der Schädel beginnt zu brennen!«, sagte ich, ohne innezuhalten. Ich ging zum nächsten Wesen, diesmal eine Frau mit langem geflochtenem Haar, riss die Hülle fort und überantwortete sie in der Blüte ihres Daseins diesem gespenstischen Tod, indem ich ihren Arm in die Stoffmassen wickelte und ihr mit Wucht den Kopf abschlug, den ich dann an den Haaren aufhob und zu dem anderen hinüberwarf. Der erste Kopf schrumpelte

schon und färbte sich unter dem aus der Öffnung einfallenden Licht schwarz.
»Luzifer, siehst du das?«, schrie ich, so dass der Klang quälend in meinen Ohren hallte. »Siehst du's? Siehst du's?«
Ich hastete zu dem nächsten Körper. Ich griff nach der Hülle und rief überrascht: »Florian!« Das war ein schrecklicher Fehler.
Als er seinen Namen hörte, riss er die Lider auf, noch ehe ich auf gleicher Höhe mit ihm war, und er wäre wie eine Marionette an ihrem Seil in die Höhe geschossen, wenn ich ihm nicht einen heftigen Stoß mit dem Schwert versetzt hätte, der ihm die Brust aufschlitzte. Ausdruckslos sank er zurück zu Boden. Ich ließ das Schwert auf seinen weichen, herrschaftlichen Hals niedergehen. Sein blondes Haar war blutverklebt, seine Augen verdrehten sich, wurden leer und erloschen, während ich ihn noch betrachtete.
An den langen Haaren riss ich ihn hoch, ihn, körperlos, wie er nun war, ihn, diesen Anführer der Dämonen, diesen beredten Unhold, und warf sein Haupt auf den rauchenden, stinkenden Haufen.
Und so machte ich immer weiter, ging an der Reihe nach rechts entlang – ich weiß nicht, warum gerade rechts, außer dass ich nun einmal diese Richtung eingeschlagen hatte –, und jedes Mal zog ich die Hülle fort, sprang schleunigst vor, umschlang, den bedrohlichen Arm mit dem Tuch, und dann rollte der Kopf. Alles ging so schnell, dass ich bald ungenau zielte und sehr unschön Kiefer oder gar Schulterblätter zerschmetterte; aber ich tötete sie!

Ja, ich tötete sie!
Ich riss die Köpfe hoch und schleuderte sie auf den wachsenden Berg, der inzwischen so viel Rauch erzeugte, als brennte ein schwelendes Feuer aus Herbstlaub. Asche flog auf, kleine Ascheblättchen, doch meistens zerfiel der Kopf nur langsam zu einer schmierigen, schwarz verkohlten, klebrigen Masse.
Mussten sie leiden? Wussten sie, was ihnen geschah? Wohin flohen ihre Seelen in diesem schrecklichen Augenblick, da ihr Hof zerstört wurde, ich brüllend und stampfend mein Werk verrichtete und mit zurückgeworfenem Kopf röhrte und schrie, bis ich den Tränenschleier vor meinen Augen nicht mehr durchdringen konnte.
Etwa zwanzig hatte ich schon erledigt, zwanzig bestimmt, und mein Schwert war so von geronnenem Blut verklebt, dass ich es abwischen musste. Ich rieb es an den Wämsern der Leichname ab, während ich an ihren verstümmelten Leibern entlang zurückging, um mir die andere Seite des Gewölbes vorzunehmen. Bei ihrem Anblick wunderte ich mich darüber, wie schnell ihre weißen Hände auf ihrer Brust schrumpelten und eintrockneten, wie langsam und zäh doch bei Tage das schwärzliche Blut aus ihren aufgerissenen Rümpfen sickerte.
»Tot seid ihr, alle tot! Aber wohin seid ihr gegangen? Wohin hat es eure lebendige Seele verschlagen?«
Nach und nach wurde es dunkler. Ich blickte schwer atmend zu Mastema auf.
»Die Sonne steht im Zenit«, sagte er milde. Er war unbefleckt, obwohl er dicht bei den verkohlten, stinkenden Köpfen stand. Besonders viel Qualm schien von den

Augäpfeln aufzusteigen, so, als ob sich die gallertartige Masse geradezu in Rauch auflöste.
»Hier in der Kirche ist es dämmerig, aber wir haben erst Mittag. Beeil dich. Auf dieser Seite gibt es noch einmal zwanzig, das weißt du. An die Arbeit!«
Die anderen Engel standen stockstill zusammengedrängt, Setheus und Ramiel in ihren kostbaren Gewändern und die beiden anderen, diese schlichteren, einfacheren, ernsteren Seelen – alle hielten den Blick voller Spannung auf mich gerichtet. Ich sah, wie Setheus erst auf die glimmenden Häupter blickte, dann wieder auf mich. »Mach weiter, Vittorio, du Ärmster«, flüsterte er, »beeil dich.«
»Könntest du das tun?«, fragte ich.
»Nein, ich nicht.«
»Nein, ich weiß, dass du es nicht darfst«, sagte ich. Mir schmerzte die Brust von der Anstrengung und von den Worten, die ich mir abzwang. »Ich meine, ob du dazu in der Lage wärest? Könntest du dich dazu durchringen?«
»Ich bin kein Wesen aus Fleisch und Blut, Vittorio«, war Setheus' hilflose Antwort. »Aber was Gott mir befiehlt, könnte ich vollbringen.«
Im Vorbeigehen warf ich einen Blick auf sie, die da beisammenstanden, strahlend, glanzvoll, samt ihrem Meister, Mastema, mit seiner im Licht schimmernden Rüstung und dem blitzenden Schwert an der Seite.
Er sagte nichts.
Ich wandte mich ab und machte mich daran, die erste Hülle fortzureißen. Es war Ursula!
»Nein.« Ich trat zurück und ließ das Tuch fallen. Ich stand

so weit von ihr entfernt, dass sie wohl nicht aufgewacht war; sie rührte sich nicht. Ihre entzückenden Arme waren in der gleichen anmutigen Geste zusammengelegt wie die der anderen und gemahnte an ein Totenbett. Nur sah es bei ihr rührend aus, als wäre über ihre unschuldsvolle Mädchenhaftigkeit ganz sanft ein Verderben hereingebrochen, ohne auch nur ein Haar ihrer langen, welligen Mähne zu krümmen. Sie bildete ein goldenes Nest um ihre Schultern und den Schwanenhals.

Ich hörte mein eigenes schweres Atmen. Ich ließ das Schwert sinken, so dass die Spitze sirrend über die Steine kratzte. Ich leckte mir über die ausgetrockneten Lippen. Ich wagte nicht, sie anzusehen, die Engel, die nur ein paar Meter entfernt beieinander standen und mich betrachteten. Und durch die undurchdringliche Stille klang das Knistern und Zischeln der verkohlenden Häupter der Verdammten.

Ich griff in meine Tasche und zog den Rosenkranz aus Bernstein hervor. Dabei zitterte meine Hand so sehr, dass ich mich schämte. Ich nahm den Rosenkranz, hob ihn hoch, ließ das Kreuz vor meinen Augen leise pendeln und schleuderte ihn von mir. Er landete auf Ursulas Busen, knapp über ihren kleinen Händen, auf der weißen Wölbung ihrer halb entblößten Brüste. Da lag er, das Kreuz in die Mulde ihrer bleichen Haut geschmiegt, aber es entlockte ihr keine Regung. Wie Staub lag das Licht auf ihren Wimpern.

Ohne Entschuldigung oder Erklärung wandte ich mich dem nächsten Dämon zu, riss die Hülle fort und griff ihn – oder sie, was wusste ich denn – mit einem rauen Aufschrei an, packte das abgetrennte Haupt bei den dicken braunen Haaren und schleuderte es mit Gewalt an den Engeln vorbei auf den Abfallhaufen zu ihren Füßen.

Dann weiter zum nächsten. Godric! Oh, Gott, das wird mir eine Wonne sein! Ich erkannte den kahlen Kopf, noch ehe ich das Tuch berührt hatte, und als ich dann daran zerrte, hörte ich, wie es unter meinen unachtsamen Händen zerriss. Ich wartete darauf, dass er die Augen aufschlug, dass er den Oberkörper hob und mich anglotzte. »Erkennst du mich, du Ungeheuer? Erkennst du mich?«, brüllte ich dabei. Das Schwert schnitt durch seinen Hals. Das bleiche Haupt schlug auf dem Boden auf, und ich spießte es samt seinem tropfenden Hals auf mein Schwert. Und wieder brüllte ich den flatternden Lidern, dem rot klaffenden, sabbernden Mund entgegen: »Erkennst du mich, Monster? Erkennst du mich?«

Ich schritt zu den aufgetürmten Schädeln und setzte ihn mitten auf den Haufen wie eine Trophäe. Und noch einmal ächzte ich: »Erkennst du mich?«

Dann stürzte ich mich in wilder Wut wieder in meine Aufgabe.

Zwei weitere, dann drei, dann fünf, dann sieben und neun und noch sechs weitere, und der Hof war erledigt, und tot waren all seine Tänzer und Herren und Damen.

Dann wirbelte ich hinüber auf die andere Seite und machte kurzen Prozess mit den armen bäurischen Dienern, für die es keine Hüllen gegeben hatte, um ihre ärmlichen Körper zuzudecken, und deren schwächliche, halb verhungerte Glieder kaum die Kraft hatten, sich verteidigend aufzurichten.

»Die Jäger, wo sind die?«
»Am hintersten Ende. Dort, wo es fast ganz dunkel ist. Nimm dich dort besonders in Acht.«
»Ich sehe sie«, sagte ich. Ich richtete mich auf und versuchte wieder zu Atem zu kommen. Da lagen sie, sechs in einer Reihe, wie die anderen mit den Köpfen zur Wand, aber sie lagen gefährlich dicht beieinander. Es würde hart sein, an sie heranzukommen. Dann musste ich plötzlich lachen! Es war ganz einfach! Ich griff nach dem Tuch und schlug auf die Füße ein! Der Leichnam fuhr hoch, und nun sah ich genau, wo die Schneide treffen musste, während das Blut schon hervorströmte.
Dem Zweiten schlug ich gleich die Füße ab, schlitzte dann seinen Leib auf und machte mich erst über den Kopf her, als seine Hand schon beinahe meine Klinge erwischt hätte. Ich riss das Schwert zurück und haute ihm die Hand ab. »Stirb, du Hund, du warst der Entführer! Ich kann mich an dich erinnern!«
Endlich war ich bei dem Letzten angelangt und ließ sein bärtiges Haupt an meinen Fingern baumeln. Damit ging ich langsam den Weg zurück und stieß immer wieder gegen Schädel, da mir langsam die Kraft fehlte, sie weit genug zu werfen. Ich trat sie fort, wie man einen Haufen Abfall tritt, bis das Licht sie alle erfasste.
Es war sehr hell. Die Nachmittagssonne prallte auf die Westseite der Kirche, und eine enorme tödliche Hitze drang durch den Schacht herein.
Mit dem linken Handrücken wischte ich mir über das Gesicht. Ich legte das Schwert ab und suchte in meiner Tasche nach den Tüchern, mit denen die Mönche mich

ausgestattet hatten. Ich zog sie hervor und säuberte mir damit Gesicht und Hände.

Dann nahm ich abermals das Schwert und lenkte meine Schritte zu Ursula und stellte mich am Fuß ihres Lagers auf. Sie lag da, wie ich sie verlassen hatte. Kein Lichtstrahl fiel auf sie. Hier, an dieser Stelle, hätte das Licht auch keinen der anderen erreichen können. Sicher war sie auf ihrem steinernen Bett ausgestreckt, die Hände unbewegt wie zuvor, die Finger zu einer hübschen Geste ineinander verschränkt. Auf dem weißen Hügel ihrer Brüste ruhte das goldene Kruzifix. Ein leichter Luftzug wehte von dem offenen Schacht herüber, so dass ihr Haar sich sanft bewegte. Aber es bildete nur einen zarten Kranz verschlungener Ranken um ihr ansonsten lebloses Gesicht. Ihr steinerner Ruheplatz war so schmal, dass Strähnen ihres ungebändigten, gewellten Haares, in das sie weder Perlen noch Bänder geflochten hatte, ebenso wie die Falten ihres langen, goldbestickten Gewandes über den Rand gesunken waren. Es war nicht das Gewand, das sie bei unserem früheren Zusammentreffen getragen hatte. Nur das tiefe, blutige Rot war das gleiche, doch es war glanzvoll, reich verziert und neu, als wäre sie eine königliche Prinzessin, immer bereit für den erweckenden Kuss ihres Prinzen.

»Kann die Hölle solche Schönheit empfangen?«, flüsterte ich. Ich wagte nicht, zu nahe heranzutreten. Ich konnte es nicht ertragen, mit anzusehen, wie ihr Arm auf diese maschinenhafte Weise hochfahren, wie ihre Finger sich klauengleich um die leere Luft schließen und ihre Lider sich mit glasigem Blick öffnen würden. Ich konnte es nicht ertragen.

Unter dem Saum ihres Kleides schauten die winzigen Spitzen ihrer Schuhe hervor. Mit welch zierlicher Sorgfalt sie sich bei Sonnenaufgang zur Ruhe niedergelegt haben musste! Wer hatte die Falltür geschlossen? Den Mechanismus für die Speerfalle hatte ich weder untersucht noch mir bisher Gedanken darüber gemacht. Wer hatte ihn bedient?
Jetzt erst entdeckte ich im dämmrigen Licht einen zarten goldenen Reif, der mit winzigen Nadeln befestigt war und sich um ihre Locken schmiegte, so dass die einzelne Perle, die daran hing, auf ihrer Stirn ruhte. So ein kleines zartes Ding. War ihre Seele so zart? Würde die Hölle sie verschlingen, so wie das Feuer ihren zerbrechlichen Körper verschlingen, wie die Sonne ihr makelloses Antlitz zu einer Fratze verbrennen würde?
Einst hatte auch sie im Leib einer Mutter geschlafen und geträumt, war einem Vater in die Arme gelegt worden. Welche Tragödie hatte sie in dieses eklige, stinkende Grab geführt, wo nun die Häupter ihrer erschlagenen Gefährten langsam im Licht der beharrlichen, stets gleichgültigen Sonne schmorten?
Ich senkte das Schwert und wandte mich den Engeln zu. »Eine, eine Einzige lasst leben. Eine!«, rief ich.
Ramiel verhüllte sein Antlitz und drehte mir den Rücken zu. Setheus hielt meinen Blick, aber er schüttelte den Kopf. Meine Schutzengel sahen mich nur mit der bekannten gleichgültigen Kälte an. Und Mastema betrachtete mich stumm; was immer er dachte, verbarg er hinter der reglosen Maske seines Gesichts.
»Nein, Vittorio«, sagte er. »Glaubst du, eine ganze Schar

der Engel Gottes hat dir geholfen, über alle Hindernisse hinweg hier einzudringen, damit nun eine dieser Kreaturen am Leben bleibt?«

»Mastema, sie hat mich geliebt. Und ich liebe sie. Mastema, sie schenkte mir das Leben. Mastema, ich bitte dich um der Liebe willen. Was hier geschah, geschah um der Gerechtigkeit willen. Aber was soll ich Gott sagen, wenn ich diese hier ermorde, die nur liebte und die ich liebe?«

Seine Haltung änderte sich nicht. Er betrachtete mich mit unendlicher Ruhe. Erschreckende Töne drangen an mein Ohr. Ramiel und Setheus waren es, sie weinten! Meine Schutzengel drehten sich zu ihnen um, als wären sie überrascht, wenn auch nur ein wenig, dann hefteten sich ihre träumerischen, sanften Augen wieder unverändert auf mich.

»Unbarmherzige Engel«, stammelte ich. »Ach, es ist ungerecht, das weiß ich genau. Ach, ich habe gelogen. Ich habe gelogen! Vergebt mir!«

»Wir vergeben dir«, sagte Mastema. »Aber du musst tun, was du versprochen hast.«

»Mastema, wird ihre Seele erlöst werden? Wenn sie sich lossagt von allem … kann sie dann … hat sie noch eine menschliche Seele?«

Er gab keine Antwort. Keine Antwort.

»Mastema, bitte, sag es mir. Verstehst du nicht? Wenn es eine Erlösung für sie gibt, dann bleibe ich hier bei ihr. Ich werde darum kämpfen, dass sie sich lossagt, dass sie bereut. Ich weiß, es wird mir gelingen, denn tief drinnen in ihrem Herzen ist sie gut. Sie ist jung und gut. Mastema, sag doch, kann ein Geschöpf wie sie erlöst werden?«

Keine Antwort. Ramiel hatte seinen Kopf an Setheus' Schulter gelehnt.

»Ach, bitte, Setheus, sag du es mir. Kann sie erlöst werden? Muss sie von meiner Hand sterben? Was, wenn ich bei ihr bleibe und sie dazu bringe, zu bereuen? Wenn sie beichtet, wenn sie allen ihren Taten abschwört? Gibt es keinen Priester, der ihr die Absolution erteilen kann? Oh, Gott …«

»Vittorio«! Es kam wie ein Hauch von Ramiel. »Sind deine Ohren mit Wachs versiegelt? Hörst du nicht die hungernden Gefangenen, nicht ihr Jammern und Weinen? Du hast sie noch nicht befreit. Willst du bis zum Abend warten?«

»Das mache ich noch. Ich kann sie später befreien! Aber ist es nicht möglich, erst einmal bei ihr zu bleiben, und wenn sie sieht, dass sie allein ist, dass die anderen alle dahin sind, dass Godric und Florian nur leere Versprechungen machten, gibt es dann keinen Weg, dass sie ihre Seele Gott anvertraut?«

Ohne dass seine kalten, sanften Augen auch nur eine Regung gezeigt hätten, wandte Mastema sich von mir ab.

»Nein, nicht! Wende dich nicht ab!«, rief ich. Ich klammerte mich an seinen mächtigen, seidenumhüllten Arm. Ich spürte die unüberwindbare Kraft durch den Stoff, der so seltsam, so unnatürlich war. Mastema schaute auf mich nieder.

»Warum kannst du es mir nicht sagen?«

»Um Gottes willen, Vittorio!«, dröhnte er plötzlich, so dass seine Stimme das ganze Gewölbe ausfüllte. »Verstehst du denn nicht? Wir wissen es nicht!«

Er schüttelte mich ab, damit seine grimmigen Augen unter den gerunzelten Brauen sich noch tiefer in die meinen bohren konnten. Seine Hand schloss sich um den Griff seines Schwertes.

»Unseresgleichen kennt keine Vergebung!«, rief er. »Wir sind nicht aus Fleisch und Blut, und in unserem Reich gibt es Hell oder Dunkel, etwas anderes kennen wir nicht!«

Wutentbrannt drehte er sich herum und marschierte auf Ursula zu. Ich rannte hinter ihm her und zerrte an ihm, doch ich konnte ihn nicht von seinem Vorhaben abbringen. Er führte seine Hand an ihrem suchenden Arm vorbei und umklammerte ihren zarten Hals. Ihre blinden Augen hafteten auf diese schreckliche, Grauen erregende Weise an ihm.

»In ihr lebt eine menschliche Seele«, flüsterte er. Und dann trat er zurück, als könnte er es nicht ertragen, sie zu berühren, und er schob sich rückwärts von ihr fort und drängte so auch mich gewaltsam zurück.

Ich brach in Tränen aus. Die Sonne wanderte langsam weiter, und die Schatten in dem Gewölbe wurden größer. Endlich regte ich mich. Der Lichtfleck dort oben war nun blasser, zwar immer noch strahlend golden, aber verblasst. Und dort hatten sich meine Engel versammelt und beobachteten mich und warteten.

»Ich bleibe bei ihr«, sagte ich entschieden. »Sie wird bald aufwachen. Und ich werde ihr ans Herz legen, dass sie um Gottes Gnade beten soll.« Erst als ich es aussprach, wusste ich, wie ich mich entschieden hatte. Erst da war es mir ganz klar.

»Ich werde bleiben. Wenn sie um der Liebe Gottes willen all ihre Sünden widerruft, dann kann sie an meiner Seite bleiben, bis wir gemeinsam sterben. Wir werden keinen Finger rühren, um unseren Tod zu beschleunigen, und Gott wird uns beide zu sich nehmen.«

»Glaubst du, du hast die Kraft dazu?«, fragte Mastema. »Und nimmst du es auch von ihr an?«

»Das schulde ich ihr«, sagte ich. »Ich bin ihr verpflichtet. Ich habe euch nie belogen, keinen von euch. Ich habe mich auch selbst nie belogen. Sie hat meine Geschwister getötet. Ich habe es gesehen. Und zweifellos hat sie auch viele meiner Verwandten getötet. Aber mich hat sie verschont. Zwei Mal hat sie mich gerettet. Zu töten ist einfach, aber jemanden zu retten, nicht!«

»Ah«, sagte Mastema, als hätte ich ihn geschlagen. »Das ist wahr.«

»Und deswegen bleibe ich hier. Ich erwarte nichts mehr von euch. Ich weiß, dass ich nicht wieder hier herauskomme. Vielleicht schafft das nicht einmal Ursula.«

»Doch, sie schafft es«, sagte Mastema.

»Lass ihn nicht hier zurück«, bat ihn Setheus. »Nimm ihn mit, auch wenn er nicht will.«

»Das können wir nicht machen, keiner von uns. Und das weißt du auch«, antwortete Mastema.

»Wir holen ihn nur aus dem Gewölbe, das ist, als holten wir ihn aus einer Schlucht, in die er gefallen ist.«

»Aber das hier ist keine Schlucht, und deshalb geht es nicht.«

»Also bleiben wir bei ihm!«, sagte Ramiel.

»Ja, wir wollen bei ihm bleiben«, sagten meine beiden

Schutzengel mehr oder weniger gleichzeitig und mit der gleichen Ausdruckslosigkeit.
»Vielleicht sollten wir uns ihr zeigen!«
»Woher wissen wir, dass sie uns sehen kann?«, fragte Mastema. »Und woher wissen wir, dass sie uns sehen will? Wie oft kommt es vor, dass ein menschliches Wesen uns sehen kann?«
Zum ersten Mal sah ich ihn zornig. Er schaute mich an.
»Was spielt Gott für ein Spiel mit dir, Vittorio!«, sagte er. »Dass er dir solche Feinde gibt und solche Verbündete!«
»Ja, ich weiß. Und ich will IHN mit aller Kraft um die Erlösung ihrer Seele bitten, mein ganzes Leid will ich in die Waagschale legen.«
Ich hatte nicht vor, die Augen zu schließen, und ich weiß, dass ich sie nicht schloss.
Aber plötzlich war alles ganz anders. Der Stapel schrumpelnder Schädel lag immer noch da, ein paar davon befanden sich etwas verstreut am Rand, und beißender Rauch stieg von ihnen auf. Und, ja, das Licht von oben wurde langsam schwächer, auch wenn es jenseits der abgebrochenen Treppe und der aufragenden Speerschäfte noch golden schimmerte, in Gold getaucht von den letzten Strahlen der Nachmittagssonne.
Aber meine Engel waren fort.

12

Und führe mich nicht in Versuchung

Obwohl ich sehr jung war, so war mein Körper doch überfordert. Wie konnte ich in dem Gewölbe auf Ursulas Erwachen warten, ohne nach einem möglichen Ausgang zu suchen?

Ich verschwendete keinen Gedanken daran, dass meine Engel mich verlassen hatten. Es geschah mir recht, doch ich war aufrichtig davon überzeugt, dass Ursula eine Chance verdient hatte. Sie sollte sich Gottes Gnade unterwerfen. Wir mussten fort von hier und, wenn es denn sein musste, einen Priester finden, der ihre Seele von allen Sünden freisprechen würde. Denn selbst wenn sie nicht aufgrund ihrer Liebe zu Gott eine umfassende Beichte ablegen konnte, so würde doch sicherlich die priesterliche Absolution ihre Seele erlösen.

Ich begann in dem Gewölbe herumzustöbern, dabei kam ich wiederholt an den einschrumpfenden Leichnamen vorbei. Eingetrocknetes Blut, das über die Ränder der steinernen Bahren geronnen war, glitzerte im matten Licht.

Endlich erfüllte sich meine Hoffnung, und ich fand eine Leiter, die so lang war, dass sie bis zum Rand der Deckenöffnung reichen würde. Aber wie sollte es mir gelingen,

das Ding hochzuwuchten? Als ich die Leiter zur Mitte des Gewölbes zerrte, musste ich die gnadenlos zerstörten Köpfe mit einem Fußtritt aus dem Weg räumen. Dort legte ich sie auf den Boden, stellte mich zwischen die Sprossen und versuchte sie aufzurichten. Unmöglich! Mir fehlte einfach die Kraft dazu. Drei oder vier kräftige Männer hätten sie vielleicht so weit nach oben schieben können, dass ihre oberste Sprosse an den abgebrochenen Speerschäften Halt gefunden hätte, aber allein schaffte ich es nicht.
Es musste noch andere Möglichkeiten geben. Eine Kette oder ein Seil, das man über die Speere werfen konnte. Ich suchte in dem trüben Dämmerlicht danach, fand aber nichts. Weder Seil noch Ketten gab es hier? Waren selbst die jungen Dämonen in der Lage gewesen, die Lücke zwischen dem Boden und der abgebrochenen Treppe zu überwinden? Schließlich suchte ich die Wände ab, in der Hoffnung, auf eine Unebenheit, einen Haken oder eine Erhöhung zu stoßen, die vielleicht auf einen Lagerraum oder, Gott behüte, eine weitere Krypta hinwies. Aber auch hier hatte ich keinen Erfolg.
Zuletzt schleppte ich mich wieder zurück in die Mitte des Raumes und begann alle herumliegenden Schädel einzusammeln, selbst Godrics ekligen, kahlen Kopf, der nun schwarz wie Leder war, mit gelb verfärbten Augenschlitzen. Dann türmte ich diese Überreste an einer Stelle aufeinander, wo das Licht sie endgültig zerstören musste.
Ich stolperte über die im Weg liegende Leiter und sackte schließlich am Fuß von Ursulas Ruheplatz auf die Knie. Ich würde ein wenig schlafen. Nein, nicht schlafen, mich nur ein wenig ausruhen.

Obwohl ich es nicht beabsichtigt hatte, es im Gegenteil sogar fürchtete und bereute, fühlte ich, wie meine Glieder erschlafften und ich auf dem kalten Boden in einen erholsamen Schlummer sank.
Es war sehr merkwürdig.
Ich hatte geglaubt, dass mich ihre Schreie wecken würden, dass sie sich im Dunkeln wie ein ängstliches Kind von der Bahre erheben würde, wenn sie sich ganz allein so vielen Toten gegenübersähe.
Ich hatte geglaubt, der Anblick dieses Schädelhaufens würde sie maßlos erschrecken.
Aber nichts dergleichen.
Zwielicht drang durch die Öffnung herab, violett gefärbt wie die Blumen unserer Wiese, und sie stand über mich gebeugt. Sie hatte den Rosenkranz um ihren Hals gelegt, was unüblich war, und trug ihn wie ein hübsches Schmuckstück. Das goldene Kruzifix glitzerte, wenn sie sich bewegte – ein goldenes Funkeln gleich den Lichtpünktchen in ihren Augen.
Sie lächelte.
»Mein Tapferer, mein Held, komm, wir wollen diesen Ort des Todes hinter uns lassen! Du hast es geschafft. Du hast dich an ihnen gerächt!«
»Haben sich deine Lippen bewegt?«
»Müssen sie das?«
Ein Schauer durchfuhr mich, als sie mich auf die Füße zog. Sie legte mir die Hände fest auf die Schultern und schaute zu mir auf.
»Sei gesegnet, Vittorio«, sagte sie. Dann fasste sie mich um die Mitte und stieg mit mir in die Lüfte, vorbei an

den abgebrochenen Speeren, ohne auch nur die gesplitterten Spitzen zu berühren. Wir fanden uns im Dämmerlicht der Kapelle wieder, wo sich die Fenster schon verdunkelten und gütige Schatten schmeichelnd den Altar umfingen.

»Ach, mein Liebling, mein Liebling«, seufzte ich, »weißt du, was die Engel vollbracht haben? Weißt du, was sie gesagt haben?«

Aber sie antwortete nur: »Komm, du möchtest doch, dass wir die Gefangenen befreien.«

Ich fühlte mich so erfrischt, so voller Energie. Als hätte ich nichts Anstrengendes getan, als hätte ich keinen Krieg geführt, der Körper und Geist geschwächt hatte, als wäre nicht Schlacht und Kampf seit Tagen mein Los gewesen.

Ich eilte an ihrer Seite durch die Burg. Wir stießen eine zweiflügelige Tür nach der anderen auf, bis wir bei den elenden Insassen der Hürde angelangt waren. Ursula selbst huschte leichtfüßig wie auf Katzenpfoten über die Pfade zwischen den Orangenhainen und den Vogelkäfigen, goss die Suppenkessel aus und rief den Ärmsten, den Lahmen und den Hilflosen entgegen, dass sie frei seien, dass die Gefangenschaft ein Ende habe.

In Sekundenschnelle standen wir hoch oben auf einem der Balkone, und unten sah ich nun die traurige Prozession, die sich im purpurfarbenen Dämmerlicht den Berg hinabschlängelte, während der Abendstern über ihnen aufging. Alle halfen sich gegenseitig, ob schwach oder stark, alt oder jung.

»Wohin gehen sie wohl? Etwa zurück in diese sündige

Stadt? Zu den menschlichen Ungeheuern, die sie als Opfer ausersehen hatten?« Ich war plötzlich wütend. »Die müssen bestraft werden!«
»Bald, Vittorio, das eilt nicht. Zuerst einmal sind die armen Opfer frei! Nun ist für uns die Zeit gekommen, für uns beide, komm mit.«
Ihre Röcke breiteten sich zu einem weiten Kreis, während wir wieder hinabflogen, tiefer und tiefer, an den Mauern und Fenstern vorbei, bis ich weichen Boden unter meinen Füßen spürte.
»Oh, Gott, die Wiese, sieh, unsere Wiese«, sagte ich. »Da liegt sie so deutlich im Licht des aufgehenden Mondes, wie ich sie immer in meinen Träumen gesehen habe.«
Zärtlichkeit durchströmte mich. Ich umschlang Ursula und vergrub die Finger tief in ihrer welligen Haarpracht. Meine Umgebung schien zu schwanken, und doch fand ich Halt im Tanze mit Ursula, und das sanfte Wogen der Zweige klang in unserer innigen Umarmung wie Musik.
»Nichts kann uns je trennen, Vittorio!«, sagte sie, riss sich los und lief davon.
»Nein, warte, Ursula. Warte!«, rief ich ihr nach und rannte hinter ihr her, aber das Gras und die Iris waren so hoch und so dicht. Es war nicht ganz wie in dem Traum, und doch war es auch wieder so, denn hier waren Gras und Blumen lebendig und verströmten das frische grüne Aroma wilder Wiesen, und die waldigen Haine reckten ihre Äste dem duftenden Wind entgegen.
Erschöpft ließ ich mich zu Boden sinken, so dass die Iris mich überragten und ihre kleinen roten Blüten mir ins Gesicht lugten.

Sie kniete über mir. »Er wird mir vergeben, Vittorio«, sagte sie. »In Seiner unendlichen Gnade wird er alles vergeben.«
»Oh, ja, meine Liebste, meine gepriesene, schöne Liebste, meine Retterin, Er wird dir vergeben.«
Das kleine Kruzifix baumelte vor mir hin und her.
»Aber du musst etwas für mich tun. Du hast mich am Leben gelassen da unten, du hast mich verschont, bist sogar vertrauensvoll am Fuße meines Totenbettes eingeschlafen. Nun bitte ich dich um etwas …«
»Was denn, Liebste?«, fragte ich. »Sag es, und es geschieht.«
»Zuerst bete um Kraft! Anschließend musst du mir so viel von dem Dämonenblut aussaugen, wie du nur kannst, und in deinen gesunden, durch die Taufe geheiligten Körper aufnehmen, so wirst du meine Seele von dem Bann befreien. Das Blut wirst du durch Erbrechen ausscheiden, so wie du den giftigen Trank, den wir dir gaben, ausgeschieden hast; es wird dir nichts anhaben können. Wirst du das für mich tun? Wirst du mich von dem Gift befreien?«
Ich dachte an die schreckliche Übelkeit, daran, wie ich mich im Kloster dauernd hatte übergeben müssen, dachte an mein Gestammel, meinen Wahnsinn.
»Tu es für mich«, sagte Ursula.
Sie lehnte sich an mich, und ich spürte ihr Herz im Käfig ihrer Brust schlagen, und ich spürte meines, und mir war, als hätte ich nie zuvor eine solch einschläfernde Ruhe erlebt. Ich merkte, wie sich meine Finger krümmten, für einen winzigen Augenblick schien es, als ruhten sie trotz

des Wiesengrundes auf hartem Felsgestein, als hätten meine Handrücken raue Steine gespürt, doch dann schmiegten sie sich wieder an zerdrückte Stängel, an das Bett aus purpurnen und roten und weißen Irisblüten.
Ursula hob den Kopf, und ich sagte:
»Im Namen Gottes und um deiner Erlösung willen werde ich das Gift von dir entgegennehmen; ich werde es aus dir heraussaugen wie aus einer Geschwulst, wie die Fäulnis aus einem Leprakranken. Gib mir dein Blut, komm, gib es mir.« Ihr Gesicht über mir war ganz reglos; und so klein und fein und weiß. »Sei tapfer, mein Liebster, sei tapfer, denn zuerst muss ich bei dir Platz dafür schaffen.« Und sie schmiegte sich an meinen Hals und bohrte ihre Zähne in mein Fleisch. »Sei tapfer, nur noch ein wenig mehr.«
»Ein wenig mehr?«, hauchte ich. »Ein wenig mehr. Ah, Ursula, sieh nur, Himmel und Hölle sieht man dort oben am Firmament, denn die Sterne sind lodernde Feuerbälle, und die Engel haben sie dort oben befestigt.« Aber meine Sprache war lang gezogen und ohne Sinn und war nur wie ein Echo in meinen Ohren. Dunkelheit hüllte mich ein, und als ich die Hand hob, schien sie von einem goldenen Netz umfangen, und in weiter, weiter Ferne sah ich, wie meine Finger von dem Netz bedeckt waren. Sonnenlicht strömte über die Wiese. Ich wollte mich losreißen, mich aufsetzen, wollte ihr sagen, sieh nur, die Sonne ist da, und sie schadet dir nicht, mein kostbares Mädchen. Aber immer wieder rollten Wellen göttlicher, wonniger Lust über mich hinweg, rauschten durch meinen Körper, aufstachelnde, rasende Lust, die meinen Lenden entströmte.

Als sich ihre Zähne aus meinem Fleisch lösten, war es, als hätte ihre Seele mich noch stärker in ihrer Gewalt, mich, meine Organe, alles an mir, das Mensch und einst auch Kind und Mann war.

»Oh, mein Schatz, mein Liebling, hör nicht auf!« Die Sonne tanzte einen wilden Reigen in den Ästen der Kastanien.

Sie öffnete den Mund, und ein Blutstrom floss daraus hervor, ihr blutgetränkter Kuss. »Nimm es von mir entgegen, Vittorio.«

»All deine Sünden nehme ich in mich auf, mein himmlisches Kind«, murmelte ich. »Oh, Gott, hilf mir. Gott, erbarme dich meiner. Mastema …«

Aber die Worte verstummten. Mein Mund war voller Blut, und dies war kein widerliches, zusammengemischtes Gebräu, sondern der glühende, erregende schwere Trunk, den sie mir beim ersten Mal mit ihrem so gänzlich verstohlenen und verblüffenden Kuss verabreicht hatte. Nur hier floss er in einem überwältigenden Strom. Sie hatte die Arme unter meinen Rücken geschoben und hob mich hoch. Ihr Blut schien von Adern nichts zu wissen, nein, es schien meine Glieder unmittelbar zu füllen, die Schultern und die Brust, und es ertränkte gar mein Herz und ließ es doch erstarken. Ich starrte in die blinkende, tanzende Sonne, ich fühlte Ursulas Haar weich und schützend über meinen Augen liegen und spähte durch die goldenen Strähnen. Ich atmete keuchend. Das Blut rann in meine Beine und füllte sie bis zur kleinsten Zehe. Mein Körper schwoll vor überwältigender Kraft. Mein Geschlecht drängte sich pochend gegen ihres, und abermals spürte ich ihre zarten, katzengleichen Formen, ihre geschmeidigen Glieder, die mich umschlungen hielten, mich festhielten, mich fesselten, und ihre Lippen, die mir den Mund versiegelten. Ich versuchte krampfhaft, die Augen aufzureißen. Sonnenlicht fiel hinein und verengte die Sicht. Es verengte die Sicht, und dafür schienen meine Seufzer immer lauter und lauter, und mein Herzschlag schien zu hallen, als wäre dies hier nicht der wilde Wiesengrund. Mein übermächtiger, mein umgewandelter Körper – mein Körper, der von ihrem Blut bis zum Rand gefüllt war – erzeugte einen Klang, der von steinernen Mauern widerhallte.

Die Wiesen waren fort oder auch nie da gewesen. Ein Rechteck über mir zeigte dämmriges Zwielicht. Ich lag in der Krypta.

Ich richtete mich auf, schleuderte sie fort, weit weg von mir, so dass sie vor Schmerz aufschrie. Ich sprang auf die Füße und starrte meine ausgestreckten weißen Hände an. Grauenvoller Hunger schoss in mir hoch und gleichzeitig eine wilde Kraft und trostloses Heulen!

Ich glotzte den dunkelvioletten Lichtfleck über mir an und schrie, schrie!

»Du hast es getan!! Du hast mich zu deinesgleichen gemacht!«

Sie schluchzte. Und als ich mich auf sie stürzte, rannte sie davon; zusammengekrümmt, die Hand auf den Mund gepresst, floh sie weinend vor mir. Ich rannte ihr nach. Wie eine gefangene Ratte lief sie schreiend im Kreis, als ich sie rund um die Krypta jagte.

»Nein, Vittorio, nein, Vittorio, nein, tu mir nichts! Vitto-

rio, ich habe es für uns beide getan; Vittorio, wir sind frei! Ah, Gott, hilf mir!«
Und dann schwang sie sich aufwärts, entwischte gerade so meinem Arm, der nach ihr greifen wollte. Sie war nach oben in die Kirche geflohen.
»Du kleine Hexe, du Ungeheuer, verpupptes Monster, du hast mich getäuscht, mich mit deinen Traumbildern überlistet, du hast mich zu deinesgleichen gemacht. Das hast du mir angetan!« Während sich meine Stimme im Gebrüll überschlug, tastete ich suchend im Dunkeln, bis ich mein Schwert fand. Dann tänzelte ich ein paar Schritte zurück, um Anlauf zu nehmen, und wagte den Sprung! Vorbei an den Speeren flog ich und fand mich auf dem Boden der Kirche wieder, wo Ursula mit glitzernden Tränen auf den Wangen vor dem Altar hockte. Sie schob sich rückwärts gegen das rote Blumenmeer, das im einfallenden Sternenlicht kaum zu erkennen war.
»Nein, Vittorio, töte mich nicht, bitte nicht. Nein«, schluchzte und jammerte sie, »ich bin noch ein Kind wie du, bitte nicht.«
Ich zerrte an ihr, und sie drängte sich ans hinterste Ende des Allerheiligsten. Wutentbrannt schlug ich mit dem Schwert gegen das Standbild des Luzifers. Es schwankte, dann fiel es krachend um und zerbarst auf dem Marmorboden des Allerheiligsten.
Ursula blieb schwankend stehen. Dann fiel sie auf die Knie und streckte mir die Hände entgegen, dabei schüttelte sie den Kopf, dass ihr Haar wild hin und her schwang.
»Töte mich nicht, töte mich nicht, bitte nicht. Du ver-

dammst mich zur Hölle, wenn du mich tötest. Bitte, tu's nicht!«
»Du erbärmliches Ding!«, stöhnte ich immer wieder. Ich weinte nicht weniger heftig als sie. »Ich habe Durst, du Ungeheuer. Ich habe Durst, und ich kann sie bis hierher riechen, die Sklaven in der Hürde, ich kann sie riechen, ich rieche ihr Blut! Sei verdammt!«
Auch ich war auf die Knie gesunken. Nun ließ ich mich auf die marmornen Fliesen fallen und trat und stieß mit den Füßen die Bruchstücke der scheußlichen Statue beiseite. Mit dem Schwert hangelte ich nach den Spitzen des Altartuchs, bis ich es mitsamt den unzähligen roten Blüten herabgerissen hatte. Sie ergossen sich über mich, und ich wälzte mich in den Blumen und presste mein Gesicht in die weichen Blätter.
Schweigen legte sich über uns! Ein Schweigen, das nur von meinem Wimmern unterbrochen wurde. Ich konnte fühlen, wie stark ich war, selbst im Klang meiner Stimme spürte ich die Kraft, spürte sie an der Mühelosigkeit, mit der ich das Schwert hielt, ohne zu ermüden, merkte es daran, dass ich so ruhig auf dem Boden lag, der doch für mich schmerzhaft kalt hätte sein müssen. Doch das war nicht so, er war höchstens angenehm kalt.
Oh, sie hatte mir einen mächtigen Körper geschenkt.
Ein Duft überwältigte mich. Ich hob den Kopf. Sie stand unmittelbar über mir, zärtlich, liebevoll, das Licht der Sterne schimmerte in ihren glänzenden Augen, die still und urteilslos blickten. In den Armen hielt sie ein kleines Menschenkind – einen kleinen geistesschwachen Jungen, der nicht einmal merkte, in welcher Gefahr er schwebte.

Wie rosig und üppig er war, fast wie ein knuspriges Spanferkelchen, mundgerecht serviert, und wie heiß doch sein sterbliches Blut wallte. Sie setzte ihn vor mich hin. Er war nackt, hatte magere Hinterbäckchen und hockte auf den Fersen; seine rosige Brust bebte, und sein langes schwarzes Haar schmiegte sich sanft um das arglose Gesichtchen. Er schien vor sich hin zu träumen oder auch suchend ins Dunkel zu starren. Vielleicht hielt er nach Engeln Ausschau?
»Trink«, sagte Ursula, »trink von ihm, Liebling, und danach wirst du die Kraft haben, mich zu dem guten Pater zur Beichte zu geleiten.«
Ich lächelte. Mein Verlangen nach dem kleinen schwachsinnigen Jungen vor mir war kaum zu ertragen. Aber wenn es darum ging, was ich ertragen konnte, hatte ich ja wohl ein ganz neues Kapitel aufgeschlagen, nicht wahr? Also ließ ich mir Zeit. Ich richtete mich auf den Ellenbogen auf und sah Ursula an. »Zu einem Pater? Du meinst, wir beide gehen dahin? Jetzt sofort, einfach so, wir beide?«
Abermals begann sie zu weinen. »Nicht sofort, nein, nicht sofort.« Sie schüttelte den Kopf. Gab sich geschlagen.
Ich nahm mir den Jungen. Als ich ihm das Blut aussaugte, brach ich ihm das Genick. Er gab keinen Laut von sich. Für Angst oder Schmerz oder Weinen blieb ihm keine Zeit.
Vergessen wir je, wie es war, das erste Mal zu töten?
Die ganze Nacht verbrachte ich in der Hürde, schlang, schmauste, tat mich an ihren Kehlen gütlich und nahm

mir von jedem Opfer, wonach mich gelüstete. Jedes einzelne sandte ich auf seinen Weg – zu Gott oder in die Hölle, wie sollte ich das je erfahren, da ich nun in diesem unsterblichen Körper an die Erde gebunden war. Und Ursula mit ihren feinen Manieren leistete mir bei diesem Festschmaus Gesellschaft. Aber sie beobachtete mich, und wenn ich in wildes Geheul und Wehklagen ausbrach, hielt sie mich fest und küsste mich; wenn ich vor Wut bebte, überschüttete sie mich mit Tränen.

»Komm fort von hier«, sagte sie schließlich. Das war kurz vor Sonnenaufgang. Ich erklärte, dass ich keinen Tag mehr unter diesen spitzen Türmen, in dieser Schreckensburg verbringen würde, an diesem Ort, der die sündhafte, elende Geburt eines Monsters erlebt hatte.

»Ich kenne eine Höhle, den Berghang hinunter, an den Bauerngehöften vorbei«, sagte sie.

»Ach ja, gibt es dort vielleicht eine echte Wiese?«

»In diesem schönen Land gibt es unzählige Wiesen, mein Liebster«, sagte sie. »Und mit unseren verzauberten Augen erscheinen uns im Mondlicht die leuchtenden Blumenkelche ebenso hübsch wie einem Sterblichen im göttlichen Licht der Sonne. Merke dir, Sein Mond ist unser.«

»Und morgen Abend ... ehe dir der Priester einfällt ... bedenke das mit dem Priester reiflich ...«

»Bring mich nicht zum Lachen. Zeig mir lieber, wie man sich in die Luft erhebt. Leg den Arm um meine Mitte und zeig mir, wie man sich sicher von den hohen Mauern nach unten fallen lassen kann, ohne sich, wie ein normaler Mensch, die Glieder zu zerschmettern. Rede nicht mehr von dem Priester. Verspotte mich nicht!«

»... ehe du an einen Priester denkst, an die Beichte«, fuhr sie unbeirrt mit ihrer gezierten, leisen Stimme fort, während ihr Tränen der Liebe aus den Augen rannen, »werden wir zurückgehen in diese Stadt, nach Santa Maddalana, und wenn alle fest schlafen, stecken wir ihre Häuser in Brand.«

13

Kindsbraut

Wir steckten Santa Maddalana dann doch nicht in Brand. In der Stadt zu jagen machte uns viel mehr Vergnügen.

Nach der dritten Nacht weinte ich nicht mehr, wenn wir uns bei Sonnenaufgang zurückzogen und eng umschlungen in unserer verborgenen, unzugänglichen Höhle lagen.

Und seit der dritten Nacht war den Stadtbewohnern klar, was ihnen widerfuhr – wie sich ihr kluger Handel mit dem Teufel gegen sie selbst gewendet hatte. Panik hatte sie erfasst, und wir machten uns einen Spaß daraus, sie zu überlisten. Wir verbargen uns in den unzähligen düsteren Winkeln ihrer verschlungenen Gassen und brachen noch die ausgefallensten und raffiniertesten Schlösser auf.

In den frühen Morgenstunden, wenn kein Mensch mehr wagte, sich zu regen, und der brave Franziskaner schon wach in seiner Zelle kniete, wo er den Rosenkranz betete und Gott darum bat, ihn verstehen zu lassen, was hier geschah, dann schlich ich verstohlen in die Franziskanerkirche und betete ebenfalls. Übrigens handelte es sich, wenn Sie sich erinnern, um ebenden Priester, der sich damals in dem Gasthaus mit mir angefreundet hatte, mir beim Essen Gesellschaft geleistet und mich gewarnt hatte, und zwar in Güte und nicht voller Grimm wie sein Bruder von den Dominikanern.

Doch jede Nacht sagte ich mir das, was ein Mann sich im Stillen sagt, wenn er bei seiner ehebrecherischen Geliebten liegt: »Eine Nacht nur noch, lieber Gott, und dann werde ich beichten. Eine Nacht voller Glückseligkeit, Herr, und danach kehre ich zu meiner Gattin zurück.«

Die Städter hatten gegen uns keine Chance. Die Fertigkeiten, die ich nicht von ganz allein oder durch Herumexperimentieren erwarb, lehrte mich meine geliebte Ursula geduldig und bereitwillig. Ich konnte Gedanken lesen, konnte den Geist eines Menschen durchforschen, und wenn ich darin eine Sünde fand, so genügte ein Zungenschlag, und ich verleibte sie mir ein, so etwa, wie ich einen faulen, verlogenen Kaufmann aussaugte, der einst seine eigenen zarten Kinder dem mysteriösen Fürsten Florian übergeben hatte, damit er die Stadt in Frieden ließe.

Eines Nachts stellten wir fest, dass die männlichen Stadtbewohner auf der verlassenen Burg gewesen waren. Es gab Anzeichen eines eiligen Eindringens, obwohl nur wenig gestohlen oder zerstört worden war. Wie sehr hatten die abscheulichen Heiligen sie wohl erschreckt, die in der Kirche immer noch rechts und links von dem Sockel des gefallenen Luzifers aufgereiht standen. Sie hatten weder die goldenen Kerzenhalter mitgenommen noch das alte Tabernakel, in dem meine tastenden Finger ein eingeschrumpftes menschliches Herz entdeckten.

Als wir den Hof vom Blutroten Gral zum letzten Mal aufsuchten, holte ich die verkohlten, lederzähen Schädel der toten Vampire aus dem Kellergewölbe und schleuderte sie durch die bunten Glasfenster der Kirche, als wären es Steinbrocken. Damit war auch das letzte der herrlichen Kunstwerke, die diese Burg geschmückt hatten, vernichtet.
Gemeinsam durchstöberten wir die Schlafkammern der Burg, die ich vorher nicht zu Gesicht bekommen hatte und mir auch gar nicht hatte vorstellen können. Ursula zeigte mir die Gemächer, in denen sich Mitglieder des Hofstaates zusammengefunden hatten, um Schach zu spielen, zu würfeln oder einem kleinen Orchester zu lauschen. Hier und da fand man Hinweise auf Diebereien – eine von einem Bett gezerrte Decke, ein zu Boden gefallenes Kissen. Aber offensichtlich war die Angst der Städter größer als ihre Gier. Sie hatten nur Weniges mitgenommen.
Und als wir ihnen weiterhin auflauerten und sie immer wieder mit teuflischem Geschick besiegten, verließen sie Santa Maddalana nach und nach. Wenn wir um Mitternacht durch die leeren Gassen zogen, fanden wir offen stehende Läden, unverriegelte Fenster und leere Wiegen vor. Die dominikanische Kirche war entweiht und verlassen, der Altar entfernt worden. Die feigen Priester, denen ich die Gnade eines schnellen Todes versagt hatte, hatten ihre Schäfchen im Stich gelassen.
Und je länger das Spiel dauerte, desto anregender fand ich es, denn nun waren nur noch die geblieben, die streitbar und habgierig waren und sich weigerten, kampflos

aufzugeben. Es fiel mir leicht, die Unschuldigen, diejenigen, die auf ihre Schutzheiligen vertrauten, von denen zu unterscheiden, die dem Teufel die Hand gereicht hatten und deshalb nun mit dem Schwert in der Hand unruhig im Dunkeln Wache hielten.

Ich sprach zu gerne mit ihnen, lieferte mir Wortgefechte mit ihnen, während ich sie tötete. »Dachtest du, du könntest ewig so fortfahren? Dachtest du, der Unhold, den du nährtest, würde sich nicht auch von dir nähren wollen?«

Was meine Ursula anging, so war das kein Sport nach ihrem Geschmack. Das Schauspiel, das ein leidender Mensch bot, war ihr unerträglich. Und die blutige Kommunion, die auf der Burg stattzufinden pflegte, hatte sie nur wegen der Musik und der Weihrauchdüfte ausgehalten und weil Florian und Godric sie mit höchster Autorität Schritt für Schritt durch die Zeremonie leiteten.

Während die Stadt sich langsam leerte, die Gehöfte ringsum verödeten, während Santa Maddalana, das meine Schule gewesen war, dem Untergang entgegentrieb, begann Ursula, Nacht für Nacht mit elternlosen Kindern zu spielen. Manchmal saß sie auf den Kirchenstufen und wiegte ein kleines Kind im Arm, dem sie ins Ohr gurrte oder ihm auf Französisch Geschichten erzählte.

Sie sang auch alte lateinische Lieder, die sie an den Fürstenhöfen ihrer Zeit gelernt hatte – vor zweihundert Jahren, wie sie mir erzählte, und sie erwähnte die Namen französischer und deutscher Schlachten, mit denen ich überhaupt nichts anfangen konnte.

»Du solltest nicht mit den Kindern spielen«, riet ich ihr,

»sie werden es nicht vergessen. Sie werden sich an uns erinnern können.«

Nach Ablauf von vierzehn Tagen war die Gemeinde endgültig zerstört. Nur die Waisenkinder waren noch da und ein paar sehr alte Leutchen, dazu gehörten der Franziskanermönch und sein Vater, der elfenhafte kleine Mann. Der saß nachts bei Licht in seinem Gemach und spielte mit sich selbst Karten, als hätte er nicht die mindeste Ahnung von dem, was hier vor sich ging.

Als wir, ich glaube, es war am fünfzehnten Abend, in der Stadt eintrafen, wussten wir sofort, dass nur noch zwei Personen da waren. Der kleine alte Mann saß bei unverschlossener Tür in dem leeren Gasthaus, wo wir ihn vor sich hin singen hörten. Er war sehr betrunken. Sein schweißbedeckter, rosiger Schädel schimmerte im Kerzenlicht. Er spielte Patience und legte die Karten in einem Kreis auf dem Tisch aus. Neben ihm saß der Franziskanermönch. Als wir die Herberge betraten, sah er ruhig und ohne Furcht von seinem Platz zu uns auf. Rasender Hunger tobte in mir, Hunger nach dem Blut der beiden.

»Ich glaube, ich habe Euch damals meinen Namen nicht genannt«, meinte er.

»Das stimmt, Vater«, bestätigte ich.

»Josua«, sagte er, »ich heiße Josua, Pater Josua. Alle Ordensbrüder sind nach Assisi zurückgekehrt, sie haben die letzten paar Kinder, die noch hier waren, mitgenommen. Die Reise in den Süden ist lang.«

»Ich weiß, Vater«, entgegnete ich. »Ich war schon einmal in Assisi und habe am Schrein des heiligen Franziskus gebetet. Sagt, Vater, wenn Ihr mich anschaut, könnt Ihr dann Engel um mich sehen?«

»Warum sollte ich Engel sehen?«, fragte er leise. Er schaute von mir zu Ursula. »Schönheit sehe ich; ich sehe, dass ihr wie aus schimmerndem Elfenbein geschnitzt seid. Aber Engel sehe ich nicht. Ich habe auch noch nie welche gesehen.«

»Aber ich habe sie gesehen!«, erklärte ich. »Darf ich mich setzen?«

»Wie Ihr wollt«, antwortete er. Er beobachtete uns, während er sich auf dem harten, einfachen Stuhl aufrichtete. Ich setzte mich ihm gegenüber, fast wie damals, als ich ein paar Tage in dieser Stadt gewesen war, nur saßen wir heute nicht in der duftenden Laube im Sonnenschein, sondern im Haus selbst, im warmen Lichtkreis der Kerzen.

Ursula schaute mich verwirrt an. Sie wusste nicht, was ich im Sinn hatte. Ich hatte sie noch nie zu einem Menschen sprechen hören, abgesehen von mir und den Kindern, mit denen sie gespielt hatte – besser gesagt, mit denen, für die sich ihr Herz erwärmte und die sie nicht töten wollte.

Was sie über den kleinen Mann und seinen Sohn dachte, konnte ich kaum erraten.

Der Alte schien das Spiel zu gewinnen. »Da! Siehst du! Ich hab's gesagt! So ein Glück!«, sagte er. Dabei sammelte er die fettigen Kartenblätter ein, mischte sie und begann ein neues Spiel.

Der Priester betrachtete ihn mit glasigen Augen, als könnte er seinen Verstand nicht einmal so weit zusam-

mennehmen, seinem alten Vater etwas weiszumachen oder ihn in Sicherheit zu wiegen. Dann sah er mich an.
»Das war in Florenz, da habe ich diese Engel gesehen«, erzählte ich, »und ich habe sie enttäuscht, habe meinen Schwur ihnen gegenüber gebrochen und meine Seele verloren.«
Mit einer abrupten Bewegung wandte der Franziskaner sich von seinem Vater ab und mir zu. »Warum zögert Ihr es heraus?«, fragte er.
»Ich will Euch nichts antun, und meine Gefährtin auch nicht«, versicherte ich. Ich seufzte. Jetzt wäre bei einer Unterhaltung der Moment gekommen, in dem man zum Becher oder Krug gegriffen und einen tiefen Zug genommen hätte. Mein Verlangen nach Blut schmerzte mich regelrecht. Ich fragte mich, ob Ursula keinen Durst verspürte. Ich hielt den Blick auf den Weinbecher des Priesters gerichtet. Wein bedeutete mir nun nichts mehr, absolut nichts. Dann betrachtete ich sein Gesicht, die feuchte Schweißschicht darauf, die im Licht der Kerzen glänzte, und fuhr fort:
»Ihr sollt unbedingt wissen, dass ich sie gesehen habe, die Engel, dass ich sogar mit ihnen gesprochen habe. Sie versuchten mir bei der Vernichtung der Ungeheuer zu helfen, die diese Stadt in ihrer Gewalt hatten und die Seelen der Menschen hier beherrschten. Ich will, dass Ihr es erfahrt, Vater.«
»Warum, mein Sohn, wollt Ihr es mir erzählen?«
»Weil sie schön waren, und sie waren genauso real wie wir beide, Ursula und ich, und uns seht Ihr ja nun vor Euch. Ihr habt teuflische Dinge mit angesehen; Ihr habt

Trägheit und Verrat gesehen, Feigheit und Betrug. Und nun seht Ihr hier Teufel, Vampire. Nun, ich will, dass Ihr wisst: Mit meinen eigenen Augen habe ich Engel gesehen, echte Engel, herrliche Engel. Ihr sollt wissen, dass sie viel, viel schöner waren, als ich es je mit Worten beschreiben kann.«

Er betrachtete mich ausgiebig und intensiv, dann richtete er den Blick auf Ursula, die betrübt dasaß und zu mir aufschaute, ängstlich besorgt, dass ich möglicherweise unnötig litt, und schließlich sagte er: »Warum habt Ihr sie enttäuscht? Warum sind sie überhaupt zu Euch gekommen? Und wenn Euch doch Engel als Helfer zur Seite standen, wie konntet Ihr dann überhaupt fehlen?«

Ich zuckte mit den Schultern und lächelte. »Aus Liebe!«

Darauf sagte er nichts.

Ursula drückte ihren Kopf gegen meinen Arm, so dass ihr lose herabhängendes Haar über meinen Rücken strich.

»Aus Liebe!«, wiederholte der Priester.

»Ja, und Ehre spielte auch eine Rolle.«

»Ehre.«

»Niemand wird es verstehen. Gott wird es nicht billigen, aber es ist so, und nun, Vater, frage ich, was ist es, das uns unterscheidet, Euch und mich und die Frau, die neben mir sitzt? Was steht zwischen uns, zwischen diesen beiden Parteien, zwischen dem rechtschaffenen Mönch und den beiden Dämonen?«

Der kleine Alte lachte plötzlich in sich hinein. Er hatte ein großartiges Blatt auf dem Tisch ausgebreitet. »Nun schaut euch das an!«, sagte er. Dabei blickte er mit seinen

pfiffigen Äuglein zu mir auf. »Oh, Ihr habt etwas gefragt, verzeiht. Ich weiß die Antwort.«
»Du?«, fragte der Priester, indem er sich seinem Vater zuwandte. »Du weißt die Antwort?«
»Aber gewiss«, sagte der. Er legte eine weitere Karte ab. »Was sie von einer ordentlichen Beichte abhält, ist Schwäche und Angst vor der Hölle, die sie vielleicht erwartet, wenn sie ihr Leben hingeben müssen.«
Der Mönch starrte seinen Vater nicht weniger verwundert an als ich. Ursula sagte nichts, sie küsste mich nur auf die Wange und flüsterte: »Wir wollen sie allein lassen. Santa Maddalana ist tot. Lass uns gehen.«
Ich ließ meinen Blick durch den dämmrigen Schankraum schweifen. Ich sah die alten Fässer und sonstige Gegenstände, die von Menschen benutzt und berührt wurden, und ihr Anblick erzeugte in mir schmerzlichste Verwirrung und schrecklichen Kummer. Ich betrachtete die mächtigen Hände des Priesters, die er vor sich auf dem Tisch gefaltet hatte, sah die Haare auf dem Handrücken und lenkte dann den Blick auf seine vollen Lippen und seine großen, feuchten, bekümmerten Augen.
»Werdet Ihr diese Gabe von mir annehmen?«, flüsterte ich. »Dieses geheime Wissen um die Engel? Ihr seht mit eigenen Augen, was ich für ein Wesen bin, und deshalb müsst Ihr doch auch wissen, wovon ich spreche. Ich sah ihre Schwingen, sah den Glanz, der ihr Haupt umgab, sah ihr leuchtendes Antlitz, und ich sah das Schwert des mächtigen Mastema. Sie haben mir geholfen, in die Burg einzudringen und alle Dämonen zu vernichten, außer diesem einen hier, dieser Kindsbraut, die mein ist.«

»Kindsbraut«, flüsterte Ursula entzückt. Sie sah mich gedankenversunken an, dabei summte sie eine alte Melodie, ein Stück aus einem der Lieder, die sie von früher kannte.
Dann flüsterte sie mit drängender Stimme, während sie meinen Arm drückte: »Komm, Vittorio, lass diese Männer in Frieden. Komm mit mir, und ich erzähle dir, dass ich wirklich eine Kindsbraut war und wie es dazu kam.« Sie sah den Klosterbruder mit neu entfachter Lebhaftigkeit an. »Wisst Ihr, ich war wirklich eine Braut. Sie kamen zur Burg meines Vaters und forderten mich von ihm als Braut. Sie sagten, dass ich Jungfrau sein müsste, und dann kamen die weisen Frauen; sie brachten ein Becken mit warmem Wasser und untersuchten mich und bestätigten, dass ich jungfräulich war, und erst dann nahm Florian mich mit. Ich sollte seine Braut sein.«
Der Priester schaute sie wie erstarrt an, als könnte er sich beim besten Willen nicht rühren. Der Alte allerdings schaute nur von Zeit zu Zeit fröhlich auf und nickte zu ihren Worten, während er mit seinen Karten beschäftigt war.
»Könnt Ihr Euch mein Entsetzen vorstellen?«, fragte sie. Sie schaute mich an und warf die Haare über die Schultern zurück. Es fiel in reichen Wellen, weil es geflochten gewesen war. »Könnt Ihr Euch meine Gefühle vorstellen, als ich das weiche Lager erklomm und sah, wer mein Bräutigam war – als ich dieses weiße, tote Etwas sah? Denn so seht Ihr uns doch!«
Der Priester antwortete nicht. Aber seine Augen füllten sich langsam mit Tränen. Tränen! Was für ein hübsches

Bild, so menschlich waren sie, diese kristallklaren, unblutigen Tränen, und ein edler Schmuck für sein altes, mildes Gesicht mit den schlaffen Wangen und dem fleischigen Mund.

»Und dann diese verfallene Kapelle, in die ich gebracht wurde!«, sagte sie. »Ein heruntergekommener Ort voller Spinnen und Ungeziefer; und dort, vor dem entweihten Altar, wurde ich entkleidet und niedergelegt, und dann nahm er mich und machte mich zu seiner Gemahlin.«

Sie löste sich von meinem Arm und deutete mit einer Geste eine Umarmung an. »Oh, ich hatte einen Schleier, einen langen, wunderschönen Schleier, und ein Kleid aus feinster blumenbestickter Seide, und er zog mir all das aus und nahm mich, zuerst mit seinem leblosen, unfruchtbaren, steinharten Glied und anschließend mit seinen Fangzähnen – Zähnen, wie ich sie nun auch habe. Ach, was war das für eine Vermählung! Und mein Vater hatte mich ihm dafür überlassen!«

Dem Priester lief ein Tränenstrom über die Wangen.

Ich aber schaute sie nur an, Gram und Wut hielten mich in ihrem Bann, Wut dem Dämon gegenüber, den ich schon längst abgeschlachtet hatte. Meine Wut war so groß, dass ich hoffte, sie würde ihn noch im glimmenden Höllenfeuer erreichen und ihn mit glühend heißen Zangen zwicken.

Sagen konnte ich nichts.

Ursula hob die Brauen und legte den Kopf schräg.

»Er wurde meiner müde«, fuhr sie fort. »Aber nie hat er aufgehört, mich zu lieben. Er war damals neu am Hofe vom Blutroten Gral, ein junger Fürst, der ständig nach mehr Macht und weiteren Liebesabenteuern strebte! Und dann, viel später, als ich ihn um Vittorios Leben bat, konnte er mir das wegen der Gelübde, die wir einstmals auf jenem Altar ausgetauscht hatten, nicht verweigern. Nachdem er Vittorio hatte gehen lassen, nachdem er ihn in Florenz abgesetzt hatte, überzeugt davon, dass er dem Wahnsinn verfallen und am Boden zerstört war, sang er plötzlich für mich. Er sang mir Brautlieder vor. Als könnten die alten Verse unsere Liebe wieder zum Leben erwecken.«

Ich bedeckte die Augen mit der Hand, denn ich konnte die blutigen Tränen, die wir weinten, nicht ertragen. Und ich konnte es nicht ertragen, diese Bilder vor meinem geistigen Auge zu sehen, als hätte Fra' Filippo sie gemalt, diese Romanze, die Ursula geschildert hatte.

Schließlich ergriff der Priester das Wort.

»Ihr seid Kinder«, sagte er mit bebenden Lippen. »Einfach nur Kinder.«

»Ja«, sagte Ursula mit ihrer lieblichen Stimme und einem zaghaften, zustimmenden Lächeln. Sie nahm meine Hand zwischen ihre beiden Hände und rieb sie zärtlich, aber fest. »Kinder sind wir, auf ewig. Aber auch er, Florian, war nur ein junger Mann, einfach nur ein junger Mann.«

»Ich habe ihn einmal gesehen«, sagte der Mönch leise, mit vom Weinen erstickter Stimme. »Aber nur einmal.«

»Und Ihr wusstet Bescheid?«, fragte ich.

»Ich wusste, dass ich in meinem verzweifelten Glauben machtlos war, dass mich Fesseln umfingen, die ich nicht hätte lösen oder brechen können.«

»Lass uns gehen, Vittorio, damit er nicht länger weinen muss«, sagte Ursula. »Komm, Vittorio, wir wollen sie verlassen. Wir brauchen heute Nacht kein Blut, und wir wollen nicht einmal daran denken, den beiden etwas anzutun, wir können nicht einmal ...«

»Nein, meine Geliebte, niemals«, stimmte ich zu. »Aber, Vater, nehmt mein Geschenk an, bitte, etwas anderes kann ich Euch nicht geben, nur mein Zeugnis, dass ich Engel gesehen habe und dass sie mich stützten, als ich schwach war.«

»Aber wollt Ihr nicht die Absolution von mir entgegennehmen, Vittorio?«, fragte er. Er hob die Stimme, und seine Brust schien sich zu dehnen: »Vittorio und Ursula, nehmt meine Absolution entgegen!«

»Nein, Vater«, sagte ich, »wir können sie nicht annehmen, und wir wollen sie nicht.«

»Aber warum nicht?«

»Weil wir«, sagte Ursula milde, »darauf aus sind, so bald wie möglich aufs Neue zu sündigen, Vater.«

14

Durch einen dunklen Spiegel

Sie hatte nicht gelogen.

Wir reisten in jener Nacht zur Burg meines Vaters. Diese Reise war eine Kleinigkeit für uns, doch für einen Sterblichen wären es viele Meilen gewesen. Und bisher war die Kunde, dass der nächtliche Terror der Dämonen vorbei war, dass die Vampire, die zu Florian gehörten, nicht mehr existierten, noch nicht bis zu den verlassenen Gehöften vorgedrungen. Höchstwahrscheinlich waren viele der Höfe noch nicht wieder in Besitz genommen worden, weil die Flüchtlinge aus Santa Maddalana die entsetzlichsten Gerüchte verbreiteten, während sie hügelauf, hügelab die Berge durchquerten.

Ich bemerkte allerdings sehr bald, dass unsere Familienburg besetzt worden war. Ein ganzer Trupp Söldner und Schreiber hatte hart gearbeitet. Als wir nach Mitternacht die riesigen Mauern erklommen, sahen wir sogleich, dass alle Toten ein angemessenes Begräbnis bekommen hatten oder in einen entsprechenden steinernen Sarg unter der Kapelle gelegt worden waren. Und alles, was an Gütern zu unserem Haushalt gehört hatte, die ganze üppige Ausstattung, war fortgeschafft worden. Und diejenigen, die schon in Richtung Süden

abgereist waren, hatten nur wenige Wagenladungen zurückgelassen.
Die paar Leute, die im ehemaligen Arbeitsraum unseres Haushofmeisters schliefen, waren Buchhalter der Medici-Bank. Auf Zehenspitzen schlich ich hinein und untersuchte im trüben Licht der Sterne die wenigen Papiere, die sie zum Trocknen der Tinte hatten liegen lassen. Das gesamte Erbe des Vittorio di Raniari hatten sie gesichtet und katalogisiert und nach Florenz gebracht, damit es Cosimo in sichere Verwahrung nahm, bis Vittorio di Raniari vierundzwanzig Jahre alt und damit volljährig wurde und in eigener Verantwortung handeln konnte.
In den Unterkünften unserer Garde schliefen nur ein paar Söldner, und in den Ställen waren nur ein paar Pferde untergebracht. Lediglich einige Junker und ihre Bedienten schliefen in der Nähe ihrer Lehnsherren.
Offensichtlich wurde die riesige Burg, deren Lage keinen strategischen Wert für welche Obrigkeit auch immer hatte – sei es die der Mailänder, der Deutschen, der Franzosen oder die der päpstlichen –, nicht neu in Stand gesetzt, sondern einfach verrammelt.
Noch weit vor Anbruch der Morgendämmerung verließen wir mein Heim, aber vorher nahm ich am Grab meines Vaters Abschied.
Ich wusste, dass ich zurückkehren würde. Ich wusste auch, dass die Bäume bald wieder den Hügel bis zu den Mauern hinauf erobern und Gräser in den Rissen und Sprüngen des Pflasters wuchern würden. Ich wusste, dass alles, was von Menschenhand stammte, bald verge-

hen würde, wie es bei so vielen Ruinen in der Umgebung geschehen war.
Dann würde ich zurückkehren. Ich würde wiederkommen.
In jener Nacht machten Ursula und ich in der Nähe der Burg Jagd auf ein paar Räuber, die wir in den Wäldern entdeckten, und wir lachten vergnügt, während wir sie fingen und vom Rücken ihrer Pferde zerrten. Das war ein wilder, lärmender Festschmaus.
»Und wohin nun, mein Gebieter?«, fragte mich meine Braut gegen Morgen. Auch hier hatten wir eine schützende Höhle gefunden, tief im Berg verborgen und mit dornigem Gestrüpp überwuchert, das unsere undurchdringliche Haut kaum ankratzte. Sie lag verborgen hinter wilden Blaubeersträuchern, die uns vor allen Blicken schützten, sogar vor den Strahlen der aufgehenden Sonne.
»Nach Florenz, meine Liebste. Da muss ich unbedingt hin. Es gibt dort ein paar Dinge, die ich mit eigenen Augen sehen muss. Und in den Straßen von Florenz werden wir weder Hunger leiden, noch müssen wir fürchten, entdeckt zu werden.«
»Aber um welche Dinge geht es genau, Vittorio?«, fragte sie.
»Um Gemälde, meine Liebste, Gemälde. Ich muss mir die Engel auf diesen Gemälden ansehen. Ich muss … ihnen Auge in Auge gegenüberstehen.«
Sie war es zufrieden. Sie hatte die gewaltige Stadt Florenz noch nie gesehen. Sie war eine schreckliche Ewigkeit lang, während der es nur Rituale und höfische Regeln gegeben hatte, in den Bergen festgehalten worden.

Nun legte sie sich neben mir nieder, um von Freiheit, von leuchtenden Farben, von Blau und Grün und Rot und Gold zu träumen, alles Farben, die so völlig im Gegensatz zu dem düsteren Rot standen, das sie immer noch trug. Vertrauensvoll legte sie sich neben mich; was mich selbst allerdings betraf, ich vertraute nichts und niemandem.
Ich leckte mir das Menschenblut von den Lippen und fragte mich, wie lange mir wohl auf dieser Welt zu leben vergönnt wäre, ehe mir jemand mit raschem, sicherem Schwertschlag den Kopf abtrennen würde.

15

Die unbefleckte Empfängnis

Die Stadt Florenz befand sich im Aufruhr.
Ich fragte mich, warum.
Die Sperrstunde war schon längst angebrochen, doch niemand kümmerte sich darum. In der Kirche Santa Maria Maggiori – das war der Dom – hatten sich unzählige Studenten eingefunden, die dem Vortrag eines Humanisten lauschten, der die Ansicht verbreitete, dass Fra' Filippo Lippi gar nicht so unanständig war.
Von uns beiden nahm niemand besonders Notiz. Wir hatten recht früh, noch außerhalb der Stadt, getrunken und trugen dicke Mäntel. Was also konnte man außer ein paar Fleckchen bleicher Haut schon von uns sehen?
Ich betrat die Kirche. Die Menge quoll fast aus den Portalen, so dicht gedrängt stand sie.
»Was ist los? Was ist diesem großen Maler widerfahren?«
»Ach, jetzt hat er es endgültig geschafft!«, sagte der Mann, der darauf antwortete, ohne mich oder Ursula, die sich mit ihrer schlanken Gestalt an mich geschmiegt hatte, auch nur anzuschauen. Er war viel zu beschäftigt, seinen Hals nach dem Redner zu recken, der weiter vorne stand und seine Stimme scharf in dem überwältigend großen Kirchenschiff widerhallen ließ.

»Was hat er geschafft?«
Als ich keine Antwort bekam, schob ich mich tiefer in das dichte Menschengewühl. Ursula, die vor einer so großen Stadt immer noch eine gewisse Scheu hatte, zog ich hinter mir her. Sie hatte in ihren mehr als zweihundert Lebensjahren noch nie eine derart große Kathedrale gesehen.
Erneut stellte ich meine Frage, dieses Mal an zwei junge Studenten, modisch gekleidete Jünglinge von etwa achtzehn Jahren – in Florenz würde man sie als *giovani* bezeichnen: Jugendliche in der schwierigen Phase, in der sie zu alt waren, um noch als Knaben zu gelten, und zu jung, um schon Männer zu sein. Sie antworteten sofort:
»Nun, er bat darum, dass ihm eine der hübschesten Nonnen für das Altarbild Modell sitzen sollte, das die heilige Jungfrau darstellte. Das hat er getan!«, sagte einer der beiden Studenten, ein schwarzhaariger Bursche mit tief liegenden Augen, während er mir ein schlaues Lächeln zuwarf. »Er wollte sie als Modell, er bat den Konvent, die Schönste für ihn auszuwählen, damit die Jungfrau auf seinem Bild in aller Vollkommenheit strahlte, und dann …«
Der andere Student nahm den Faden auf:
»… dann ist er mit ihr davongelaufen, und ihre Schwester nahm er mit – ihre leibliche Schwester, wohlgemerkt. Er hat sich direkt über seiner Werkstatt mit ihnen eingerichtet, mit seiner Nonne und deren Schwester: Die drei hausen nun da, der Mönch und die beiden Nonnen … und er lebt mit ihr in Sünde, mit der Lucretia Buti. Jetzt malt er sein Altarbild mit der Jungfrau und kümmert sich einen Dreck darum, was die Leute denken.«

In der Menge ringsum gab es Geschiebe und Geschubse. Einige Männer verlangten nach Ruhe. Die beiden Studenten erstickten fast an ihrem Lachen. Doch gehorsam dämpfte derjenige, der zuerst gesprochen hatte, seine Stimme, als er mit schadenfrohem Flüstern fortfuhr:
»Wenn Cosimo nicht wäre, würden sie ihn aufhängen! Ich meine, Lucrezias Familie – die wäre bestimmt bereit dazu, wenn nicht sogar der Priester des Karmeliterordens; vielleicht ja sogar die ganze verflixte Stadt.«
Der andere Student hielt sich unter Kopfschütteln den Mund zu, um nicht laut herauszuprusten.
Der Redner mahnte die Anwesenden, Ruhe zu bewahren. Es wäre besser, wenn dieser unerhörte Skandal den Behörden überlassen würde, denn jeder wisse ja, dass es in ganz Florenz keinen berühmteren Maler als Fra' Filippo gäbe. Und Cosimo würde sich schon zu gegebener Zeit damit befassen.
Der Student neben mir sagte: »Er war schon immer eine gequälte Seele.«
»Gequält«, flüsterte ich vor mich hin. »Gequält.« Ich erinnerte mich wieder an sein Gesicht, an diesen Mönch, den ich vor Jahren ganz kurz in Cosimos Haus gesehen hatte, der damals so heftig um seine Freiheit gestritten hatte, und das nur, weil er mit einer Frau zusammen sein wollte. Widerstreitende Gefühle kämpften in mir und dazu eine drohende Furcht. »Ach, dass sie ihm nur nicht wieder etwas antun!«
»Da stellt sich die Frage ...«, klang eine leise Stimme an mein Ohr. Ich drehte mich um, doch keiner schien ge-

sprochen zu haben. Ursula sah sich suchend um und fragte: »Was ist, Vittorio?«

Aber ich erkannte das Flüstern, und da war es wieder, körperlos und vertraulich: »Da stellt sich die Frage, wo seine Schutzengel an dem Tag waren, als Fra' Filippo etwas so Verrücktes tat.«

Auf der Suche nach dem Ursprung der Stimme beschrieb ich einen wirbelnden Kreis. Einige Leute zogen sich ärgerlich von mir zurück. Ich griff rasch nach Ursulas Hand und lief zum Portal. Erst draußen auf der Piazza hörte mein Herz auf, so rasend zu schlagen. Mir war nicht klar gewesen, dass ich trotz dieses neuen, mächtigen Blutes solche Ängste, solches Elend verspüren konnte.

»Ach, um eine Jungfrau zu malen, ist er mit einer Nonne durchgebrannt!«, jammerte ich kaum hörbar.

»Wein doch nicht, Vittorio«, tröstete mich Ursula.

»Red nicht mit mir, als wäre ich dein kleiner Bruder!«, herrschte ich sie an, doch ich schämte mich sofort dafür. Meine Worte hatten sie getroffen, als hätte ich sie geschlagen. Ich griff nach ihren Fingern und drückte einen Kuss darauf. »Es tut mir Leid, Ursula, es tut mir Leid.«

Dann zog ich sie hinter mir her.

»Wohin gehen wir?«

»Zu Fra' Filippos Wohnung, zu seiner Werkstatt. Frag nicht länger.«

Innerhalb kürzester Zeit hatten wir den Weg gefunden, klapperten mit hallenden Schritten die engen Gassen entlang und standen vor seiner Tür, die aber verschlossen war. Dahinter brannte kein Licht, nur im dritten Stock-

werk war es hell, als hätte er mit seiner Braut bis in diese Höhe fliehen müssen.
Der Mob hatte sich hier noch nicht eingefunden. Doch aus der Dunkelheit flog plötzlich ein Klumpen Dreck gegen die verriegelten Türen, dann noch einer, und dann folgte ein Steinhagel. Ich trat zurück und stellte mich schützend vor Ursula, während ich zusah, wie ein Passant nach dem anderen irgendetwas Beleidigendes gegen die Werkstatt schleuderte.
Schließlich lehnte ich mich an die gegenüberliegende Wand und wartete ab, dass der dumpfe Klang der Kirchenglocke die elfte Stunde anzeigte, zu der sich die Leute sicherlich aus den Straßen zurückziehen würden. Ursula wartete auf mich, ohne etwas zu sagen; sie nahm nur schweigend zur Kenntnis, dass jetzt auch das letzte Licht in Filippos Räumen verlosch.
»Das ist meine Schuld«, sagte ich. »Ich habe ihm seine Engel fortgenommen, und darum hat er dieser Laune nachgegeben. Und wozu war das gut? Wozu? Damit ich dich nun ebenso besitze, wie er seine Nonne besitzt?«
»Ich weiß nicht, was du meinst, Vittorio«, sagte sie. »Was bedeuten mir schon Nonnen und Priester? Ich habe nie ein Wort gesagt, um dich nicht zu verletzen, niemals. Aber nun muss ich es sagen: Steh nicht hier herum und weine um diese Sterblichen, die du geliebt hast. Wir beide sind einander vermählt, und kein religiöses Gelübde, keine priesterliche Salbung kann uns trennen. Lass uns von hier fortgehen, und wenn du mir im Lampenschein die wunderbaren Bilder dieses Malers zeigen willst, dann bring mich dahin, wo ich die Engel, von de-

nen du erzählt hast, in Ölfarben auf die Leinwand gebannt sehe.«

Ihre feste Entschlossenheit ernüchterte mich. Abermals küsste ich ihre Hand und erklärte, dass es mir Leid täte. Dann zog ich sie an mein Herz.

Ich weiß nicht, wie lange wir so verweilten. Ich weiß es nicht. Die Zeit verging. Ich hörte irgendwo Wasser laufen, und Schritte klangen in der Ferne, aber nichts von Bedeutung, nichts, das hier im übervölkerten Florenz mit seinen vier- und fünfstöckigen Palästen, mit den alten, halb eingestürzten Türmen, mit seinen Kirchen und den Tausenden und Abertausenden schlummernder Seelen mitten in dieser finsteren Nacht wichtig gewesen wäre.

Erst ein Licht ließ mich auffahren. Seine hellen gelben Strahlen fielen auf mich. Gleich den ersten Strahl, eine hauchdünne glänzende Linie, hatte ich bemerkt. Sie durchschnitt Ursulas Gestalt, dann folgte ein weiterer Strahl und noch einer und erhellte die Gasse uns gegenüber. Ich stellte fest, dass die Lampen in Fra' Filippos Werkstatt angezündet worden waren. In dem Moment, als die Riegel von innen mit einem leisen, kratzenden Geräusch zurückgeschoben wurden, wandte ich mich um. Das Geräusch hallte an den hohen Mauern wider. Oben, hinter den vergitterten Fenstern, schien kein Licht.

Urplötzlich flogen die Türflügel auf und klappten leise, beinahe geräuschlos, gegen die Wand, so dass ich ins Innere sehen konnte, in einen rechteckigen, weitläufigen Raum, der über und über mit Leinwänden in leuchten-

den Farben voll gestellt war. Sie erstrahlten im Glanz unzähliger Kerzen – genug, um eine bischöfliche Messe damit auszustatten.
Mir stockte der Atem. Ich packte Ursula und drehte ihren Kopf in die Richtung, in die ich mit dem Finger zeigte.
»Da sind sie, beide«, flüsterte ich. »Die beiden Bilder von der *Verkündigung*. Siehst du die Engel? Da, die Engel, sie knien am Boden, da, und da noch einmal, die Engel, die vor der Jungfrau knien!«
»Ja«, sagte Ursula ehrerbietig. »Sie sind viel schöner, als ich gedacht hatte.« Dann rüttelte sie an meinem Arm. »Vittorio, weine nicht, es sei denn, du weinst wegen ihrer Schönheit. Aber nur deshalb darfst du weinen!«
»Ist das ein Befehl, Ursula?«, fragte ich. Meine Sicht war von Tränen so umnebelt, dass ich die gelassenen, knienden Gestalten der beiden – Ramiel und Setheus – kaum wahrnehmen konnte. Aber als ich mich um einen klaren Blick, um ein bisschen Vernunft bemühte, als ich die Enge in meiner Kehle hinunterschlucken wollte, da trat das Wunder ein – das Wunder, das ich mehr als alles andere fürchtete und nach dem ich mich doch mit meiner ganzen Seele sehnte.
Da kamen sie, meine beiden blonden Engel, mit glänzendem Heiligenschein und seidenen Gewändern – gemeinsam traten sie aus der Leinwand heraus, lösten sich unmittelbar aus dem dichten Gewebe. Zuerst drehten sie den Kopf, dann folgten weitere Bewegungen, so dass sie nicht mehr als flaches, zweidimensionales Bild erschienen, sondern als voll ausgeprägte Gestalten. Sie machten

einen Schritt und standen auf dem steingepflasterten Boden der Werkstatt.
Ich hörte Ursula aufkeuchen und wusste, dass auch sie diese bewegte, wundersame Szene verfolgt hatte. Sie presste die Hand vor den Mund.
Ihre Mienen zeigten weder Zorn noch Trauer. Sie schauten mich nur an, aber für mich stand in ihren sanften, freundlichen Blicken die tiefste Verdammnis.
»Straft mich«, flüsterte ich. »Zur Strafe nehmt mir mein Augenlicht, so dass ich eure Schönheit nie wieder sehen kann.«
Ramiel schüttelte ganz langsam den Kopf, und Setheus verneinte gleichermaßen. Barfüßig wie immer standen sie Seite an Seite, während ihre Augen unverwandt auf mir ruhten. So gewichtslos waren ihre reichen Gewänder, dass sich kein Luftzug darin fangen konnte.
»Was dann?«, fragte ich. »Was habe ich denn dann verdient? Wie kommt es, dass ich euch, eure Herrlichkeit immer noch sehen kann?« Wieder zerfloss ich in kindischen Tränen, auch wenn mir Ursulas vorwurfsvolle Miene noch so deutlich sagte, ich solle mich wie ein Mann betragen. Ich konnte einfach nicht aufhören. »Wieso kann ich euch immer noch sehen?«
»Du wirst uns immer sehen können«, sagte Ramiel leise, tonlos.
Und Setheus fügte hinzu: »Immer wenn du eines von Filippos Bildern betrachtest, wirst du uns sehen – oder andere Engel.«
Es lag kein Urteil in diesen Worten, nur die Güte und ruhige Gelassenheit, die sie mir immer gezeigt hatten.

Aber das war nicht alles. Hinter ihnen nahmen meine eigenen Schutzengel Gestalt an, dieses ernste elfenbeingleiche Paar in den unwirklich blauen Gewändern. Wie hart ihre Augen blickten, wie wissend und verachtungsvoll, und doch ohne die Schärfe, mit denen solche Gefühle bei Menschen einhergehen. Gletscherkalt und distanziert!
Meine Lippen öffneten sich zu einem Schrei, einem entsetzlichen Schrei. Aber ich wagte nicht, die Nacht um mich aufzustören, die endlose Nacht, die sich über die tausend und abertausend roten Schindeldächer ausbreitete und sich unter den zahllosen Sternen über Land und Hügel erstreckte.
Und dann begann das Haus zu beben. Die Leinwände, die in dem strahlenden Licht glänzten und schimmerten, begannen zu vibrieren, als würden sie von einem Erdbeben durchgeschüttelt.
Und dann stand Mastema vor mir, der Raum verschob sich jäh, wurde breiter und tiefer, und die anderen, weniger mächtigen Engel wurden von ihm fortgefegt wie von einem lautlosen, undefinierbaren Wind.
Er breitete die gewaltigen goldenen Schwingen aus, so dass sie in der Lichterflut hell aufglühten; sie streckten sich, wobei sie selbst den letzten Winkel des weiten Raumes füllten, und schienen ihn noch weiter auszudehnen. Mastemas roter Helm glühte wie geschmolzenes Erz. Und nun zog er sein Schwert aus der Scheide.
Ich sprang zurück und zwang Ursula hinter meinen Rücken, schob sie gegen die feuchte, kalte Wand und streckte die Arme nach hinten aus, so dass sie wie gefan-

gen war. Damit versuchte ich ihr so viel Sicherheit zu verschaffen, wie es mir auf dieser Welt möglich war, und sie vor seinem Zugriff zu schützen.
»Ah«, nickte Mastema lächelnd. Er hob das Schwert. »Also willst du immer noch lieber zur Hölle fahren, als sie tot zu sehen.«
»Ja!«, rief ich. »Ich habe keine Wahl.«
»Oh, doch, du hast die Wahl!«
»Nein, lass sie, töte sie nicht. Töte mich, schick mich zur Hölle, meinetwegen. Aber ihr gib noch eine Chance ...«
Ursula lag an meine Schulter gelehnt und weinte. Ihre Hände hatten sich in mein Haar gekrallt und klammerten sich daran, als wäre es ihr letzter sicherer Hort.
»Jetzt, auf der Stelle, verbanne mich in die Hölle«, rief ich. »Mach nur, schlag mir den Kopf ab und schick mich vor das Gericht des Herrn, damit ich dort für Ursula bitten kann; denn sie weiß nicht, wie man um Vergebung bittet – noch nicht!«
Immer noch hielt er das Schwert hoch über seinem Kopf erhoben, doch mit der anderen Hand packte er mich am Kragen und zerrte mich dicht an sich heran, bis ich fast an seinem Kinn klebte und seine glühenden Augen mich drohend anblickten.
»Und wann wird sie es lernen? Wann wirst du es lernen?«
Was konnte ich sagen? Was konnte ich tun?
»Ich werde es dich lehren, Vittorio«, zischte Mastema. »Ich werde es dich lehren, bis du weißt, wie man um Vergebung bittet, Nacht für Nacht, solange du lebst. Ich werde es dich lehren!«
Ich merkte, wie ich emporgehoben wurde, spürte Ursulas

Hände, die sich an mich klammerten, und fühlte ihr Gewicht auf meinem Rücken.
Dann schleppte er uns durch die Straßen, bis eine Gruppe Müßiggänger mit im Winde flatternden Kleidern vor uns auftauchte, die gerade aus einer Weinstube kam. Sie waren angetrunken, und ihre lachenden, vom Wein aufgedunsenen Gesichter wirkten im Gegensatz zu unseren so natürlich.
»Du siehst sie doch, Vittorio? Siehst du die, von denen du dich nährst?«, fragte Mastema eindringlich.
»Ja, ich sehe sie, Mastema!«, sagte ich, dabei tastete ich unsicher nach Ursulas Hand, wollte wissen, wo sie war, wollte sie festhalten und beschützen. »Ich sehe sie, wirklich!«
»In jedem Einzelnen von denen dort sehe ich, was ich auch in dir und in ihr sehe – eine menschliche Seele. Weißt du, was das ist, Vittorio? Hast du eine Vorstellung davon?«
Ich wagte nicht zu antworten.
Die Leute verteilten sich nach und nach über die mondbeschienene Piazza und näherten sich uns jetzt einzeln.
»In jedem von ihnen ist ein Fünkchen des Allmächtigen, der uns schuf«, rief Mastema, »ein unsichtbarer, edler, heiliger, geheimnisumwitterter Funke – ein Funke dessen, der alles erschuf.«
»Ah, mein Gott!«, rief ich laut. »Schau sie an, Ursula, schau!«
Denn jeder, aber auch jeder dort auf dem Platz, gleich, ob Mann oder Frau, ob alt oder jung, erschien in einem kraftvollen, golden glühenden Dunst. Ein subtiles Ge-

bilde aus Licht strahlte von jedem Menschen aus, umgab ihn und hüllte ihn ein und zeichnete die jeweilige Form des Wesens nach, das es so unbemerkt begleitete. Der ganze Platz strahlte von diesem goldenen Licht. Ich blickte auf meine Hände, und auch sie waren von diesem ätherischen Gebilde, diesem lieblichen Schimmer, von diesem kostbaren, unauslöschlichen Feuer umgeben.
Ich wirbelte herum, dass meine Kleider flogen, und sah, wie diese Flamme auch Ursula einhüllte; ihr Körper lebte, atmete darin. Und als ich meinen Blick wieder auf die Sterblichen richtete, sah ich, dass es bei ihnen genauso war. Und in dem Augenblick wusste und begriff ich – von nun an würde ich dieses Licht immer sehen. Für mich würde jedes lebendige menschliche Wesen, sei es ein widernatürliches Ungeheuer oder die Tugend in Person, dieses blendende Seelenfeuer ausstrahlen.
»Ja«, flüsterte Mastema mir ins Ohr, »ja, auf immer und ewig, und jedes Mal, wenn du dich von ihnen nährst, jedes Mal, wenn du deine verfluchten Fänge in eine zarte Kehle schlägst, jedes Mal, wenn du, dem schlimmsten Raubtier der Schöpfung gleich, das Blut aus ihnen saugst, das du nicht missen willst, wirst du erleben, wie dieses Licht flackert, wie es kämpft, und wenn durch dein gieriges Saugen das Herz zu schlagen aufhört, wirst du sehen, wie dieses Licht verlöscht!«
Ich riss mich von ihm los. Er ließ mich gehen.
Mit Ursula an der Hand rannte ich davon, rannte und rannte, in Richtung auf den Arno, wo die große Brücke war und die Tavernen, die vielleicht noch geöffnet hatten. Doch schon lange vorher leuchteten mir Hunderte von

diesen Seelen aus Fenstern entgegen und schimmerten unter verriegelten Türen hindurch.
Da wusste ich, dass der Engel die Wahrheit gesagt hatte. Von nun an würde ich es immer sehen. Ich würde den Funken des Schöpfers in jedem Menschenwesen erblicken, dem ich begegnete, und in jedem, dem ich das Leben nahm.
Oben auf der Arnobrücke beugte ich mich über das steinerne Geländer und schrie und schrie, so dass die Schreie auf dem Wasser und an den Wänden widerhallten. Ich war fast wahnsinnig vor Kummer. Und dann trottete durch die Dunkelheit ein Kind auf mich zu, ein Bettelbalg, schon in der Kunst bewandert, Brot oder Münzen oder andere freiwillige milde Gaben zu erflehen. Und um seinen Körper glühte und flackerte und funkelte und tanzte das gleißende, kostbare Licht.

16

Und die Dunkelheit herrschte nicht

Immer wenn ich im Verlauf der Jahre eine von Fra' Filipos herrlichen Schöpfungen sah, wurden die Engel für mich lebendig, nur für einen Augenblick, nur gerade so lange, um meinem Herzen einen Stich zu versetzen, als bohrte sich eine Nadel tief hinein.

Mastema erschien erst viel später auf Filippos Gemälden, erst nachdem Cosimo ins Grab gefahren war und er, Filippo, streitsüchtig und kampfbereit wie stets, für dessen Sohn Piero arbeitete.

Fra' Filippo gab seine geliebte Nonne, Lucrezia Buti, nicht mehr auf, und man sagte von ihm, dass jede heilige Jungfrau, die er malte – und das waren eine Menge –, Lucrezias wunderschönes Gesicht hatte. Lucrezia schenkte Filippo einen Sohn, der ebenfalls Maler wurde und sich Filippino nannte. Auch seine Werke zeichneten sich durch ihre erhabene Herrlichkeit und die Vielzahl an Engelsgestalten aus. Und auch seine Engel offenbarten sich stets für einen Augenblick, wenn ich kam, um vor einer Leinwand Andacht zu halten, weil ich traurig und niedergeschlagen, übervoll von Liebe und verängstigt war.

Filippo starb 1469 in Spoleto. Dort endete das Leben eines der größten Maler, den die Welt je gekannt hat, das

Leben des Mannes, den man wegen Betruges auf die Folter spannte, der einem Kloster Verderben brachte, aber auch des Mannes, der die vielen wunderbaren Darstellungen der Maria schuf.
Und ich habe mich in den vergangenen fünfhundert Jahren nie zu weit von dieser Stadt entfernt, aus der nicht nur Filippo Lippi stammte, sondern die auch der Ursprung der Epoche ist, die wir das Goldene Zeitalter nennen.
Und Gold sehe ich auch, wenn ich Sie anschaue, es ist das, was ich immer sehe, wenn ich einen Menschen anschaue – ob Mann, Frau oder Kind. Immer sehe ich das flammende Gold des Himmels, das mir von Mastema offenbart wurde. Für mich sind auch Sie davon umgeben, davon eingehüllt, wie in einem Schrein darin eingeschlossen, und es tanzt flackernd um Ihren Leib, auch wenn Sie selbst es nicht sehen können, es Ihnen vielleicht sogar gleichgültig ist.
Von meinem Turm in der Toskana schaue ich heute Nacht über das Land, und in weiter Ferne, in den tiefsten Tälern, sehe ich den goldenen Schimmer von Menschenwesen, sehe ich ihre Seelen in glühender Lebenskraft pulsieren.
Hier haben Sie also meine Geschichte.
Und was denken Sie nun?
Erkennen Sie den heftigen Widerstreit? Sehen Sie die Zwickmühle, in der ich bin?
Lassen Sie es mich so erklären:
Erinnern Sie sich an die Szene, wie ich zusammen mit meinem Vater unterwegs war und wir über Fra' Filippo

sprachen? Mein Vater hatte mich gefragt, was mich so sehr zu diesem Mönch hinzog. Ich sagte, dass mich seine inneren Kämpfe so sehr anzogen, die zwei Seelen, die in seiner Brust lebten, und dass diese zwiespältige Natur, dieser innere Konflikt, den Gesichtern in seinen Bildern den gequälten Ausdruck verlieh.

Filippo war ein Unwetter, das auf ihn selbst niederging! Und das gilt auch für mich.

Mein Vater, ein Mann von ruhigem Wesen mit einer schlichteren Gedankenwelt, lächelte darüber.

Aber was hat das für einen Bezug zu dieser Geschichte? Ja, ich bin ein Vampir, wie ich Ihnen gesagt habe. Ich bin ein Geschöpf, das sich von menschlichem Leben nährt. Ruhig und zufrieden lebe ich in meinem Heimatland, im Schatten der heimatlichen Burg, und Ursula ist bei mir, wie stets seit fünfhundert Jahren. Und diese Zeit ist nicht zu lang für eine Liebe, die so stark ist wie die unsere.

Wir sind Dämonen. Wir sind verdammt. Aber haben wir nicht erstaunliche Dinge gesehen und erkannt? Habe ich hier nicht Dinge zu Papier gebracht, die für Sie von Wert sind? Habe ich nicht einen Zwiespalt geschildert, wie er quälender nicht sein kann? Denn in ihm eingebettet liegt etwas glanzvoll Farbiges, so wie in Filippos Werken. Habe ich nicht Schmuckwerk, Verflechtungen und Goldglanz eingearbeitet, habe ich nicht schmerzlich geblutet?

Sie können meine Geschichte betrachten und behaupten, dass sie Ihnen nichts gibt! Aber das glaube ich Ihnen nicht.

Und wenn ich an Filippo denke, an seinen Raub der Lucrezia und seine anderen ungestümen, sündigen Taten,

wie kann ich sie getrennt von der Erhabenheit, der Herrlichkeit seiner Gemälde sehen? Wie kann man Filippos gebrochene Gelübde, seine Betrügereien, seine Streitereien von dem Glanz getrennt sehen, den er der Welt schenkte?
Ich behaupte nicht, dass ich ein großer Maler bin, so dumm bin ich nicht. Aber ich behaupte, dass aus meinem Schmerz, aus meiner Torheit, aus meiner Leidenschaft eine Vision entspringt – eine Vision, die ich auf ewig mit mir herumtrage und die ich Ihnen hier vermitteln will.
Es ist die Vision, dass jedes menschliche Wesen von einer Flamme, einem Geheimnis angefeuert wird, eine Vision, die ich nicht verneinen kann, nicht auslöschen, nicht einmal zur Seite schieben kann, noch könnte ich sie geringer machen, als sie ist, oder ihr entkommen.
Andere schreiben über Zweifel und innere Dunkelheit.
Andere schreiben über Bedeutungslosigkeit und Stille.
Ich schreibe über das undefinierbare himmlische Gold, das auf ewig die Nacht erhellt.
Ich schreibe über Blutdurst, der nie befriedigt wird. Ich schreibe über Erkenntnis und den Preis dafür.
Merken Sie sich, was ich sage: Das Licht scheint auch in Ihnen. Ich sehe es. Ich sehe es in jedem Einzelnen Ihrer Mitmenschen – immerdar. Ich sehe es, wenn ich hungrig bin, wenn ich kämpfe, wenn ich morde. Ich sehe, wie es in meinen Armen flackert und dann erstirbt, wenn ich trinke.
Könnten Sie sich vorstellen, was es für mich bedeutete, Sie zu töten?

Beten Sie, dass es Sie nie einen Mord oder Raub kostet, um dieses Licht in Ihren Mitmenschen zu sehen. Gott bewahre, dass Sie diesen Preis dafür zahlen müssen. Lassen Sie statt Ihrer mich den Preis dafür zahlen.